Un giorno, sul treno

K.C. WELLS

Il contenuto della copertina è usato solo a fini illustrativi e ogni persona ritratta sulla cover è un modello.

I marchi menzionati in questo libro sono di proprietà dei rispettivi titolari e sono riconosciuti come tali.

Informazioni sul libro che avete acquistato
Questa è un'opera di fantasia. Nomi, personaggi, luoghi e avvenimenti sono il prodotto dell'immaginazione dell'autore o sono usati in modo fittizio e ogni somiglianza con persone reali, vive o morte, imprese commerciali, eventi o località è puramente casuale.

Cover Artist: Meredith Russell

AVVERTENZE:La lettura di questo libro è consigliata a un pubblico di soli adulti in quanto contiene scene di natura sessuale tra due o più uomini consenzienti.

"Un giorno, sul treno"

Traduzione: Bruna Martinelli per Quixote Translations

Edizione italiana a cura di: Alessandra Magagnato

CAPITOLO 1

8 giugno 2018

Avete presente come certe persone abbiano delle premonizioni? Magari un mattino si svegliano e sanno che succederà qualcosa? Se lo sentono fin dentro alle ossa?

Beh, prima che vi esaltiate troppo, io non sono una di quelle persone. E quel giorno in particolare – ho iniziato a pensarlo come *Il Giorno* – non c'era niente fuori dall'ordinario. Mi sono svegliato in ritardo, cosa che succedeva fin troppo spesso, il che significava che avevo dovuto correre come un matto per cercare di arrivare al lavoro in tempo, senza sembrare di essere stato trascinato tra dei cespugli. Il lavoro era stato noioso da morire, come sempre, e continuavo a guardare l'orologio perché, al termine di quella giornata, il mio fine settimana sarebbe finalmente incominciato. Non che i miei week-end fossero poi così avvincenti. Voglio dire, si parlava di fare il bucato, fare la spesa, pulire la mia stanza…

Sì, lo so, eccitante, vero? Ma meglio che stare al lavoro, a rispondere a chiamate di clienti della BMW – che stava per *Bitching, Moaning e Whining,* ossia Brontolare, Mugugnare e Lamentarsi in inglese, nel caso non lo sapeste. Non so spiegarmi come io riesca

a suonare così calmo suggerendo consigli come: «Beh, ha provato a spegnerla e poi riaccenderla?» Perché, a volte... solo certe volte, sulla punta della mia lingua c'è un: «Beh, se lei avesse più di due cellule cerebrali che si sfregano l'una con l'altra, avrebbe letto il manuale di istruzioni prima di chiamarmi. E buona giornata.»
Già, anche no, perché mi darebbero il benservito ancora prima di poter dire: «Salve, sussidio di disoccupazione.» Comunque, torniamo a quel giorno...
Detestavo con tutto il cuore dover fare il pendolare per andare al lavoro di quei tempi. Dannati treni. Non era sempre andata così male, potevo arrivare da Reading a Londra in meno di mezz'ora, ma poi avevano introdotto un sistema a sensi unici nella stazione di Paddington di Londra e adesso alcuni viaggi potevano durare anche un'ora. A quello si aggiungeva una supervisore che faceva in modo che non me ne andassi prima di aver dato loro la classica libbra di carne e questo significava che se riuscivo a prendere quello delle 18:04 mi era andata alla grande. Un po' più tardi ed erano già passate le sette di sera quando varcavo la soglia di casa.
Avete capito cosa voglio dire? La mia vita era tutta un tremolante cumulo di eccitazione, giusto? E continuo a tergiversare senza arrivare al punto, cioè a *quel giorno...*
Ero a Paddington in attesa del treno delle 18:04 – sì, era una di quelle giornate buone – ed ero al telefono come al solito, a guardare Facebook e Instagram.

Cheryl comparve sulla mia timeline e, ovviamente, dovetti guardare il suo post. Erano passati cinque mesi da quando ci eravamo lasciati, dopo un anno insieme. A quanto sembrava, aveva un nuovo ragazzo. Ne ero felice. Non era stata una rottura sgradevole, semplicemente volevamo solo cose diverse. Lei un anello di matrimonio, io no. Come ho detto, niente ripicche, solo una decisione comune di farla finita. Dopo di lei, avevo avuto una decina di appuntamenti e due o tre di essi si erano conclusi a letto, quindi non ero proprio un eremita. Ero felice di mantenere le cose su un piano non impegnativo. Senza contare che mi stavo ancora adattando a essere di nuovo single.

Comunque, tornando a Paddington…

Ero lì, seduto su una di quelle panchine di ferro dure da morire. Sapete a quali mi riferisco, quelle progettate per fare in modo che vi venga il culo insensibile dopo esserci stati seduti sopra per più di trenta secondi. (Non vogliono che vi ci sediate, okay? Rende il tutto disordinato.) Il treno sarebbe arrivato in circa cinque minuti, il che significava che non era ancora arrivato dalla stazione precedente. Com'era quello slogan sui treni? Meravigliosamente prevedibili? Beh, non so la parte riferita al meraviglioso, ma per il resto, sfortunatamente sì.

Comunque, il tizio seduto accanto a me sembrava incazzato.

Io sono il tipo che parla con chiunque, okay? E se qualcuno aveva quello sguardo così arrabbiato voleva chiaramente parlare con un'altra persona.

«Brutta giornata?» Gli lanciai uno sguardo comprensivo.
Roteò gli occhi. «Mi hanno soppresso il treno, il che vuol dire che non arriverò a Newbury prima delle 18:45.»
Sbuffai. «Non me lo dire. Se la mia supervisore, che tra l'altro ha una faccia come un culo che è appena stato sculacciato e la personalità del filtro della mia asciugatrice, avesse le cose fatte a modo suo, sarei ancora alla mia scrivania.» Solo perché mi aveva beccato a parlare di lei, quella vacca.
Beh, è davvero una vacca! Chiedete a chiunque.
Lui grugnì. «Okay, il quadro è chiaro.» Guardò il pannello del treno e sospirò. «Fantastico, in arrivo alle 18:08.»
«Guarda il lato positivo,» gli suggerii. «Almeno sta andando.» Era anche il mio treno.
Prese il telefono dalla propria borsa e fece una smorfia. «Non è decisamente la mia giornata, mi sta morendo la batteria.»
Dovevo fare qualcosa per rallegrarlo. Sbirciai il suo telefono, poi presi il mio caricabatterie portatile e il cavetto USB dalla borsa. Era pesante, ma durava parecchio, prima di dover essere messo sotto carica.
«Tieni.» Glielo porsi e lui lo fissò come se non ne avesse mai visto uno prima. «Siamo sullo stesso treno,» gli spiegai. «Scendo alla fermata prima di te, il che dovrebbe darti circa diciannove minuti per ricaricarti un po'.»
E con quello, la sua espressione si sciolse in un grande sorriso. «Dici sul serio? Ah, ma che gentile.»

Era il tipo di sorriso che si notava.

«Non dimenticarti di venire a cercarmi prima di arrivare a Reading,» gli dissi. Sì, lo so che avrei dovuto preoccuparmi che sarebbe potuto sparire, ma sapete che c'è? Sapevo che non lo avrebbe fatto. Era solo una sensazione. Magari era quel sorriso.

Proprio in quel momento, una voce automatica ci disse che il treno era in arrivo, quindi ci dirigemmo al tornello. Attendemmo lì intanto che i passeggeri uscivano dal treno sul binario per poi marciare verso di noi, con i biglietti o l'abbonamento in mano. Non appena ci oltrepassarono, fu il nostro turno. Una massa di pendolari che cercava di oltrepassare la barriera senza che nessuno di loro ci dicesse di "chiedere assistenza".

La tecnologia è meravigliosa, vero? Sì, meravigliosamente prevedibile. O dovrei dire tristemente?

Andai verso il fondo della banchina, come facevo sempre. Mia nonna diceva sempre "Osserva la massa e fai il contrario", quindi lasciai che i miei compagni pendolari si ammassassero nella prima carrozza che trovavano. Io no, grazie tante, non avevo nessuna voglia di fare la sardina per diciannove minuti.

So a cosa state pensando: che tristezza sapere con esattezza quanto durerà il mio viaggio. Beh, credetemi, se doveste fare affidamento sulla rete ferroviaria per arrivare al lavoro in tempo, lo sapreste anche voi.

E io non sono triste, okay?

Poi mi ricordai che avrebbe potuto essere una buona

idea far sapere a quel tizio dove stavo andando, giusto? Così avrebbe potuto restituirmi il mio caricabatteria.

Giuro, a volte il mio cervello andava a farsi un giro senza dirmi quando sarebbe ritornato.

«Aspetta!» Quel tipo mi stava correndo incontro sulla banchina.

Mi fermai davanti alla porta della carrozza e gli sorrisi. «Sono felice che uno di noi abbia buonsenso.»

Scoppiò a ridere. «Dio, ti muovi in fretta.» Attese che salissi sul treno, poi mi seguì nella carrozza. Mi diressi verso i sedili nel mezzo, gli unici con un tavolo e scivolai sul posto accanto al finestrino. Quel tizio si fermò nel corridoio accanto a me.

«Va bene se mi siedo qui?» Fece un cenno al sedile di fronte a me.

«Certo.» Non c'erano problemi, anzi, aveva senso.

Si sedette, tenendo la borsa in grembo. Un minuto dopo, il treno partì e iniziò la sua lenta uscita dalla stazione. Mi appoggiai allo schienale, con il telefono ancora in mano, mentre lui collegava il proprio al caricabatteria portatile. Mi presi un momento per osservarlo, nel modo più furtivo possibile.

Dovrei dire che una parola lo riassumeva: carino. Più o meno della mia età, con occhi marrone scuro e lunghe ciglia nere che si curvavano sulle sue guance mentre osservava il proprio telefono. Le sue guance erano sospettosamente color crema, senza difetti... *È truccato?* Quel luccichio sulle labbra doveva essere una specie di lucidalabbra di qualche tipo. Ovviamente, poteva essere burro di cacao, per quanto ne sapevo. *Quella struttura ossea…* Conoscevo diverse donne che avrebbero ucciso per avere quegli zigomi. I suoi capelli erano acconciati perfettamente, come se fosse appena uscito da un parrucchiere. Capelli castano scuro, corti sui lati, più lunghi sulla testa, dove aveva delle mèche. Le mani erano affusolate, lunghe dita che terminavano con unghie perfettamente curate.

Era forse un modello? I suoi vestiti erano decisamente alla moda, dalla camicia bianca a righe grigio pallido, fino alla giacca rosa chiaro che si abbinava alla perfezione. I jeans sarebbero sembrati del tutto sbagliati con quella combinazione, ma il modello attillato e lo stile sbiadito accentuavano l'effetto generale.

Notai la spilla sulla bretella della sua borsa. Un piccolo arcobaleno smaltato del Pride. Poi vidi che portava diverse spillette: un cuore arcobaleno, una faccina sorridente con un arcobaleno alle spalle e altre due con la scritta *Love is love* e *Love wins*.

Adesso che ci pensavo, la sua voce non suonava come qualcuno che potesse abbattere alberi a mani nude. Non con quelle unghie, almeno.

Okay, magari mi sbagliavo, ma qualcosa mi diceva che quel tipo era gay.

Quello non mi infastidiva, a essere sinceri, perché avevo lavorato con fin troppi ragazzi che sarebbero scappati urlando dalla stanza se solo avessero pensato che c'era un uomo gay che si azzardava anche solo a respirare accanto a loro. Ma qual è il problema degli etero che devono sempre dare per

scontato che ogni gay cerchi di saltare loro addosso? In caso non lo abbiate ancora capito, non mi piacciono molto alcune delle persone con cui lavoro, perlopiù perché sono dei completi coglioni.
«Ma come fai ad avere campo? Io non ho neanche una tacca.»
Gli lanciai un'occhiata. «Sul treno il Wi-Fi fa sempre schifo, il segnale va e viene. Sto leggendo una cosa che mi sono scaricato prima.»
Sorrise. «Sei un ragazzo intelligente.» Si appoggiò allo schienale, visibilmente più rilassato. «Grazie, è stato un giorno tremendo e tu mi stai aiutando a renderlo migliore.»
«Figurati. Mi intendo di giorni di merda, credimi.»
Lui ridacchiò. «Certo che sì, mi hai detto che lavori con una persona che ha la personalità di un filtro.» Scosse la testa. «Era divertente. È davvero così pessima?»
Gemetti. «Dio, è perfino peggio. Giuro, pensa che l'unico obiettivo che ha in quel posto sia di infastidirmi a morte.» Gli raccontai qualche aneddoto, lui iniziò a ridere, e subito iniziai a ridere anche io. Poi mi raccontò qualcosa delle persone con cui lavorava e, dovevo ammetterlo, ognuno di loro sembrava profondo a livello emotivo come una pozzanghera. Fu una bella chiacchierata e per la prima volta in quel giorno mi rilassai.
Feci un cenno mentale ai miei colleghi più omofobi. *Vedete? Non tutti gli uomini gay vogliono flirtare e provarci, alcuni sono in grado di farsi una bella chiacchierata.*

Si schiarì la gola. «Posso chiederti… come ti chiami? Parliamo da un po' ed è un po' strano non sapere con chi sto parlando.»

«Mi chiamo Lee.» Aveva ragione, ovviamente. Non potevo continuare a pensare a lui come *quel tipo.*

Sorrise. «Ciao, Lee, io sono Daniel.» Mi porse la mano e gliela strinsi. Solo che… La strinse una frazione più a lungo di quanto mi aspettassi e il suo sguardo incontrò il mio.

Il primo pensiero che mi attraversò la mente fu che i suoi occhi erano davvero carini. Il secondo era che non avevo mai fatto caso agli occhi di un ragazzo.

La terza era che, mio Dio, mi stava studiando.

Poi mi lasciò andare e quel momento passò.

Tossicchiai. «Allora, dove lavori?» Mi comportai come se non fosse successo nulla. Solo che… nulla era successo davvero, quindi perché diavolo mi sentivo come se fosse il contrario?

«Lavoro in un negozio di abbigliamento maschile.»

«Beh, questo spiega tutto,» commentai.

Arcuò il bel sopracciglio definito. «Spiega cosa?»

Merda. «Il tuo aspetto. Devi essere una pubblicità che cammina del negozio.» E perché mai gli avevo detto una cosa del genere? *Lee Paul Tennant, hai appena flirtato con quest'uomo?*

Cristo, la voce nella mia testa sembrava proprio quella di mia nonna.

Le sue labbra ebbero un fremito. «Ehi, grazie, sembra una specie di complimento.»

Okay, quello sì che era flirtare e io stavo iniziando ad agitarmi.

C'erano parecchie cose che volevo dirgli in quel momento, ma non osai.
Stai flirtando con me?
Pensi che sia gay?
Non sto impazzendo, vero? Stai flirtando con me, giusto?
Avrei potuto sbottare con il classico "ma io sono etero", ma sapete che c'è? Avrei ottenuto solo due cose: avrebbe terminato quella bella conversazione e mi avrebbe fatto sembrare un bastardo arrogante che dava per scontato che Daniel voleva solo entrarmi nelle mutande.
Dio, che ironia.
Feci del mio meglio per continuare a parlare, ma era come se mi fossi reso conto di lui in un modo che prima non avevo fatto. Mi ritrovai a piegarmi in avanti e a sorridergli, intanto che chiacchieravamo. Lo guardai spesso negli occhi. Sollevai il mento, perché sapevo che mi faceva sembrare il collo più lungo.
Oh mio Dio, ma che diavolo sto facendo?
Solo che io sapevo cosa stavo facendo, la stessa cosa che facevo quando ero con qualcuno che stavo cercando di colpire. Lo facevo con sottigliezza, certo, ma sembrava come se tutto ciò che facessi fosse per attirare la sua attenzione.
Daniel continuava a studiarmi, come se stesse cercando di farsi un'idea su qualcosa. Mi ficcai il telefono nella borsa, che appoggiai sul tavolo di fronte a me, toccandone senza sosta il risvolto.
Il suo sguardo si abbassò sulle mie mani, poi si risollevò: «Sei nervoso?»

«No,» risposi subito e lo guardai. «Per cosa dovrei essere nervoso?»

Okay, suonavo timido e io non ero assolutamente un timido.

Daniel scoppiò a ridere: «Sai che c'è, Lee? Sei davvero carino, quindi... Che fai domani sera?»

Aspetta, sono carino?

Un ragazzo mi aveva appena detto che ero carino.

Poi mi resi conto di tutto il resto: «Perché... perché vuoi saperlo?»

Non mi chiederà di uscire, no? Ci siamo appena incontrati e poi io sono etero, ricordi?

«Perché vorrei chiederti un appuntamento.» Quei profondi occhi marroni si concentrarono su di me. Tutto in lui mi diceva che era completamente sincero.

Okay, quello fu il momento in cui persi il mio contatto con la realtà.

Non importava che non fosse una donna, era un attraente uomo interessante, con un buonsenso dell'umorismo e bravo a conversare. Con il cuore in gola, la mia lingua si mosse in autonomia prima che il mio cervello potesse dirle di starsene zitta.

«Certo.»

Cosa?

CAPITOLO 2

Daniel sorrise: «Fantastico!»

Ma che cazzo ho appena fatto?

Prima di aver tempo di rispondere a quella domanda, Daniel mi aveva porto il proprio telefono, ancora attaccato al mio caricabatteria e mi aveva chiesto di aggiungere il mio numero. Lo feci, con la testa che mi girava.

Perché non gli avevo detto: «Beh, tutto questo è molto lusinghiero, ma io sono etero»?

Perché non gli avevo detto: «Scusa, ma io esco solo con donne»?

E perché il mio cuore stava martellando come se fosse sul punto di spezzarsi?

Sapevo che parte della ragione stava nel fatto che sembrava così felice che gli avessi detto di sì. Come potevo dirgli di no e infrangere i sentimenti di qualcuno che, ovviamente, adorava l'idea di uscire con me?

Gli restituii il telefono e lo guardò: «Lee Tennant, sei parente di David? Il più sexy *Doctor Who* di sempre?»

Pensai che la mia risata sarcastica fosse una risposta sufficiente. Cliccò sul mio numero e il mio telefono prese vita al suono di *Addicted* di Serge Devant. Il viso di Daniel si illuminò di nuovo in quel sorriso fantastico. «La adoro.»

Lo spensi in fretta prima di salvare il suo numero.

«E io sono Daniel Bond,» sorrise. «Licenza di emozionare,» ridacchiò. «Scusa, lo dico di solito prima che qualcuno faccia la battuta.»

Le mie solite frecciatine vennero meno, perché ero così intimidito che non sapevo cosa dirgli.

Oh, c'erano un mucchio di cose che avrei potuto dire, solo che non volevo dirne nemmeno una, perché non volevo ferire i suoi sentimenti.

«Mandami un messaggio stasera, così possiamo decidere che cosa fare.» Quel sorriso non era svanito. «Mi puoi anche chiamare, se ti va. Starò a casa per tutta la sera. Almeno sai a che ora arriverò a Newbury.»

Mi ci volle un secondo per ricordare. «18:43, non tenendo conto dei ritardi.»

Gli occhi di Daniel scintillarono. «Esatto.» Guardò fuori dal finestrino, poi staccò in fretta il proprio telefono. «Siamo quasi a Reading.» Mi porse il caricabatteria e il cavetto. Quando non dissi nulla, ma mi limitai a ficcarlo dentro alla mia borsa, mi guardò incuriosito. «Stai bene? È la prima volta che te ne stai zitto da quando mi sono seduto accanto a te alla stazione.» Sembrava che quel pensiero lo divertisse.

Che diavolo avrei potuto rispondergli? *Beh, in realtà, sto provando a capire come dirti che il mio cervello ha appena scorreggiato e mi è uscito un "sì, verrò a un appuntamento con te"?*

Poi mi prese del tutto in contropiede. «Non vedo l'ora che sia sabato sera.» Lo disse con una tale intensità e sincerità, che non ebbi il cuore di deluderlo.

Allora non farlo. Mandagli un messaggio stasera, così sarà più facile e non dovrai più rivederlo.

Quello mi calmò un po' e mi venne più facile respirare. Dovetti sembrare più rilassato perché anche lui si rilassò.

Sarebbe così terribile? Potremmo andare in un club, a ballare… Conoscevo già il suo gusto musicale, quindi non era un suggerimento troppo tirato, poi mi diedi una regolata. *Perché mai lo sto anche solo prendendo in considerazione?*

Il treno prese a rallentare mentre si avvicinava a Reading, quindi mi alzai, cercando di tenermi in equilibrio aggrappandomi allo schienale del sedile. Presi la mia borsa dal tavolo, mi stampai in faccia quello che speravo fosse un sorriso brillante e dissi: «Ci vediamo!» Poi mi diressi verso l'uscita in attesa che il treno si fermasse. Quando lo fece, balzai giù e mi diressi in fretta verso l'uscita più vicina.

So cosa state pensando, okay? Perché lo stavo illudendo così? E sapete che c'è? In quel momento non riuscivo a spiegarmelo. Quella parte arrivò più tardi.

Mi feci strada attraverso la stazione di Reading quasi come un automa, con la mente ancora ferma sull'invito scioccante di Daniel. Abitavo a soli cinque minuti dalla stazione e stavo mentalmente cercando di capire chi sarebbe stato a casa quando sarei arrivato. Moz sarebbe ancora stato al lavoro al Broad Street Mall, dove era l'addetto alle vendite di una gioielleria. Mick sarebbe arrivato a casa presto dal Royal Berkshire Hospital, dove lavorava come responsabile informatico. Questo se non stava lavorando da casa, come faceva a volte. Justin sarebbe stato alla palestra locale, ad allenare uno dei suoi clienti. Restava solo Niall, che probabilmente stava dormendo, perché lavorava in una panetteria e la sua giornata iniziava molto presto.

Quando arrivai alla porta d'ingresso, mi ero calmato molto. La casa era tranquilla e ne ero grato, perché avevo bisogno di un po' di pace per pensare bene a ciò che era successo. Entrai nella cucina in fondo alla casa, sorridendo alle scintillanti superfici di lavoro ordinate, di certo opera di Niall, perché puliva sempre i piatti della colazione quando tornava a casa dopo il lavoro. Era di certo l'inquilino che teneva di più all'ordine della casa.

Sì, so che suona come un vero pandemonio con cinque ragazzi che condividono una casa, ma per noi funziona. La zona è fantastica per Justin, Moz e Niall e io sono vicino alla stazione. Andiamo tutti d'accordo… beh, la maggior parte del tempo. Ci sono stati degli scontri di tanto in tanto, per il telecomando, ma comunque ci sono due salotti comuni, il che riduce i battibecchi.

Riempii il bollitore, poi presi il barattolo del caffè dall'armadietto e un cucchiaino da tè dal cassetto. Continuai a rivivere la conversazione con Daniel; avevamo parlato forse venti minuti prima che mi chiedesse di uscire.

Mio Dio, c'era una voce nella mia testa che gridava *mi ha chiesto di uscire!* Sapete, nel caso in cui me lo fossi perso.

«Ehm… Lee?»

Guardai in direzione della porta dove vidi Niall che mi fissava con chiaro divertimento. Alzai un sopracciglio: «C'è qualcosa che ti diverte?»

Fece un mezzo sorriso. «Sì, la tua faccia mentre prepari quel caffè. Penso che tu ne abbia messo almeno sei cucchiai in quella tazza.»

Sbattei le palpebre e ci guardai dentro. «Merda.» Versai la polvere nel barattolo e iniziai da capo. Il bollitore fischiò: «Ne vuoi uno?»

Niall annuì, entrando nella stanza e dirigendosi verso il frigo. «Un cucchiaino di caffè, nel caso te lo stessi chiedendo.»

«Sarcastico bastardo.» Presi una tazza e preparai i caffè. Quando ebbi finito, prese il suo e si diresse verso il tavolo dal lato opposto della stanza, circondato da cinque sgabelli alti. Mi unii a lui, con la testa ancora fissa su Daniel.

Questo si sta dimostrando un giorno proprio strano.

Niall si schiarì la voce. «Quindi… com'è andata al lavoro?»

Lo fissai. «Da quando in qua mi chiedi una cosa del genere? A meno che tu non voglia davvero che ti annoi a morte.»

Fece spallucce. «Ho pensato che fosse il modo più semplice per scoprire cosa ti passa per la testa.»

«E cosa ti fa pensare che abbia qualcosa che mi passa

per la testa?»
Le sue labbra sussultarono in un sorriso. «Oh, andiamo, il caffè è stato rivelatore.»
Non ero sicuro che volessi che qualcuno lo sapesse. Poi mi resi conto che magari parlarne mi avrebbe aiutato e almeno era Niall, perché poteva andarmi molto peggio. Immaginai che Justin si sarebbe pisciato addosso dalle risate.
Iniziai col raccontargli di Daniel seduto accanto a me alla stazione e finii con me che scendevo dal treno, con la promessa di mandargli un messaggio o chiamarlo più tardi. Niall non aveva detto nulla intanto che io parlavo, si era limitato a bere il proprio caffè. Rimase tranquillo anche dopo che ebbi finito.
Alla fine, mi arresi. «Quindi? Perché non ridi?»
Niall mi guardò confuso. «Oh, scusa. Doveva essere un racconto divertente?»
Okay, a quel punto mi cadde la mascella. «Ti sei perso la parte in cui mi ha chiesto di uscire?»
«L'ho sentito. E...?»
Lo guardai male. «Cosa vuoi dire con *e*?»
«Beh, uscirai con lui?»
«Perché mai dovrei uscire con un ragazzo? Io sono etero, ricordi?»
Niall mi fece un sorriso consapevole. «Allora perché hai detto di sì?»
«Io...» Cercai di riordinare i miei pensieri. «Non volevo ferirlo.» Niall ridacchiò e lo fissai sorpreso. «Perché è così divertente?»
«Oh, non lo è. Ciò che mi ha stuzzicato è l'idea che tu non vuoi ferire i sentimenti di un tipo che nemmeno

conosci.» I suoi occhi scintillavano. «Da quando in qua hai peli sulla lingua?»

Okay. Quello era il momento in cui dovevo ammettere che, tra tutti i miei coinquilini, io ero quello con la boccaccia: prima parlavo e poi pensavo. C'era un motivo per cui mia mamma mi diceva sempre di mettere in funzione il cervello prima di aprire la bocca.

«Ha un bell'aspetto?» chiese lui all'improvviso.

«Sì, è un po'… carino, a dir la verità.» Beh, lo era e io non avrei detto una bugia.

Alzò un sopracciglio, ma non commentò. «E non hai mai pensato ad andare con un ragazzo?»

Scossi lentamente la testa. Tranne… No. Proprio no. Tra l'altro, non contava. Tutto ciò che avevo fatto era stato chiedermelo. E chiedermelo non era come pensarci, giusto?

Sì, penso che adesso mi sto proprio comportando da pedante.

«Hai mai guardato del porno gay?»

Okay, quello sì che mi prese in contropiede. «Solo etero.» Tossicchiai. «E a volte, lesbo.» Solo che quando guardavo porno etero non mi concentravo sempre sulle ragazze, ma *quello* non glielo avrei detto.

«Quindi guardare due ragazze che fanno sesso va bene, ma due ragazzi no?» Aveva di nuovo quell'espressione divertita.

Sbuffai. «Tu lo hai mai guardato?»

Fece spallucce. «Certo. Non ho nessun problema, alcuni sono davvero sexy.» Mi cadde di nuovo la

mascella e lui scoppiò a ridere. «Vorrei che potessi vedere la tua faccia.» Si sporse in avanti, appoggiò i gomiti sul tavolo e mise il mento sulle dita intrecciate. «Daniel è ovviamente interessato a te.»
Non potevo contraddirlo su quel punto, dopotutto mi aveva chiesto di uscire. «Adesso non mi saltare alla gola, okay?» Mi fissò. «Ci deve essere un motivo per cui gli hai detto sì così in fretta, quindi dimentica per un momento di essere etero e che esci solo con donne, e pensaci su. Hai sentito una connessione con lui?»
Aprii la bocca per dirgli di no, ma la richiusi. C'era stato qualcosa, giusto? Quella... scintilla quando ci eravamo stretti la mano. Come mi ero sentito quando mi aveva guardato negli occhi.
Deglutii. «Forse,» risposi con circospezione.
Niall annuì come se non lo avessi affatto sorpreso. «Penso che una parte di te sia eccitata all'idea di uscire con Daniel. Io penso che tu sia più aperto di quanto vuoi permetterti di credere.»
«Ma perché adesso?» Era quello che non capivo. «Non inizi all'improvviso ad avere pensieri gay a ventisei anni quando non li hai mai avuti prima.»
«Perché no?» mi chiese aggrottando la fronte. «E non sono pensieri gay.» Sorrise. «Magari bisessuali.» Poi piegò la testa di lato. «Sii onesto: l'idea ti eccita?»
Appoggiai la tazza e fissai il tavolo, cercando di rimettere in qualche modo in ordine i miei pensieri.
Il pensiero mi fa schifo? Chiaramente no. Se così fosse stato, non me ne sarebbe fregato un cazzo di ferire i sentimenti di Daniel, anzi gli avrei subito risposto di

no, chiaro e tondo.
Sarei disponibile ad aprirmi a qualcosa di così nuovo? Perché no? Non era sbagliato, giusto?
Voglio vedere come va a finire? Okay, quella era la parte un po' spaventosa, perché uno dei posti in cui poteva finire era un letto e non sapevo come sentirmi al riguardo. *E se sabato sera vuole fare sesso con me?*
Okay, non potevo pensarci. Solo che… magari dire a Daniel che non avevo nessuna esperienza nel reparto del sesso gay poteva essere qualcosa da prendere in considerazione.
Eccolo lì, quel lento srotolarsi di qualcosa nella mia pancia, la stessa sensazione che avevo avuto quando Daniel mi aveva guardato *in quel modo.*
Sì, okay, adesso potevo ammetterlo. Era stato uno sguardo molto sensuale e nessuna donna mi aveva mai guardato in quel modo, né mi aveva mai fatto sentire così… desiderato, e magari era quello il motivo per cui gli avevo detto di sì, tanto per cominciare.
Rabbrividii. «Sì,» sussurrai. «Mi eccita.»
Niall mi fece un caldo sorriso e nel mio cuore seppi che era perché gli avevo dato la risposta giusta.
«Allora stasera chiamalo e organizza un appuntamento,» rispose semplicemente. Qualsiasi altra cosa che stessi per dire si perse quando la porta d'ingresso si aprì e Justin entrò, gridando che era venerdì sera e che si aspettava che ci fossero pizza e birra sul menu.
Niall mi lanciò uno sguardo. «Se ne vuoi parlare ancora, sai dove trovarmi,» sussurrò. «Solo… niente

nottatacce di chiacchiere angoscianti, per favore. Alcuni di noi si svegliano presto.»

Scoppiai a ridere. «Te lo prometto.» Poi la porta del salotto comune più vicino si aprì e Mick ne uscì col portatile in mano.

«Mi sembrava di aver sentito delle voci,» sorrise. «Beh, ho sentito Justin.»

Speravo che avesse sentito *solo* quello. Avevo pensato che io e Niall fossimo soli.

Justin marciò in cucina e si guardò intorno. «Dove sono le birre? Andiamo, ragazzi. Ho smaltito un mucchio di calorie oggi. Ho bisogno di una birra, o quattro.» Prese il menu delle pizze da asporto da dove lo avevamo attaccato sulla lavagnetta e iniziò a leggerlo.

«Vado a togliermi i vestiti da lavoro,» borbottai, superando Justin e dirigendomi verso le scale. La mia stanza era al secondo piano.

«Hai circa quaranta minuti prima che arrivi il cibo,» mi disse Justin. «E Moz sarà qui tra dieci minuti. Mi ha già scritto quello che vuole,» ridacchiò. «So già quello che vuoi tu,» mi disse. «Signor Prevedibile.»

Sulla punta della lingua avevo una risposta da dargli, del tipo *beh, non sai proprio tutto,* ma tenni la bocca chiusa. Meno gente sapeva di quella faccenda, meglio era.

Quaranta minuti prima dell'arrivo della pizza. Avrei aspettato di cenare, prima di chiamare Daniel?

Lo avrei fatto, cazzo?

CAPITOLO 3

Entrai nella mia stanza e chiusi la porta. Malgrado l'apparente fiducia di Niall che avrei fatto la cosa giusta, avevo il cuore in gola. Presi in considerazione l'idea di mandare un messaggio a Daniel, ma lasciai perdere.

Avevo bisogno di sentire di nuovo la sua voce.

Mi sedetti sul letto con il telefono in mano, ripercorrendo mentalmente ciò che gli avrei detto.

Okay, Daniel? C'è qualcosa che dovresti sapere…

Sì, mi piacerebbe uscire con te. Devo portarmi i preservativi?

Andremo in un club gay?

Ma che cazzo. Di quel passo sarei restato lì fino a mezzanotte.

Chiamalo e basta, cazzo.

Scorsi la lista dei contatti fino al suo numero e lo chiamai. Rispose solo dopo due squilli. «Sei impaziente.» Anche al telefono capii che stava sorridendo.

Vedete? Questo è il motivo per cui le chiamate sono sempre meglio dei messaggi.

«A proposito di questo appuntamento…» Adesso che gli stavo parlando, avevo lo stomaco sottosopra.

«Eri nervoso, vero?»

E tutto il resto. Il che mi metteva in difficoltà. *Gli dico che non sono gay?* Perché se lo avessi fatto avrebbe potuto cancellare l'appuntamento e fui scioccato nel rendermi conto di non volere che succedesse, perché volevo vedere come sarebbe andata a finire. Okay, c'era stata una breve connessione, ma ne ero intrigato ed eccitato.

«È passato un po' dal mio ultimo appuntamento.»

Beh, quello era vero, dato che era passato un mese.

«Va tutto bene,» ridacchiò. «Sono sicuro che ce la farai. Comunque stavo pensando a quello che potremmo fare.»

Il cuore mi andò in sovraccarico. «Oh?»

«A essere sinceri è stata una settimana impegnativa. Ti andrebbe se ci vediamo da te o da me e ci guardiamo un DVD?»

Oh, mi piaceva quell'idea. «Certo, l'unica cosa che penso è che ti devo proprio chiedere che tipo di film ti piacciono.» Stavo già pensando a una lista di film che avrebbe potuto dirmi: *Tutti insieme appassionatamente, Priscilla la regina del deserto, Piume di struzzo…*

«Ti piacciono i cartoni animati?»

Sì, non proprio quello che mi aspettavo e mi servì per essere stato così presuntuoso. «Sì, sono famoso per averne guardato qualcuno.» Lanciai uno sguardo allo scaffale nell'angolo della stanza dove avevo impilato i miei DVD. *Toy Story, Alla ricerca di Nemo, Il re leone, Frozen… Dumbo…*

Mi state giudicando, lo sento.

«Hai visto *Dragon Trainer*?»

«Mi sa che me lo sono perso. È bello?»

«Fantastico. Ci sono stati anche dei sequel e sono tutti belli. Ho i primi due e stavo pensando che potremmo farcela a vederli entrambi in una sola sera.»

Un appuntamento a vedere cartoni animati. Potevo farcela. «Sembra fantastico.. Ehm, dove? Ti direi qui ma, credimi, non lo vuoi.» E *decisamente* io non volevo. I miei coinquilini avrebbero fatto i salti di gioia.

«Okay, adesso sono davvero curioso.»

«Vivo con altri quattro ragazzi e la maggior parte delle sere qui è tipo un caos organizzato.» Tra l'altro, come avrei potuto spiegare Daniel?

«Beh, allora facciamo da me? Ti va di venire a Newbury?»

Nessun problema. Mi ci volevano solo venti minuti di treno da Reading. «Sì, va bene. Basta che mi mandi il tuo indirizzo.»

«Io vivo da solo, a proposito. Vivo in un appartamento con due stanze vicino alla stazione.» Si fermò. «Senti... Vuoi mangiare prima di vedere i film? So cucinare. Beh, più o meno. Sto cercando di migliorare le mie tecniche di cucina. Se mi va male, c'è un meraviglioso ristorante italiano proprio qui all'angolo che fa cibo da asporto.» Ridacchiò. «Magari è la scelta migliore, adesso che ci penso.»

«A me sta bene.» Adoravo il cibo italiano. Okay... Non so cosa mi prese, stavamo parlando tranquillamente e lui sembrava a posto col fatto che non avessi avuto appuntamenti di recente, quindi

non avevo idea del perché avessi iniziato a straparlare. «Avevi ragione, sono nervoso. È solo che...» Inspirai a fondo. «Non sono mai uscito con un ragazzo.»
Ci fu un momento di silenzio e fui sicuro di aver rovinato tutto. «Va tutto bene, dico sul serio.» La sua voce era gentile e bastò quel suono a rasserenare il battito del mio cuore. «Come ti ho detto sul treno, sei carino e mi piacerebbe rivederti.» Un'altra pausa. «Se cambi idea, va bene.»
Ma io non volevo cambiare idea.
«Anche io vorrei rivederti.» E questa era un'assoluta verità.
«Fantastico.» Potei sentire il sollievo nella sua voce. «Ti va bene per le sette?»
«Perfetto, ci sarò. Vuoi che porti qualcosa?»
Daniel ridacchiò. «Solo te, carino.» Poi chiuse la conversazione.
Il cuore mi martellava nel petto. *L'ho fatto davvero, andrò a un appuntamento con un ragazzo.* E non avevo idea di cosa dovevo aspettarmi. *Carino?*
Mi guardai allo specchio. *Cosa vede che io non vedo?* I miei capelli erano un... macello, il mio mento era enorme, la mascella troppo squadrata, avevo le labbra di una ragazza...
Cazzo. *Sono le mie labbra, giusto? Mi stava guardando le labbra e pensava di baciarle.* Solo che quello spinse me a pensare di baciarlo, facendomi immaginare come sarebbe stato. Il suo viso era liscio, quindi non dovevo preoccuparmi che mi graffiasse. E le sue labbra sembravano essere morbide.

Ecco, avevo perso. Ero in piedi davanti allo specchio, con la mente occupata da Daniel che mi baciava e l'idea era… piacevole, elettrizzante.

Okay, era anche eccitante.

Felici, adesso?

E se il pensiero di Daniel che mi baciava mi stesse eccitando? Se mi stava bene uscire con un ragazzo, perché non mi potevano stare bene… altre cose?

Anche se quelle altre cose mi facevano rabbrividire.

«Lee! La pizza!»

Sbattei le palpebre e guardai la sveglia accanto al letto. *Non è possibile, cazzo.* Ero stato al telefono solo per un paio di minuti, poi mi resi conto che avevo passato la maggior parte del tempo a chiedermi che cazzo gli avrei detto.

E il tempo passato a fantasticare sui suoi baci; sì, non mi sono dimenticato di quella parte.

«Arrivo.» Mi tolsi la giacca e la camicia e mi infilai dei jeans. Quando arrivai in cucina, tutti gli altri erano raccolti intorno al tavolo, intenti ad aprire i cartoni, dividendosi le bruschette all'aglio, gli spicchi di pizza e l'insalata di cavolo.

Justin sorrise quando mi vide. «La tua è la pizza Hawaiana, giusto?» Fece un brivido esagerato. «Ananas sulla pizza.»

Mick gli diede una gomitata. «Ho notato che hai sbranato tutti quei bastoncini di salsicce al formaggio, all'ananas o alla salsa cocktail che abbiamo preparato per la festa di compleanno di Moz.» Gli brillavano gli occhi.

Justin sbatté le palpebre. «Sì, beh, ho solo cercato di

essere educato.»
Mick sbuffò. «Educato sarebbe stato mangiarne una o due. Se non ricordo male, le hai mangiate quasi tutte tu.»
Io feci un passo indietro e mi godetti lo spettacolo.
Justin lo guardò sbalordito. «Ma... Questa è *pizza.*» Lo disse come se quello dovesse spiegare tutto. «È solo... strano.»
Moz sbuffò. «Parli tu che ti piace la pizza con le acciughe.» Imitò il brivido di Justin alla perfezione e gli altri scoppiarono a ridere.
Niall versò la Coca Cola in un bicchiere. «Qualcun altro che non beve birra?» Roteò gli occhi. «E non stavo chiedendo a te,» sbottò verso Justin e quello fece ridere tutti di nuovo.
Quando tutti avemmo del cibo nel piatto, andammo nel salotto più vicino e Niall accese la televisione. Mick fu veloce a prendere il telecomando. «No, non guarderemo *The One Show,*» commentò con enfasi, ma con un luccichio negli occhi. «Se vuoi farlo, vai da un'altra parte.»
«Qualcuno esce stasera?» chiese Justin tra un boccone e l'altro.
Moz scosse la testa. «Io sono a pezzi.»
«Come fai a essere a pezzi?» domandò Justin sorpreso. «Non fai altro che startene dietro a un bancone per tutto il giorno ad annoiarti a morte.» Sorrise. «Oh, a parte le volte in cui qualcuno vuole vedere un paio di quegli orecchini da dieci sterline che tenete in vetrina.»
Moz spruzzò la Coca su tutta la sua pizza. «Dieci

sterline? Vedo che è passato un po' di tempo da quando hai comprato degli orecchini per una ragazza.»

«Sì, beh, di solito sono le ragazze che comprano le cose per me,» si pavoneggiò lui.

«Pensano che l'unico modo che hanno per farti stare alla larga sia corromperti? È così?» chiese Mick con aria innocente.

«Almeno io ho degli appuntamenti,» rispose con gentilezza. «L'unica cosa che tu guardi con affetto è il tuo ultimo giochino.»

«E quindi?» ridacchiò Niall. «Adesso ci sono giochini per tutti i tipi di… necessità.» Le sue labbra si incresparono. «Magari Mick ha avuto l'idea giusta. Non devi portare a cena fuori o in un club uno di quei giochini. Non vogliono regali. Basta tenerli lubrificati e… puliti.»

Okay, adesso non volete sapere dove sia volata la mia mente.

Sembrava che il senso dell'umorismo di Mick fosse sulla stessa lunghezza d'onda di quello di Niall. «Sì, alcuni sono anche impermeabili.» Sollevò le sopracciglia in modo allusivo.

Fu il mio turno di spruzzare la Coca Cola.

Justin guardò me, Mick e Niall. «Pensi di conoscere le persone e poi all'improvviso…» Quando Mick scoppiò a ridere, seguito da Niall, Justin sembrò sollevato. «Per un attimo ci ho creduto.»

Ci mettemmo all'opera a mangiare e Mick trovò un film da guardare.

Dovevo ammetterlo, avevo avuto un colpo di fortuna

quando mi ero trasferito qui. Andiamo davvero d'accordo. Ci sono circa cinque anni di differenza tra di noi, Moz è il più giovane, venticinque anni e Mick il più vecchio. Ha trent'anni ed è l'influenza stabilizzante di questo posto. Non c'è molto da dire sul suo conto, ma ha senso dell'umorismo e sangue freddo nei momenti di crisi, come quando si ruppe il boiler nel bel mezzo dell'inverno. Justin, malgrado i suoi ventotto anni, era corso da una parte all'altra in preda al panico, ma Mick aveva sistemato tutto con calma.

E adesso sembrava che avessi anche trovato un confidente.

Come se mi avesse letto nella mente, Niall guardò nella mia direzione, mimandomi un okay interrogativo e io gli feci un cenno di assenso. Il veloce lampo del suo sorriso mi fece sentire bene. Adesso, tutto ciò di cui mi dovevo preoccupare era quello che avrei indossato. Voglio dire, cosa si indossava per un appuntamento con un ragazzo gay?

«*Dei vestiti!*» Vi sento. Sappiate che questo non aiuta!

Avevo in programma di passare la maggior parte di sabato a rovistare nel mio armadio e se non avessi trovato niente che lo avrebbe potuto colpire, allora sarei andato a comprare qualcosa che lo avrebbe fatto. Fu solo più tardi, quella sera, che ci pensai: *lo avrebbe potuto colpire?* Dovevamo guardare dei DVD e mangiare cibo da asporto. Perché pensavo così intensamente al modo per impressionarlo? Pensava già che fossi carino, giusto? Quello doveva essere un buon inizio.

Mi faccio sempre così tanti problemi per un appuntamento? Okay, non ero uno sciattone, ma non ero nemmeno un modello. Poi capii: per l'aspetto che aveva, Daniel poteva essere facilmente preso per un modello. Magari mi sentivo come se mi mancasse qualcosa sull'aspetto fisico. Capelli disastrosi, mento enorme, labbra da ragazza, ricordate?

Oh Dio, stavo di nuovo pensando di baciarlo. Seduti accoccolati insieme sul suo divano, i nostri occhi si incontravano sopra al tiramisù e…

Tiramisù?

Dovevo darmi una cazzo di regolata, era solo un appuntamento e, per quanto ne sapevo, era una cosa di una sola sera. Magari avrei passato la serata con lui e deciso che non volevo un secondo appuntamento.

Ma se…?

Già, quel *ma se* mi faceva venire le farfalle allo stomaco.

CAPITOLO 4

9 giugno 2018

Erano quasi le sei e tre quarti quando arrivai all'appartamento di Daniel. Non aveva scherzato, era letteralmente a due minuti dalla stazione. L'edificio sembrava piuttosto recente, a tre piani con abbaini sul tetto. C'erano alcune porte, quindi cercai quella con il numero dell'appartamento di Daniel, che era alla fine dell'isolato.

Mi fermai davanti alla porta, fissando il citofono. Non volevo fargli sapere che ero già arrivato. Essere elegantemente in ritardo era una cosa, ma essere lì un quarto d'ora prima era decisamente altro. Mi aveva mandato il menu da asporto insieme all'indirizzo di casa, quindi probabilmente la cena mi stava già aspettando.

Non posso fare la figura di quello troppo impaziente, vero?

«È un po' tardi per cambiare idea adesso.»

Quasi saltai per la sorpresa. Daniel mi stava accanto e reggeva un grande sacchetto di carta marrone. Stava sorridendo.

E, cazzo, aveva un bell'aspetto. Jeans stretti che sembravano essergli stati disegnati addosso, un paio di scarpe nere e una felpa azzurra con cappuccio. Questa volta non era truccato, ma non ne aveva

bisogno perché la sua faccia era bella in modo paralizzante.
«Odio essere in anticipo,» dissi come spiegazione, poi annusai. «Oh, wow, ha un profumo ottimo.»
«Sono appena andato a prenderlo. Pensavo di aver tempo sufficiente per tornare prima del tuo arrivo,» ridacchiò lui. «Immagino che avrei dovuto sapere a che ora sarebbe arrivato il treno da Reading.» Si infilò una mano in tasca per prendere un mazzo di chiavi, poi si fermò. «Beh... te ne resterai lì ad aspettare le sette o entri con me?»
Roteai gli occhi. «Oh, non saprei, lasciami pensarci su.»
Scoppiò a ridere. «Beh, intanto che tu ci pensi io salgo e mangio tutta la focaccia all'aglio e rosmarino.» Probabilmente mi era sfuggito un gemito a quella frase e lui scosse la testa, mormorando: «Sei davvero carino.» Daniel aprì la porta e lo seguii all'interno. Scoprii che il suo appartamento era all'ultimo piano e prendeva tutto un lato dell'edificio. «Sono andato a prendere il cibo e poi mi sarei preparato,» disse salendo le scale.
«Vuoi dire che adesso non sei pronto? Avresti potuto ingannarmi.» Non erano solo parole gentili.
Voltò la testa per guardarmi. «Sei fantastico per il mio amor proprio.» Arrivammo al suo piano e infilò la chiave nella toppa. «Non è un grande appartamento,» disse quando entrammo.
Ridacchiai. «Fidati di me, sarà più grande di dove vivo io. Ho solo una stanza che posso chiamare mia ed è così piccola che ci sto stretto come le proverbiali

sardine.» Entrammo in un luminoso corridoio, con cinque porte una dopo l'altra.
Daniel fece cenno verso la prima porta sulla sinistra. «Per primo, le cose importanti. Quello è il bagno. Solo che non ha la vasca da bagno.» Si fermò, studiandomi. «Stai bene.»
Agitai una mano, come se non avessi passato quattro ore a decidere cosa mettermi, poi un'altra davanti allo specchio per fare in modo di sistemarmi i capelli. Alla fine, avevo optato per un paio di jeans senza gli strappi al ginocchio, che invece andavano tanto di moda, e la mia camicia elegante preferita in un morbido tessuto blu scuro, aperta sul colletto. Portavo anche una giacca nera a tinta unita, non troppo elegante, ma curata e semplice.
«Sono felice che tu sia venuto,» mormorò Daniel, poi si morse un labbro. «Pensi che oserei troppo se ti dessi un bacio sulla guancia?»
Oh, Dio. Il battito del mio cuore accelerò un po'. «Dipende. Saluti tutti i tuoi ospiti così?»
Ridacchiò. «Più o meno.»
Col battito forsennato, gli porsi la guancia. «Allora, fallo.» Trattenni il fiato quando si avvicinò e con le labbra mi sfiorò dolcemente la pelle.
Fece un passo indietro con gli occhi scintillanti. «Adesso puoi respirare.» Sì, ecco di nuovo quel tono divertito.
Espirai, consapevole di tremare un po'.
Daniel esitò, quasi fosse combattuto sul dire qualcosa, poi si diresse verso la seconda porta sulla sinistra. «Lascia che ti spieghi tutto. Il salotto è quella

porta lì, c'è anche il tavolo da pranzo. Hai qualche minuto prima che sia pronto, quindi dai pure un'occhiata in giro.» Si voltò a guardarmi, con un mezzo sorriso. «Ci vorranno in tutto dieci secondi.» Poi sparì in cucina.

Mi presi un momento per calmarmi. Era stato solo un bacetto sulla guancia, per l'amor di Dio. Andai alla porta alla fine del corridoio e la aprii. Il salotto prendeva un angolo dell'appartamento, con abbaini ai lati. Era una stanza ordinata, con solo un divano ad angolo con una penisola, un tavolino davanti, un tavolo con quattro sedie e una scrivania color crema sotto a una finestra e una televisione all'angolo. Il pavimento in parquet sembrava in quercia.

Mi tolsi la giacca e la appoggiai sullo schienale di una delle sedie del tavolo da pranzo. Quella stanza dava una sensazione accogliente. Volevo vedere il resto dell'appartamento, ma dato che erano rimaste solo camere da letto, evitai di farlo. Guardare nella sua camera da letto sembrava sbagliato, come se la stessi controllando per dopo.

E se finissimo proprio qui?

Okay, quello non ero davvero io. Avevo già scopato a un primo appuntamento, ma ero stato anche ad altri che erano terminati con un bacio sulla guancia e la frase: "Grazie per la bella serata". Essere così nervoso alla prospettiva di finire nel suo letto... Sì, non era proprio da me.

È solo sesso, giusto? Voglio dire, quanto potrà essere diverso? So cosa va dove, no? E quel morbido sfioramento di labbra contro la mia guancia...

«Hai già finito il tour?» chiese dalla soglia. In mano reggeva un piatto ovale pieno di focaccia fragrante.
«Ho saltato le camere da letto.»
Ridacchiò. «Va bene, avevo pulito prima del tuo arrivo.» Gli brillavano gli occhi. «Ho tolto qualsiasi cosa che potesse creare il panico.»
Arcuai un sopracciglio. «Sono sbalordito.»
Rise e appoggiò il piatto sul tavolo. «Dato che io ho il pollo e tu i funghi, pensavo che una bottiglia di vino bianco poteva andare. Sempre che tu beva vino.»
«Io bevo di tutto.» Poi mi bloccai, consapevole di come suonasse. «Beh, voglio dire, vino e…»
«Tranquillo, ho capito.»
Fu allora che notai che si era tolto la felpa. Sotto indossava una maglietta rosa con lo scollo largo e maniche appena accennate, strette intorno ad avambracci piuttosto tonici. L'indumento lo avvolgeva ovunque, adesso che ci pensavo, inclusi i capezzoli che spingevano contro il tessuto, che era così teso che notai un piercing.
Okay, io non avevo piercing o tatuaggi. Questo perché non ero un fan degli aghi. Cioè, una volta ero svenuto donando il sangue, ma solo perché avevo guardato quando l'infermiera aveva detto di non farlo. E col cazzo che era stato solo un "pizzicottino".
«Vuoi vederli?»
Oh Dio. Gli stavo fissando i capezzoli.
Tossicchiai forte, facendo del mio meglio per non dirgli "Sì, ti prego". Perché io potevo anche non avere il minimo desiderio di mutilare il mio corpo, ma ciò non significava che non mi piacesse guardare

la body art di qualcun altro. E io volevo davvero vedere che aspetto avessero.
«Devo essermi distratto un attimo,» dissi in fretta non appena smisi di tossire.
«Mmh.» Le sue labbra ebbero un fremito. «Beh, mettiti a sedere, la cena è in arrivo.» Poi mi lasciò di nuovo solo.
Con il cuore in gola, presi una sedia e mi sedetti cercando di non pensare a che tipo di impressione gli stessi dando. Presi un pezzo di focaccia, inspirando la bontà all'aglio.
Merda. Aglio. *Beh, cazzo.* Quello toglieva il baciare Daniel dal menu. A meno che non lo avesse mangiato anche lui. *È così che funziona, giusto?*
Fantastico. In quel momento mi maledissi per non aver portato con me uno spazzolino e un po' di dentifricio alla menta.
Daniel ritornò con due piatti e il profumo era paradisiaco. Li mise sul tavolo, poi si allontanò per prendere il vino. Quando si sedette e il vino venne versato, il battito del mio cuore era tornato normale.
Sollevò il bicchiere. «Al nostro primo appuntamento.»
Non sapevo come rispondere, perché una parte di me moriva dalla voglia di sapere se ce ne sarebbe stato un secondo, ma non osavo chiederglielo. Invece, sollevai il bicchiere e lo feci tintinnare contro il suo e poi ci mettemmo a mangiare.
Daniel aveva ragione sul cibo, era decisamente buono. Le mie fettuccine ai funghi erano sublimi e il suo filetto di pollo in una cremosa salsa al limone mi

faceva venire l'acquolina in bocca. Ovviamente, notò la mia bava, perché ne tagliò un pezzo, lo immerse nella salsa e tese la forchetta verso di me.
«Assaggia.»
Come se gli avessi potuto dire di no.
Me lo diede e io trattenni la forchetta in bocca giusto una frazione più a lungo di quanto dovevo. Okay, sì, stavo flirtando, quindi? Ero a un appuntamento, giusto? Daniel sgranò un po' gli occhi e schiuse le labbra.
Punto per me per aver flirtato con successo.
«Quindi, raccontami un po' dei ragazzi con cui vivi,» sorrise. «Quando me lo hai detto, mi è venuta in mente *The Young Ones*. Sai quella serie comica degli anni Ottanta che di tanto in tanto rimandano in televisione? Quattro studenti che fanno esplodere cose, cibo che cresce in frigo, caos costante…»
Scoppiai a ridere. Non l'avevo vista ma potevo immaginare. «Non crescerebbe mai nulla nel nostro frigo, Niall cancellerebbe ogni traccia con la candeggina fino alla morte.»
«È un maniaco della pulizia?»
«È un fornaio,» gli spiegai. «E siamo un po' troppo grandi per essere studenti, anche se Justin si comporta ancora come se lo fosse.» Gli raccontai dei miei coinquilini, delle loro abitudini e di quanto ci divertivamo insieme.
«Cambiamo argomento,» disse dopo un po'.
«Di cosa vuoi parlare?»
«Di te.» Daniel ci riempì i bicchieri.
Ed ecco di nuovo il colpo al cuore e il battito

accelerato. «Cosa vuoi sapere?»
Mi lanciò un'occhiata timida davvero adorabile. «La tua età? Perché sembri giovane e non ho la minima idea di quale sia la tua età. Per quanto ne so, potresti avere diciotto anni.»
«E tu dici a me che faccio bene alla tua autostima?» Sorrisi. «Ne ho ventisei.» Lo guardai in attesa.
«Ventisette. E sei single.»
Mi si strinse un po' la gola e la bagnai con un sorso di vino. «Sì.» Non volevo parlare di me. «C'è il dolce? Non credo che tu me ne abbia parlato.»
Daniel ridacchiò ed ebbi il vago sospetto che mi avesse letto dentro. «C'è una cheesecake ai lamponi in frigo e del gelato alla vaniglia.»
Non potei trattenermi. «Niente tiramisù?»
Arcuò un sopracciglio. «Non fanno il tiramisù al *Mio Fiore,* almeno non nel menu da asporto.»
«Va bene,» lo rassicurai e si alzò da tavola per prenderlo. Approfittai della sua assenza per inspirare a fondo. Flirtare con lui per un boccone di petto di pollo era una cosa, ma rispondere a domande che potevano rivelare più di quanto fossi preparato era un'altra.
Non sto facendo niente di sbagliato, mi ricordai. *Solo una cena e un DVD.* Allora, perché avevo lo stomaco attorcigliato in nodi perpetui? Daniel era un ragazzo simpatico, era divertente, intelligente e bello. Che fosse gay non importava. Non significava che doveva succedere qualcosa tra di noi, giusto?
Già, per qualche ragione, al mio cervello sfuggiva lo scopo di un appuntamento.

Daniel ritornò con il dolce e il resto del pasto trascorse senza incidenti. Quando finimmo, raccolse i piatti e li portò in cucina. Ritornò in salotto, prese la mezza bottiglia che avevamo avanzato e fece un cenno verso il divano. «Pronto per il nostro film?»

Un film? Certo. Altro? Non ne avevo idea.

Mi sedetti al centro del divano, mentre Daniel prendeva il DVD e lo infilava nel lettore. Si avvicinò al divano e abbassò gli occhi su di me. «Puoi sederti qui se vuoi,» disse, indicando la penisola del divano. «Mettiti comodo.»

Potevo farcela.

Spostai il sedere, poi mi appoggiai ai cuscini. Daniel mi sedette accanto e puntò il telecomando verso la televisione, lasciandolo poi cadere sugli ordinati cuscini dall'altro capo del divano.

Sarò onesto. Non posso dirvi niente di ciò che successe nei primi dieci minuti del film, perché ero troppo occupato a chiedermi cosa sarebbe successo. Gradualmente, tuttavia, il criceto nel mio cervello smise di correre dentro alla sua piccola ruota, il mio cuore decise di ritornare al ritmo normale e mi rilassai abbastanza da godermi il film.

C'era qualcos'altro di cui Daniel aveva ragione: il film era eccellente. Era divertente, soprattutto nelle parti in cui l'eroe, Hiccup, usava dei trucchi subdoli per vincere sul drago senza usare la violenza. L'idea di fare sottomettere il drago con il solletico mi fece ridere forte e Daniel rise insieme a me. In pratica sorrisi per l'intera durata del film, tranne quando Hiccup cadde. Senza pensarci, afferrai la prima cosa che avevo vicino, che fu proprio la coscia di Daniel. Non appena le mie dita toccarono quei muscoli sodi, tolsi subito la mano, imbarazzato.

Daniel ridacchiò. «Non preoccuparti, aspetta fino a quando guarderemo un film dell'orrore. Mi aggrapperò a te tutto il tempo. Sono un fifone con i film di paura.» Poi tornò a guardare lo schermo.

Quell'affermazione casuale mi disse due cose. Primo, che intendeva avere più di un appuntamento; secondo, da come suonava ci saremmo toccati.

Malgrado i miei nervi di prima, nemmeno io avevo problemi al riguardo. Il film era stato solo quello, un film e a me non dispiaceva neanche un po'. Ero a mio agio, rilassato e mi stavo divertendo. Avevo bevuto mezza bottiglia di vino, il che significava che non ero ubriaco, ma deliziosamente alticcio.

Ai titoli di coda, sospirai felice. «È stato fantastico.»

«Beh, abbiamo ancora *Dragon Trainer 2*, se vuoi vederlo.»

Annuii mentalmente. Erano quasi le nove e mezza. Avevo controllato gli orari dei treni e l'ultimo lasciava Newbury alle undici e trentotto. C'era tempo sufficiente per un altro film.

Se volevo restare.

«Potrei,» iniziai, ma prima che potessi finire mi interruppe appoggiandomi le dita sulle labbra.

«Mi fermerai se proverò a baciarti?» Il suo sguardo incontrò il mio. «Perché Dio sa che ho voluto farlo per tutta la serata.»

Osservai le sue labbra, così rosa e morbide. Accidenti, sapevo che erano morbide. Il cuore mi balzò in gola, il sangue mi pulsò nelle orecchie e stavo tremando, ma non per la paura o l'apprensione.

Per il desiderio.

«Allora baciami,» sussurrai, deglutendo.

Daniel si mosse, prendendomi il collo con una mano e tirandomi giù per un bacio gentile. Nessuna lingua, solo labbra e, cazzo, fu meraviglioso. Mi sentii avvampare e fu come se ogni minimo suono si amplificasse, dal basso ronzio del lettore DVD all'orologio sul muro che ticchettava via i secondi che passavano. Gli appoggiai una mano sul collo, accarezzandolo. Rabbrividii di nuovo, ma questa volta di piacere.

Poi interruppe il bacio e si fece indietro, con gli occhi scintillanti e il fiato corto. «Wow.»

Deglutii di nuovo. «È un buon wow o un brutto wow?»

Daniel sorrise. «È il tipo di wow che se baci così, non vedo l'ora di portarti a letto.»

Oh, mio Dio. Aveva detto la parola con la L.

Faticai a respirare e riuscii a gemere una singola parola. Avrei dovuto dirgli wow, ma non fu ciò che mi uscì.

«Cavolo.»

CAPITULO 5

Ero così messo male?

Tutto quel parlare di essere aperto a uscire con un ragazzo, di baciare Daniel, di flirtare con lui… ma quando la situazione era diventata critica, avevo iniziato a tremare come una foglia.

E non aveva fatto altro che baciarmi.

«Lee. *Lee.*»

Sbattei le palpebre ed eccomi lì, di nuovo nell'appartamento di Daniel, con lui al mio fianco sul divano che mi guardava con… calore. Un pizzico di confusione e, poi… comprensione.

Inspirai a fondo. «Scusami.»

Daniel si allontanò da me, non molto, ma abbastanza da mandarmi un segnale.

Ha cambiato idea, non vuole uscire con me. Ho combinato un casino. Malgrado il mio disprezzo per me stesso per aver reagito in quel modo, ero comunque arrivato alla conclusione che non volevo combinare un casino.

«C'è qualcosa che mi vuoi dire?» Mi guardò inquisitorio. Quando non dissi niente, annuì lentamente con occhi ancora calorosi. «Okay, parlerò io, va bene? Hai detto che non sei mai uscito con un ragazzo, prima, e ho pensato che avessi fatto coming out di recente o che avessi da poco capito che sei gay, ma... non è così, vero?» Non distolse lo sguardo e tutto ciò che riuscii a fare fu scuotere la testa. «Sei etero.» Non era una domanda, quindi non risposi. Daniel annuì, come se se lo fosse aspettato. «Posso chiederti una cosa? Perché hai accettato di uscire con me? Sono una specie di... esperimento?» *Ah, cazzo.* Prima che potessi rispondere, sospirò a fondo. «C'è qualcosa che dovresti sapere di me. Di solito non vado in giro a chiedere un appuntamento a completi sconosciuti che incontro sul treno. Anzi, non l'ho mai fatto fino a te.» I suoi occhi scuri si puntarono su di me. «E anche adesso non so perché te lo abbia chiesto.»

«C'era *qualcosa,* giusto?» sbottai. «Almeno, c'era per me. Quando ci siamo stretti la mano e... E il modo in cui mi hai guardato.»

«Ti è piaciuto.»

Annuii. «Nessuno ha mai... Voglio dire, non ci ho mai nemmeno pensato...» Faticavo a trovare le parole.

Daniel stese la mano verso di me, come per accarezzarmi una guancia, ma si trattenne all'ultimo minuto e la ritirò. «Non sarò il tuo piccolo esperimento sessuale, Lee,» disse a mezza voce.

«Non è quello che voglio, è la verità,» dissi di slancio. Solo che non ero sicuro di cosa volessi in quel momento.

Daniel mi guardò pensieroso. «Okay, ecco cosa faremo. L'appuntamento terminerà qui.»

Mi cadde il cuore. «Okay.»
Mi stava ancora guardando. «Vai a casa, ma potrai tornare.» Mi bloccai. *Cosa?* «Solo se sei serio sul continuare da dove abbiamo interrotto e solo dopo che ci avrai pensato molto.» Non capivo, poi notai che stava tremando e il cuore mi balzò nel petto. «Penso che tu potresti essere qualcuno di speciale,» disse infine. «L'ho sentito sul treno.» Cazzo, il cuore mi batteva così forte. *L'ho sentito anche io,* volevo dirgli, ma lui non aveva finito. «Se deciderai di voler continuare, con tutto ciò che questo implica... se questo è ciò che vuoi davvero, allora vieni a cercarmi.»
Sapevo di cosa stava parlando, significava altri appuntamenti, altro sesso. Daniel stava semplicemente mettendo le carte in tavola, facendo in modo che sapessi tutto dall'inizio, che sapessi in cosa mi stavo buttando, se mai fossi tornato.
«Okay,» dissi con la voce più ferma che riuscissi a fare. «Solo...» Deglutii. «Non era mia intenzione combinare un casino.»
Il sorriso di Daniel fu più rassicurante delle sue parole. «Lo so e io non sono un ragazzo da una botta e via. Non ho avventure. Faccio la mia mossa solo se c'è qualcosa in una persona che mi parla.» Incontrò il mio sguardo. «Come con te.» Si alzò e si avvicinò alla sedia dove avevo lasciato la mia giacca. «Grazie per la bella serata,» disse porgendomela.
«Dovrei essere io a ringraziare te, il cibo e i DVD sono stati fantastici.» Anche il bacio era stato piuttosto bello. Le nostre mani si toccarono quando

presi la giacca e rabbrividii. «Daniel, io…»
Sollevò la mano e fermò le mie parole per la seconda volta quella sera. «Non lo fare, per favore.»
Annuii e mi tolse lentamente le dita dalle labbra. Mi accompagnò all'ingresso e aprì la porta. «Mi chiami quando arrivi a casa? Solo per sapere che sei arrivato?»
Dio, era una cosa così carina da dire.
«Lo farò.»
«E… puoi chiamarmi quando vuoi. Chiamami, se vuoi, ma non tornare se non sei serio.»
D'impulso, mi chinai e gli baciai la guancia. «Grazie,» sussurrai prima di uscire sul pianerottolo. Non mi guardai indietro mentre scendevo le scale con il cuore in gola.
Dovevo prendere un treno e pensare moltissimo.

#loveWins
love is love

La domenica passò in un turbinio. Non ricordavo molto di quello che avevo fatto, solo che avevo continuato a pensare a Daniel, al suo bacio, alle sue parole, alla sua mano sul mio collo, a come mi aveva guardato… Continuavo a ricordare il dolore nei suoi occhi quando mi aveva chiesto se era il mio esperimento.

Sì, quello mi aveva fatto male, perché capivo come avrebbe potuto pensarlo.

Dovevo essere sembrato distratto, perché gli altri mi erano stati alla larga. Niall era uscito per Dio solo sapeva dove, Justin era nella propria camera ad ascoltare musica a un volume molto alto e Moz vegetava sul divano a guardare la televisione. Non c'era nessun segnale di Mick, quindi diedi per scontato che ci stava evitando nella sua camera all'ultimo piano.

Preparai i miei vestiti per la settimana, ma potevo farlo senza pensarci. La domenica sera ero seduto sul letto, perso nei miei pensieri.

Cosa ci sarebbe stato di così terribile nell'uscire con Daniel?

Beh, c'era una risposta ovvia, una che non mi faceva sembrare una gran bella persona. Cosa dirà la gente? E con "gente" intendevo i miei coinquilini e i miei genitori. Non me ne fregava un cazzo di cosa avrebbero pensato quel mucchio di coglioni al lavoro, perché con chiunque uscissi non erano cazzi loro. I miei coinquilini, però... Avrei dovuto dirglielo. Sapevo già che Niall mi sarebbe stato accanto. Uno, ma ne mancavano tre...

Ma ascoltati, stai già parlando come se fosse un affare fatto e dovessi capire come dire loro che sei gay.

Solo che quello era il problema: non pensavo di essere gay, non mi sentivo gay.

Di certo mi sentivo confuso da morire.

Qualcuno bussò piano alla porta, riportandomi sulla Terra. «Avanti.» Mi guardai intorno velocemente, per

fortuna era tutto in ordine.
Ehi, non volevo che pensassero che sono uno sciattone!
Mick infilò la testa attraverso la porta. «Hai un minuto?»
Ridacchiai. «Penso di poterti infilare nella mia fitta tabella di impegni.»
Entrò nella stanza e si chiuse la porta alle spalle. Per un momento, si guardò intorno in imbarazzo. C'era una sola sedia, e di certo io non mi ci sarei mai seduto perché era buona solo per impilarci sopra cose. Feci un cenno ai piedi del letto. «Sistemati qui.»
Mick si sedette, appoggiandosi alla pediera. «Sei stato terribilmente silenzioso oggi, e mi sono preoccupato.»
Lo fissai. «Solo perché sono stato silenzioso?»
«In realtà, più per ciò che ho sentito tra te e Niall venerdì, quando sei tornato a casa.»
Mi immobilizzai. «Hai sentito?»
«Le finestre del salotto erano aperte, come quelle della cucina.» Fece spallucce. «Che posso dire? Le voci si sentivano, ed è vero che sarei potuto andare nella mia stanza per lavorare lì, ma non appena hai iniziato a parlare ho dovuto sentire il resto.»
«Perché?» domandai. Mick mi era sempre piaciuto, perché era un affidabile ragazzo tutto d'un pezzo, ma *questo…*
Mick non rispose, ma prese il telefono dalla tasca. Scorse lungo lo schermo prima di porgermelo. Lo presi e fissai una foto di lui con un altro uomo.
Ciò che mi bloccò di colpo fu il fatto che quel ragazzo

avesse le braccia intorno a Mick e che non avevo mai visto Mick così... felice. Poi guardai di nuovo il ragazzo. *Sembra carino.*

Okay, mi ricordava Daniel.

Feci due più due. «Sei gay?» Non ne aveva mai fatto parola. Con mia grande sorpresa, Mick scosse la testa. Lasciai cadere la testa sui cuscini. «Mi fai venire il mal di testa: niente di tutto questo ha senso. Non esci, non hai appuntamenti, o sei all'ospedale o sei qui. Come puoi avere un ragazzo?»

«Sai quei corsi di gestione informatica a cui mi spediscono ogni tre mesi?» I suoi occhi brillarono. «Non esistono. Beh, ci sono, solo che non vi partecipo da un sacco di tempo.»

Spalancai la bocca. «È quando tu... ma... solo ogni tre mesi? Dove vive?»

«Edimburgo.» Mick stese la mano per prendere il telefono, poi se lo mise in tasca. «Credo che farò meglio a raccontarti tutta la storia. Devi sentirla comunque, perché riguarda la tua situazione.» Okay, adesso ero davvero incuriosito. «Lo conosco da anni, eravamo all'università insieme.»

La luce di tenerezza nei suoi occhi mi fece sorridere. «Allora ti piaceva?»

Mick ridacchiò. «No, all'epoca no, non mi piacevano gli uomini. Però sapevo che lui era gay. Uscivamo insieme a bere il sabato sera, gli raccontavo i miei successi o i miei disastri con le donne e lui mi parlava dei suoi. Quando abbiamo lasciato l'università, siamo rimasti in contatto. Comunque, circa tre anni fa, sono andato a trovarlo in Scozia ed era in difficoltà perché

si era lasciato col suo fidanzato. Siamo usciti e ci siamo sbronzati.» Ridacchiò di nuovo. «Puoi solo immaginarti cosa sia successo dopo.»
Finsi di sussultare. «Era nella fase del ripiego. Ha fatto cose sporche con te.»
Mick scoppiò a ridere. «Mi dispiace deluderti, ma sono stato io a iniziare, perché lui continuava a fermarsi per essere sicuro che fossi a posto con tutto ciò che stavamo facendo. Quindi no, non si è approfittato del suo povero amico etero sbronzo.»
«Allora cos'è successo?»
«Il giorno dopo mi sono svegliato nel suo letto, entrambi nudi come vermi, pacchetti vuoti di preservativi sul pavimento e nessuno dei due in grado di guardarsi negli occhi. Dopo un po' di caffè, siamo usciti e abbiamo fatto colazione, poi siamo tornati al suo appartamento e abbiamo parlato, la cosa migliore che avremmo potuto fare.»
«E da allora state insieme?»
Mick annuì. «Ma quello che sto cercando di farti capire è che a me non piacciono i ragazzi. Non mi sono mai piaciuti. Solo lui, la persona con cui avevo una connessione. Non importava che fino a quel momento avessi scopato solo donne.» Sospirò. «Quello non gli ha impedito di aver paura, all'inizio. Pensava che sarei tornato in me e mi sarei ricordato che mi piacevano le donne e lo avrei lasciato.»
«Come si chiama?» Era strano parlare dell'anonimo fidanzato di Mick.
«Pete.»
Non mi tornava una cosa. «Come fai a dire di non

essere gay se hai un ragazzo?»
«Penso che sia perché detesto le etichette. Ho solo una relazione a distanza con un ragazzo.»
«Un ragazzo di cui non mi hai parlato prima.»
Mick sollevò un sopracciglio. «Questo perché sono solo fatti miei.»
«Quindi non perché non vuoi che sappiamo che sei gay.»
Scosse la testa. «Ecco di nuovo con le etichette. Penso sia più facile per me dirti ciò che non sono piuttosto che quello che sono.»
Sbattei le palpebre. «Cosa significa?»
Mick contò sulla punta delle dita. «Non sono un gay non dichiarato che ha paura di essere gay. Non sono stanco del sesso con le donne. Non sono frustrato per mancanza di successo con le donne. Non penso a me stesso come un bisessuale.»
«Perché non bisessuale?»
Mick fece spallucce. «Penso solo di essere pedante, la bisessualità implica un'attrazione verso maschi e femmine, e io sono solo interessato a un maschio in particolare. Il resto della specie maschile non mi smuove nulla.» Sorrise. «Scusa, dolcezza, questo include anche te.»
Mi portai le mani alla fronte in un gesto drammatico. «Cercherò di non offendermi,» dissi con un pesante sospiro e lui ridacchiò. «Okay, quindi se non sei tutte queste cose, cosa rimane?»
Sorrise. «Un uomo che ha stabilito una connessione, che si è innamorato di un altro uomo. Il che mi porta al perché adesso sono seduto sul tuo letto.» Incrociò

le braccia. «Dimmi di te.»
«Che ti devo dire?»
Mick mi fissò pensieroso. «Lascia che ti faccia qualche domanda. Potresti essere attratto da un uomo? Potresti fare sesso con un ragazzo? Prenderesti in considerazione l'idea di avere una relazione con un uomo?»
Deglutii. Non mi ero posto le stesse domande da quando avevo incontrato Daniel? «Magari... Se mi piacesse davvero.»
Mick annuì. «Okay, se qualcuno facesse queste domande a una persona dell'età di mio nonno, probabilmente otterrebbe un secco no, ma io e te apparteniamo a una generazione diversa e i tempi stanno cambiando. La sessualità è molto più... fluida, il che mi riporta a te e a questo... Daniel, si chiama così?» Annuii. «Okay, parliamo di te e Daniel. Ciò che mi ricordo di più della tua conversazione con Niall è lo scenario dell'etero.» Si chinò in avanti, con occhi scintillanti. «Smettila, di metterti in una scatola. Pensa a ciò che provi.» Piegò la testa di lato. «Com'è andato l'appuntamento?»
Inspirai a fondo e mi uscì tutto in un fiume di parole ed emozioni. Mick restò in ascolto, senza parlare, limitandosi ad annuire, lo sguardo concentrato sul mio viso. Quando finii, mi venne più facile respirare.
Alla fine, disse: «È quello che hai fatto per tutto il giorno, giusto? Pensare.»
«Sì e non credo di essere giunto a nessuna conclusione.» Ma quello era prima che Mick si sedesse sul mio letto e rivoluzionasse del tutto l'idea

che avevo di lui. C'era una domanda che morivo dalla voglia di fargli, però: «La tua famiglia lo sa? Di Pete, intendo.»

«Sì.» La sua espressione si indurì. «Non mentirò, è stata la parte più difficile, ma dovevo dirglielo. Stanno migliorando.» Fece un sorriso triste. «Ho solo dovuto rieducarli.»

Eccola lì, quella preoccupazione che mi aveva solleticato la nuca, sempre lì, sempre a versare dubbio e incertezza nei miei pensieri. «Potrei chiederti come hai fatto?»

Mick mi fissò. «Ah, capisco. Stai pensando a come reagirebbe la tua famiglia a Daniel.» Annuii, poi mi resi conto che avevo ammesso molto più delle mie preoccupazioni. Mick lo capì. «Quindi, continuerai con questa cosa?»

«Sì, perché tutte quelle cose che non sei,» sorrisi, «non lo sono neanche io. E il tuo sguardo quando parli di Pete? Voglio provare anche io lo stesso per qualcuno.» Perché non mi ero mai sentito così con Cheryl e per quanto eravamo stati insieme? Un anno?

Mick scese dal letto e mi alzai anche io. «Quando ti va di parlare, sai dove trovarmi, okay? Ma fammi un favore: la miglior persona con cui puoi parlare di ciò che provi non sono io, o Niall, ma Daniel.»

«Ha detto che potevo chiamarlo o mandargli un messaggio.»

«Allora fallo.» Mi abbracciò. «E c'è un'altra cosa a cui devi pensare: metà della casa sa che sei interessato a un ragazzo, restano solo Justin e Moz.» Sorrise.

«Come se ti fregasse qualcosa di ciò che pensa Justin.» Non sbagliava. Raggiunse la porta. «Fammi sapere che deciderai di fare.» Ebbe uno scintillio negli occhi. «Non che non abbia già un'idea.»

Quel luccichio nei suoi occhi mi ricordò qualcosa: «Ehm, Mick? Quei giocattoli di cui parlavi venerdì sera…»

Trattenne un sorriso. «No, non puoi prenderli in prestito. Compratelí.» Poi sorrise. «Ma ti farò vedere dove comprarli.» Poi se ne andò, chiudendosi la porta alle spalle.

Mi ci volle un secondo per capire cosa volesse dire.

Oddio, stava parlando di giocatoli sessuali. Toys for boys.

Sì, ne avremmo parlato, ma prima dovevo parlare con Daniel e non c'era momento migliore di quello.

CAPITULO 6

Ehi, Daniel, ti va di parlare?

Secondi dopo, il mio telefono prese vita. A quanto sembrava, sì. Mi stesi sul letto, mettendomi a mio agio. «Ciao.»

«Allora, com'è andata la tua giornata?»

Okay, quello mi fece ridere. «Non ho fatto molto. Avevo qualcosa che mi distraeva.»

«Sì, conosco la sensazione.» La sua voce si addolcì. «Ti prego, non pensare che abbia fatto lo stronzo l'altra sera. A essere sinceri, sono stato troppo frettoloso a baciarti così.»

«Di solito baci al primo appuntamento?» Era davvero curioso. Avevo conosciuto ragazze che erano felici della cosa, un paio che mi avevano guardato come se avessi infilato loro la mano sotto alla gonna e una donna coraggiosa che mi aveva messo la mano sul cazzo nel taxi verso casa sua.

Non che me ne fossi lamentato.

«Tesoro, ho scopato al primo appuntamento. Anche se è una rarità.»

Allora non eravamo così diversi. «Cosa hai fatto oggi?»

«Mi sono fatto il culo, in realtà. Abbiamo fatto le prove per il prossimo mese.»

«Le prove? Per cosa? Sei anche un attore?»

Daniel ridacchiò. «No, anche se qualche anno fa ho fatto parte di un gruppo teatrale locale. Adesso faccio parte di una compagnia di ballo di uomini gay. Ci stiamo preparando per il Pride.»

«La parata a Londra?» Non l'avevo mai vista, solo in televisione. Non andavo mai nei dintorni di Londra il giorno del Pride.

«Allora sai cos'è.»

Riconoscevo un tono di scherno quando lo sentivo. «Sì, sì, prendi pure per il culo il ragazzo etero.» Cazzo. Mick aveva ragione, io e le mie etichette.

«Potresti venire a vederci, potresti vedermi nel mio body viola mentre sventolo una bandiera arcobaleno. Oh, e con i miei stivali con il tacco alto.»

Okay, dovevo essere sincero. Non appena aveva nominato il body la mia mente era andata subito al flessuoso Daniel che indossava qualcosa che sembrava una seconda pelle, senza lasciare nulla all'immaginazione. Poi il resto delle parole fece presa. *Stivali con tacco alto?*

A quanto sembrava, al mio uccello piaceva il suono di quelle parole.

Sì, in fin dei conti non ero così etero.

Mi schiarii la voce. «Non sono mai stato al Pride.»

«Perché no? Ci si diverte un sacco.»

«Beh, perché… non ne ho mai visto il motivo?»

Daniel scoppiò a ridere. «Tesoro, non devi essere gay per guardare il Pride. La gente ci va per sostenere amici, famiglie e completi sconosciuti che fanno parte della comunità LGBTQA.»

«Q e A stanno per...?» Mi sentivo un idiota. Avrei dovuto sapere quelle cose, giusto?

Daniel sospirò. «Mi sa che ho un po' di lavoro da fare con te, vero?» Prima che potessi rispondere, la sua voce divenne più calda. «Non è bello che pensi che tu ne valga la pena?»

«Sì?» Mi sentii il petto andare a fuoco e una piacevole sensazione di leggerezza in tutto il corpo. E in quel preciso momento seppi che io ne valevo la pena. «Hai mai visto quel film, *Guida Galattica per Autostoppisti*?»

«Preferisco il libro, ma, sì.»

«Sai quel pezzo dove cambiano la descrizione della Terra come "Prevalentemente inoffensiva"? Beh, penso di aver trovato una nuova identità sessuale.» Il cuore mi saltò in gola. «Prevalentemente etero. Mi piace pensare a me come a un etero con un pizzico di gay.»

Daniel scoppiò in un'altra calda risata. «Suona incoraggiante. Solo un pizzico, però? Quant'è un pizzico? Stiamo parlando di una mera spruzzata o di una bella cucchiaiata?»

Inspirai a fondo. «Non penso che ci sia una quantità fissa. È... fluida.»

Una pausa. «Allora questo suona incoraggiante. Mi piacerebbe vedere come si svilupperà.» Un'altra pausa. «È possibile che si sviluppi?»

Sapevo cosa mi stava chiedendo. «Penso di sì.» Daniel non voleva che affrontassi la cosa senza reali intenzioni, quindi ci stavo pensando.

«Ti piace ballare?»

Scoppiai a ridere. «Non sono sicuro che possa paragonare quello che faccio con i tuoi sforzi, ma sì, sono famoso per alcune mosse sulla pista da ballo.» Di solito, quando non conoscevo nessuno e non mi fregava un cazzo di chi mi vedeva.

Okay, quindi che importava se mia sorella diceva che sembravo una papera che ancheggiava quando ballavo? Che cazzo ne sapeva lei? L'ultima volta che mi aveva visto ballare avevo *sei anni,* per l'amor di Dio.

Caso chiuso.

«Mi piacerebbe vederti ballare,» disse lui a bassa voce. «Scommetto che ti muovi bene.»

Questa volta non avevo dubbi. «Stai flirtando con me.»

«Lo dici tu, anche io capisco quando flirtano con me e hai flirtato decisamente sul treno.»

«Okay, colpevole.»

«Non mi è dispiaciuto,» aggiunse, poi sbadigliò.

Ridacchiai. «Questo è un commento alla mia tecnica di conversazione?»

«Mi dispiace, sono solo esausto. Sono state prove molto lunghe e avevamo molto da sistemare. A essere sinceri, dovrei pensare ad andare a dormire. Devo fare in modo di essere sveglio per salire su quel treno, giusto?»

Sbuffai. «Entrambi dobbiamo salirci.» La maggior parte delle mattine era decisamente una lotta tra il dovere e il materasso. «Farò meglio a lasciarti andare a dormire.»

«Mi penserai questa settimana?»

Se quella domenica doveva darmi un'indicazione, Daniel sarebbe stato spesso nei miei pensieri nei giorni a seguire. «Sì.»

«Oh.» Era incredibile quanto potesse suonare felice una semplice sillaba e quello rendeva anche me felice. «Buonanotte, allora.»

«Buonanotte, dolci sogni.»

La risata di Daniel mi riempì le orecchie. «Oh, saranno dolci, perché sognerò te.» Poi interruppe la conversazione.

Lanciai il telefono sul letto e fissai il soffitto.

Mi vuole ancora.

È ancora interessato.

Mi sentivo di nuovo un adolescente e, cazzo, era bello.

Mi preparai per andare a letto, mi infilai sotto alle coperte e spensi la luce. Il mio ultimo pensiero prima di addormentarmi fu chiedermi se lo avrei rivisto sul treno il giorno successivo.

Speravo proprio di sì.

#lovewins

love is love

Quando arrivai a casa lunedì sera, per fortuna non c'era nessuno a vedere la busta di plastica che tenevo stretta. Arrivai in camera mia e chiusi la porta, poi mi tolsi le scarpe, la giacca e mi cambiai indossando un

paio di pantaloncini e una maglietta.
Daniel non era stato sul treno delle 18:04 e una parte di me era rimasta delusa. Mi ero detto che solo una coincidenza ci aveva fatti incontrare quel venerdì, che poteva prendere qualsiasi treno per tornare a casa. Quando mi ero ritrovato a cercare treni che portavano da Reading a Newbury, avevo capito quanto Daniel stava diventando importante per me.
Valutai se chiamarlo, ma non avevo niente di nuovo da dirgli. *Meglio chiamarlo quando ho qualcosa da dirgli.* Tra l'altro, avevo qualcosa da fare.
Il lettore DVD portatile che mia madre mi aveva regalato a Natale qualche anno prima era su uno scaffale, ancora dentro alla scatola, a prendere polvere. Lo presi, starnutii due volte e lo tirai fuori.
Quando qualcuno bussò alla porta quasi mi venne un infarto. «Sono impegnato!» gridai.
Niall ridacchiò. «Ops, torno quando hai finito?»
«Entra.» Quando infilò dentro la testa con cautela, lo guardai male. «Spero che nessun altro sia nei paraggi a sentire quello che hai detto.»
«Anche se fosse? Penseranno che ti stai facendo una sega e vuoi la tua privacy,» sorrise lui. «Almeno hai chiuso la porta. Justin non ha la stessa accortezza. Quando si trastulla lascia la porta spalancata.» La stanza di Justin era proprio accanto al bagno e a volte andare a pisciare poteva essere divertente.
Niall sbirciò il letto. «Vedo che qualcuno ha fatto shopping da HMV. Cosa hai comprato?»
Sospirai. «Chiudi la porta.» Niall fece come richiesto, poi si sedette sul letto, guardando la busta con ovvio

interesse. Afferrai gli angoli sul fondo, li sollevai e un DVD cadde sulla coperta.

Niall lo prese, fissando la copertina: «*Queer as Folk,*» lesse ad alta voce. Sbatté le palpebre.

«Chiamiamolo una ricerca.»

Fece un mezzo sorriso. «Lo puoi ben dire.» Lesse in silenzio il retro della scatola. «Ooh, sembra bello, posso vederlo con te.»

Lo guardai male. «No che non puoi.»

«Oh e perché no?»

«Lo avrei guardato con le cuffiette e c'è solo un attacco.»

Niall ebbe un luccichio negli occhi. «Ho uno sdoppiatore. Lo infili e si può sentire in due al tempo stesso.»

Non voleva fare un passo indietro. «Va bene, dopo mangiato.»

«O magari potremmo guardare il primo episodio adesso.» Mi limitai a fissarlo. Lui abbassò il DVD, poi mi guardò interrogativamente. «Come mai lo hai preso?»

Non ne ero sicuro nemmeno io, avevo gironzolato per il negozio durante la pausa pranzo e mi ero ritrovato nella sezione Gay e Lesbiche del reparto DVD. Avrei potuto spenderci un sacco di denaro, perché ogni DVD aveva attirato la mia attenzione. Alla fine avevo deciso per quello, piuttosto che la versione americana, perché avevo riconosciuto il regista, Russell T. Davies, per il suo lavoro su *Doctor Who*. Non che mi aspettassi qualcosa del genere.

Sul perché… Magari volevo conoscere meglio Daniel

e pensavo che quella serie fosse un modo per capirlo.
Ricordavo che a diciassette anni, quando vivevo ancora con i miei, avevamo guardato insieme *Brokeback Mountain* in televisione. Quando era arrivata la parte in cui Jake Gyllenhaal era nella tenda con Heath Ledger, mia madre aveva preso il telecomando e aveva cambiato canale, borbottando qualcosa del tipo "Beh, non penso che abbiamo bisogno di vedere questa cosa". Papà aveva borbottato un assenso prima di lanciarmi uno sguardo.
Ripensando adesso a quello sguardo, poteva essere interpretato in un paio di modi: non voleva che suo figlio venisse "corrotto" oppure voleva capire se mi stessi in qualche modo interessando alla cosa. Tristemente, conoscendo mio padre, entrambe le cose avrebbero potuto essere corrette.
Riuscivo ancora a ricordare quanto rimasi deluso, soprattutto il giorno successivo alle superiori, quando tutti ne avevano parlato. Magari ero io, ma non riuscivo a ricordare di aver visto molti personaggi gay in programmi televisivi, crescendo. Adesso erano ovunque, ma nei primi anni Duemila non tanto.
Sapevo che c'era un altro motivo per cui avevo comprato *Queer as Folk* e quel motivo era il sesso. La copertina metteva in chiaro che ci sarebbero state delle scopate e io volevo vedere qualcosa che non fosse porno.
Sì, più o meno.
Non voglio mentire. Io guardo il porno, okay? Ehi, se

avessi detto che sono un ventiseienne che non aveva mai visto un porno nella sua vita, avreste roteato gli occhi in un nanosecondo. È fantastico per masturbarsi, ma non è reale, giusto? Quella ragazza non geme perché è la scopata migliore della sua vita, ma perché chiunque si trovi dietro alla telecamera le dice di farlo.

Il regista di *Queer as Folk* era un uomo inglese gay, quindi era plausibile che la serie avrebbe riflesso gli uomini gay, o almeno speravo. Volevo trovare un terreno comune con Daniel, un qualche modo per avere un'introspettiva su ciò che voleva, che pensava…

Non ne avevo la minima idea.

Mi resi conto che non avevo ancora risposto alla domanda di Niall. «Non sono proprio sicuro del perché lo abbia comprato, a essere sinceri.» Sorrisi. «Ma hai ragione, sembra bello.» Spostai deliberatamente il DVD dal suo raggio d'azione. «Dopo.»

«Bene, in questo caso vado a mangiare qualcosa. Torno dopo.»

Ridacchiai. «Sì, Arnie.» Attesi che lasciasse la stanza prima di prendere il DVD.

Sembrava proprio interessante.

#LoveWins
love is love

Avete presente come a volte ti rendi conto troppo tardi che non avresti proprio dovuto dire di sì?
Già, mi sentivo proprio così quando mi ritrovai seduto accanto a Niall sul mio letto, entrambi con lo sguardo fisso sullo schermo del mio lettore DVD, dove due uomini nudi erano a letto insieme. Uno era sdraiato a faccia in giù sollevato sui gomiti, mentre l'altro gli leccava la spina dorsale, poi si abbassò e lo fece di nuovo, più in basso, più in basso, fino a…
«Gesù,» borbottai. Voglio dire, avevo già visto fare rimming in passato, quindi perché tutto quello era così diverso?
Perché non mi ero aspettato di trovarlo in una serie TV, e in qualche modo quello rendeva tutto più eccitante. Si vedeva solo il personaggio principale con le gambe tirate su fino alle spalle e poi la scena terminò, ma la mia immaginazione fece il resto. Quando terminò il primo episodio, premetti stop e mi tolsi le cuffiette.
Niall sembrava del tutto imperturbabile da quella visione, poi mi ricordai che lui guardava il porno gay. Si tolse le cuffiette e mi guardò in attesa. «Beh?»
Tossicchiai. «Immagino che mi darà qualcosa di cui parlare quando vedrò Daniel la prossima volta.»

«Te lo stavo per chiedere. L'ultima volta che abbiamo parlato hai detto che lo avresti chiamato. Sei uscito con lui? Com'è andata?» Niall aggrottò la fronte. «Eri davvero silenzioso ieri e non volevo dirti niente nel caso fosse andata male.» Gli raccontai quello che era successo, a parte il bacio. Alcune cose semplicemente non si raccontavano. «Lo vedrai di nuovo?»

Penso che avessi già deciso dopo aver parlato con Mick. «Sì, credo di sì.»

Niall annuì lentamente. «Buon per te, e spero che tutto vada bene.» Fece un cenno verso la scatola del DVD. «Posso prenderlo in prestito quando li hai guardati tutti?»

Scoppiai a ridere. «Sì, certo.» Tra l'altro, non ero sicuro che fosse l'accurata rappresentazione di ciò che mi aspettavo. Non è che tutti i gay potessero essere così, giusto? Pensai a Daniel, alla sua tranquilla insistenza nel non essere un tipo da avventure e storielle. Era lontano mille miglia dall'estroverso e sessualmente predatorio Stuart dei DVD.

Magari avevo bisogno della vita vera, non della fantasia di qualcuno.

CAPITOLO 7

15 giugno 2018

Camminai depresso lungo la banchina, dirigendomi davanti alla carrozza principale come sempre.

Per tutta la settimana non avevo visto l'ombra di Daniel.

Avevo controllato il piazzale della stazione ogni sera nella speranza di intravederlo. Tante file di pendolari, ma niente Daniel. Avevo aspettato fino all'ultimo minuto prima di salire sul treno, nel caso in cui lo avessi visto arrivare sul binario, ma senza fortuna.

Sì, so che avrei potuto chiamarlo, ma…

Pensate che sia una cosa tutta inglese il non voler essere una spina nel culo? Io credo di sì. Penso sia parte di noi, la stessa parte che chiede scusa quando qualcuno ci viene addosso piuttosto che il contrario. Accidenti, siamo una razza che chiede scusa.

Salii in carrozza e mi diressi verso i sedili davanti. Non mi interessava avere un tavolino, perché mi sarei limitato a chiudere gli occhi fino a Reading. L'aria condizionata era accesa per fortuna, perché era stato un giorno caldo. Mi tolsi la giacca e la gettai nella cappelliera, mi slacciai i primi tre bottoni della camicia e mi lasciai cadere sul sedile accanto al finestrino, appoggiando la borsa sul sedile vuoto al mio fianco.

Lo chiamerò stasera.

Lo avrei chiamato comunque, dato che erano passati cinque giorni dall'ultima volta in cui avevamo parlato e tutto ciò che avevo fatto era stato pensare a lui. Avevo guardato un talent show e un ballerino era salito sul palco, muovendosi al ritmo della musica.

Avevo pensato a Daniel.

Giovedì sera, mentre camminavo verso la stazione di Paddington, mi era sembrato di vedere una bella faccia maschile, con rosee labbra lucide, zigomi alti, ombretto viola, circondata da capelli con le mèche.

Il mio cuore aveva perso un battito, fino a quando mi ero avvicinato e mi ero reso conto che non era lui.

«Questo posto è occupato?»

Sollevai lo sguardo verso chi aveva parlato e, ancora una volta, il cuore mi saltò in gola. Daniel era lì, bellissimo con una camicia bianca e una giacca azzurra sopra i jeans. Le sue labbra portavano una traccia di lucidalabbra e i suoi occhi erano messi in risalto dall'eyeliner.

Stava sorridendo.

Presi la mia borsa e la tolsi di mezzo per lui.

Daniel scoppiò a ridere e si sedette, tenendo la propria borsa sulle ginocchia. «Lo prenderò come un no.» Si voltò leggermente verso di me. «Ciao.»

«Mi sei mancato questa settimana,» sbottai. «Ti ho cercato ogni sera.»

«Lo so. Ti ho visto.»
Aggrottai la fronte. «Tu… dov'eri? Non ti ho visto.»
«È perché sono rimasto nell'ombra.»
Immaginai che la mia espressione dicesse quanto fossi ferito perché il suo viso si incupì.
«Volevo darti spazio. Mi sono reso conto che, dopo sabato, non mi stavo comportando in modo giusto.» Appoggiò la testa allo schienale. «Stavo flirtando con te e non avevo nessun diritto di farlo, non quando ti avevo chiesto di pensare con attenzione e prendere tutto in considerazione. E quando non ti ho più sentito ho pensato di averti portato troppo al limite.» Sospirò. «È stato un tale sforzo starti lontano questa settimana.»
«Ma adesso sei qui.» E stavo leggendo moltissimo in quelle poche parole.
Il treno si mosse in avanti e la voce automatica ci diede il benvenuto a bordo. Tutto ciò a cui riuscivo a pensare era che avevo diciannove minuti con lui prima di dover scendere.
«Ho qualcosa sulla bocca?»
Sbattei le palpebre. «Scusa?»
Daniel sembrava divertito. «La mia bocca. La stai fissando.»
Accidenti. Pensai in fretta. «Hai il lucidalabbra? Non si toglie durante il giorno?»
Si chinò verso di me e sussurrò, con aria cospiratrice: «Lo rimetto prima di uscire dal negozio. Un ragazzo deve avere un aspetto favoloso sul treno, giusto?» Gli brillarono gli occhi. «Non si sa mai chi si potrebbe incontrare.» Si riappoggiò. «Com'è andato il lavoro

questa settimana? Altri impicci con la donna che ha la faccia come un culo schiaffeggiato?»

Gemetti. «Non me lo ricordare. Mercoledì mi ha detto che devo lavorare sulla mia sincerità quando rispondo alle chiamate. Mi dispiace, ma suonare sinceri quando gestisci un tizio che ha chiamato perché il suo nuovo schermo non funziona e poi scopri che non ha nemmeno attaccato la cazzo di spina...»

Daniel ridacchiò. «Ricevi molte chiamate così?»

«Non ne hai idea. La migliore è stata quella di ieri. Mi chiama una donna in preda a una crisi isterica, che mi chiede come può aprire il suo aspirapolvere perché aveva appena risucchiato il suo criceto che scorrazzava libero sulla moquette del salotto. Ho cercato di spiegarle che un criceto era un po' troppo grande per essere risucchiato, ma lei non mi stava ad ascoltare. Voleva a ogni costo che passassi il suo reclamo ai produttori per metterli in guardia sulla spazzola e per tutto il tempo ha continuato a piangere.»

«Povero criceto,» mormorò lui. «Povera donna, pure.»

«Povera donna un cazzo,» ribattei. «All'improvviso si è ammutolita e io ero lì che la chiamavo, chiedendomi che diavolo fosse successo. Poi mi dice che è tutto a posto, che aveva appena visto il criceto che saliva su una delle tende.»

Daniel mi fissò per un momento, poi scoppiò a ridere. Dio, aveva una risata meravigliosa.

«Comunque, non parliamo solo di me. Come vanno

le prove?»

«Molto bene, davvero. Faremo due numeri sul palco di Trafalgar Square e questa settimana abbiamo lavorato a uno dei due. A proposito di audacia.» Daniel si sventolò il viso con la mano.

«Oh, racconta.»

Daniel si chinò verso di me come se non volesse che gli altri passeggeri sentissero. «Io indosso un paio di pantaloncini di pelle nera strettissimi e calze a rete, con un boa di piume di struzzo color arcobaleno intorno al collo.»

Okay, quello evocò un'immagine ben precisa.

Non potei resistere. «Indosserai quegli stivali col tacco alto per quel numero?»

Daniel mi fissò con gli occhi che brillavano. «Oh, ti piacciono i tacchi alti, vero?» Si morse un labbro.

Quello sì che era strano. I tacchi alti in una donna non erano qualcosa che mi attraeva, ma il pensiero di Daniel che li indossava?

«Scommetto che ti stanno bene. Penso che saresti fantastico truccato.» Cazzo. Non volevo dirglielo davvero.

Daniel sorrise. «Grazie, mi sento sempre bene quando metto un po' di trucco.» Si chinò di nuovo verso di me. «E se mi voglio sentire bene davvero, indosso un po' di pizzo sotto i jeans.»

Oh. Mio. Dio. Daniel stava toccando tutti i punti deboli che non sapevo di avere.

Poi si tirò indietro e io faticai a respirare regolarmente.

«Mi hai pensato questa settimana?» Il tono

provocatorio era sparito e anche il luccichio nei suoi occhi. Era ovviamente una domanda seria.

«Sì,» ammisi. «Molto.» Più di quanto volessi dirgli, perché avrebbe pensato che ero ossessionato da lui.

«E hai preso qualche... decisione?» I suoi incantevoli occhi di un marrone intenso erano concentrati su di me e sembrò come se lui stesse trattenendo il fiato. Non lo avrei fatto morire per assenza di ossigeno, giusto?

«Sì,» risposi con voce salda, poi sorrisi, anche se avevo il cuore in gola. «Pensi che possiamo andare a un altro appuntamento?»

Cazzo, la luce sul suo viso e nei suoi occhi mi fece accelerare il battito cardiaco. «Dici sul serio?»

Annuii. «Un appuntamento, non un esperimento... Ti voglio conoscere meglio.»

A Daniel mancò il fiato. «Allora non scendere a Reading, resta sul treno e vieni a casa con me.»

«Stasera?» Okay, quello mi fece battere ancora di più il cuore.

«A meno che tu non abbia qualcosa di urgente da fare a casa stasera.»

«No, non ho niente in programma.» Solo la pizza del venerdì sera, che potevo tranquillamente perdermi.

Daniel sorrise. «Allora vieni da me e ceniamo insieme. Possiamo prendere cibo da asporto, perché non avrei fatto la spesa fino a domani, ma ci sono moltissime opzioni nelle vicinanze.»

«Guardiamo *Dragon Trainer 2*?» Sembrava ridicolo anche mentre lo dicevo, ma il pensiero di starmene seduto sul suo divano a guardare un film insieme mi

faceva sentire bene.
Lui ridacchiò. «Penso che possiamo.» Piegò la testa di lato. «E… posso baciarti di nuovo?»
Avevo pensato alle sue labbra sulle mie ogni notte da quel bacio.
«Penso che possiamo.» Non sapevo come potessi suonare così tranquillo.
Daniel inspirò a fondo. Non disse nulla, ma non doveva farlo, perché il suo sorriso diceva così tanto, più di quanto avrebbero potuto fare le parole.
Restammo seduti in silenzio per il resto del viaggio, ma non eravamo a disagio. Non volevo parlare.
Ero troppo impegnato a immaginarmi come sarebbe andato il nostro appuntamento. Ero nervoso, certo, perfino apprensivo, ma più di tutto ero eccitato.
Quello era un nuovo capitolo e non vedevo l'ora di vedere cosa mi avrebbe atteso alla pagina successiva.

#lovewins
love is love

«Sei sicuro di non volere una birra o un bicchiere d'acqua?» chiese Daniel portando via i contenitori del nostro *fish and chips*.
«Sono sicuro. Mi andrebbe però un caffè.» *Fish and chips* erano stati una scelta ispirata. Profumavano in modo meraviglioso e il sapore era perfino migliore.

Non appena eravamo arrivati all'appartamento, avevo mandato un messaggio a Mick per dirgli che non sarei stato presente alla pizza del venerdì sera.
La sua risposta era stata tre punti interrogativi, seguiti dall'emoji della faccina che faceva l'occhiolino.
Mi sedetti sul divano a leggere il retro della scatola del DVD. Hiccup sembrava più vecchio e... sembrava anche carino.
«Hiccup è cresciuto ed è diventato carino, vero?» commentò Daniel ritornando nella stanza. Sbattei le palpebre e lasciai cadere la custodia in plastica sul cuscino della seduta accanto a me. Daniel sorrise. «Oh, capisco. Non sono l'unico che lo pensa.»
«Non sto sbavando sul personaggio di un cartone animato, okay?»
Daniel alzò le mani. «Come dici tu.» Fece un cenno verso i propri vestiti. «Spero che non ti dispiaccia, ma dovevo proprio togliermi i vestiti da lavoro.»
Dispiacermi? Indossava un paio di pantaloncini di jeans e una canottiera che era perfetta per quella calda sera di quasi primavera. Ed era bellissimo. Aveva lunghe gambe sottili con cosce toniche e polpacci sodi che sembravano perfetti per un ballerino. Il modo sinuoso in cui si muoveva era ipnotico e non riuscivo a togliergli gli occhi di dosso.
«Hai abbastanza fresco?»
Lee Paul Tennant, smettila di sbavare, ora.
Perché quella voce a volte sembrava quella di mia nonna, tra tutte le persone? A proposito di guastafeste.

«Sono a posto,» lo rassicurai. Mi arrotolai le maniche della camicia e mi tolsi le scarpe, ma non mi sarei spinto oltre.

Daniel lanciò un'occhiata ai miei calzini neri. «Te li puoi togliere, sai, non mi danno fastidio i piedi nudi.»

Abbassai lo sguardo e ovviamente aveva i piedi nudi e… oh cazzo, aveva le unghie di uno scintillante color rosa.

Erano meravigliose.

Daniel piegò gli alluci, ridacchiando. «Mi piace dipingermi le unghie.» Sollevò una mano e agitò le dita. «Sono abbinate,» abbassò gli occhi su di me. «Ti hanno mai fatto le unghie?»

Ero così felice che non stessi bevendo in quel momento. «Non riesco a immaginarmi che possa piacere a quella stronza della mia supervisore.»

Sorrise. «Non può vederti le unghie dei piedi, vero?» Gli scintillarono gli occhi. «Posso darti lo smalto alle unghie dei piedi, per favore?»

Cazzo, era serio.

Prima che potessi dire una parola, perché per qualche motivo mi si era chiusa la gola e avevo la bocca secca come una buca nella sabbia, Daniel mi tolse i calzini e annuì in approvazione. «Mi piace l'uomo che si prende cura dei propri piedi.» Incontrò il mio sguardo. «Per favore, posso? Farò un bel lavoro. Ho i separatori, lo smalto base, quello per il top e un sacco di tinte tra le quali potrai scegliere.» Sorrise. «Sarà divertente. Una specie di serata tra ragazze.»

Riuscii finalmente a respirare e assottigliai lo sguardo. «Basta che non finiamo con te che mi rifai il look, taglio compreso. Ci fermeremo al trucco.»
Daniel mise il broncio e fu adorabile. «Oh.»
Sospirai. «Non ho la faccia adatta al trucco. Sembrerei… ridicolo.»
Con mia sorpresa, Daniel si sedette al mio fianco, mettendomi una mano sulla spalla. «Non saresti ridicolo.» Mi accarezzò con dolcezza una guancia. «E questa è una bella faccia.» Tutto ciò che volevo in quel momento era che si chinasse a baciarmi, ma non lo fece. Invece, si alzò e mi lanciò uno sguardo determinato. «Vado a prendere le mie cose, poi ti faccio le unghie.» E uscì dalla stanza.
Cercai di respirare con tranquillità. Nello spazio di una settimana ero passato dal perdere il controllo perché mi aveva baciato a voler sentire quelle labbra sulle mie. Non sapevo se fossi pronto a qualcosa in più, ma avrei preso una cosa alla volta.
Daniel ritornò nella stanza, portando una vaschetta di gelato di plastica bianca. La appoggiò sul divano accanto a me, tolse della gommapiuma rosa incurvata e un paio di boccette di liquido chiaro. Indicò la scatola. «Scegli un colore.»
Non riuscivo a credere che lo stessi facendo. Sbirciai nella scatola dove c'era circa una decina di boccette, diverse tonalità di rosa, di verde, di lilla e di…
«Oh, wow.» Presi una boccetta di smalto viola-blu e quando lo guardai da vicino sembrava che ci fosse esplosa dentro una massa di glitter. Era così scuro, così scintillante, con scaglie scintillanti…

Lo adoravo, cazzo.

«Questo è il mio preferito,» sorrise Daniel. «Okay, fatti indietro. Adesso, c'è qualcosa di cui hai bisogno prima che inizi? Perché sarai bloccato qui per un po'.»

Se dovevo farlo davvero… «Posso cambiare idea e avere un bicchiere di vino?»

Scoppiò a ridere. «Ne verso un po' a entrambi.» Andò in cucina.

Mi accomodai sui cuscini. Sapevo che sarebbe stato un nuovo capitolo, ma non era esattamente quello che avevo previsto. Quello, però, non fermò il piacevole brivido di eccitazione che mi percorse la schiena.

Quindici minuti dopo, avevo un calice di vino in mano, con Daniel seduto sul bordo della penisola con i miei piedi tra le cosce, sollevati su un cuscino con dei separatori rosa che mi tenevano separate le dita, ad applicare con attenzione il primo strato di smalto sulla base che si era già asciugata. Mi fissai i piedi, affascinato da tutto il processo.

«Avrò bisogno di più di uno strato?»

Daniel annuì, assente, tutto concentrato. Si raddrizzò, sorridendo trionfante. «Ecco, il primo strato è andato. Che ne pensi?»

Pensavo che le mie unghie non fossero mai state così carine. «Adesso che si fa?»

Daniel fissò il mio bicchiere. «Prima di tutto ti riempirò il calice intanto che aspettiamo che questo strato si asciughi un po', poi ti metterò il secondo strato. Quando sarà a posto, aggiungo il top per dare

alle tue unghie un po' di lucido e per impedire al colore di rovinarsi.» Sorrise. «Un buon lavoro, se devo proprio dirlo.»
Ammirai la sua opera. «Potresti farlo come mestiere, se ti stancherai mai di lavorare in un negozio.»
«Lo prendo come un complimento.» Scese dal divano e andò a cercare la bottiglia di vino. Quando tornò, ne versò a entrambi poi si rimise in posizione sul bordo della penisola.
Non potei fare a meno di notare le sue cosce, i muscoli sodi mentre le teneva aperte, il modo in cui i suoi pantaloni vi aderivano e l'ovvia curva della sua erezione premuta contro la zip. Ingoiai in fretta un sorso di vino, solo che mi scese male e finii a tossicchiare.
Lui alzò un sopracciglio e per un paralizzante momento fui certo che sapesse dove stavo guardando. «La gatta frettolosa fa i gattini ciechi,» suggerì soffocando un sorriso. Poi tornò al proprio lavoro e cercai di non fissare quella bella espansione di carne davanti a me.
Poi capii: avevo il cuore in gola, il battito accelerato, il fiato corto. E avevo il cazzo duro.
Da quando in qua ero eccitato da un'erezione maschile?

CAPITULO 8

«Lee?»

Mi sforzai di ritornare al presente, dato che Daniel mi stava fissando.

Abbassai gli occhi sui miei piedi e mi mancò il fiato. «Fantastico.» Gli spaziatori erano ancora al loro posto. «Possiamo toglierli adesso?» Tutto pur di non pensare al mio cazzo che diventava sempre più duro, secondo dopo secondo.

«Non ancora, voglio che le unghie si asciughino completamente prima di farlo, perché possono rovinarsi facilmente.» Daniel si rimise in piedi con grazia e cercai di non guardargli l'inguine. Ripose tutte le sue cose nella scatola di plastica prima di appoggiarla per terra, poi si unì a me sul divano dopo aver preso il proprio calice di vino. «Con buona pace di vedere un film,» sorrise. «Questo è stato molto più divertente.»

Piegai con attenzione le dita. «Sembra un po' perverso andare al lavoro in giacca e cravatta, sapendo che le unghie dei miei piedi sono così.» Poco a poco, il battito del mio cuore stava tornando alla normalità.

Scoppiò a ridere. «Adesso magari capirai perché mi piace indossare intimo meno… convenzionale quando vado al lavoro. Mi fa venire un brivido parlare con i clienti e mostrare loro i vestiti, completamente immerso nella parte del commesso, mentre sotto...» Gli brillarono gli occhi. «Tra le altre cose, mi fa sentire sexy da morire e non faccio male a nessuno, giusto?» Non riuscii a rispondere, perché ero troppo indaffarato a immaginarmi il suo uccello in mutande di pizzo. «Quindi, dato che adesso sei bloccato qui,» continuò, «incapace di muoverti perché sia mai che rovini la bellissima opera di pittura che ho appena fatto... magari dovrei approfittare della situazione e baciarti.» Non mosse però un dito.

Ed ecco che il mio cuore ricominciò, solo che questa volta non avrei detto *Cavolo* dopo un bacio.

Questa volta volevo di più.

Gli porsi il calice. «Vuoi mettere questo da qualche parte?» Feci del mio meglio per suonare calmo, ma dentro stavo fremendo.

Lo prese, appoggiando entrambi i calici sul pavimento accanto alla scatola, fuori pericolo. Poi si avvicinò un po'. «Ci ho pensato per tutta la settimana.» La sua voce era dolce e c'era una qualità leggermente ruvida che mi fece rabbrividire.

«Anche io.» Il mio respiro accelerò quando mi accarezzò il collo, guardandomi negli occhi. Mi sciolsi un po' quando mi sfiorò le labbra, nello stesso modo casto di una settimana prima.

«Puoi toccarmi, sai,» mormorò Daniel prima di baciarmi di nuovo, solo che adesso il bacio fu persistente, le dita gentili che si intrecciavano tra i

miei capelli in un tocco leggero come un soffio.
Gli presi la nuca e lo tenni fermo e il nostro bacio divenne qualcosa di più caldo. Quando mi toccò le labbra con la lingua, dopo un secondo di esitazione le aprii per lui, lasciandomi sfuggire un basso gemito di approvazione quando accarezzò la mia lingua con la sua. Mi abbassai sul divano, fino a quando non fui quasi sdraiato sulla penisola e lui si mosse con me, con una gamba agganciata sulla mia mentre ci univa in un intimo abbraccio.
Non mi bastava mai, le sue labbra, la sua lingua, le sue mani sul collo e sul petto Gli infilai le dita sotto la canotta, incontrando pelle calda e liscia. Gli appoggiai le mani sui fianchi, sulla schiena, muovendole senza sosta mentre il bacio diventava più bagnato, più caldo e la mia lingua lottava con la sua. Il graffio sottile di un filo di barba contro il mio viso era una sensazione nuova e non mi dispiaceva nemmeno un po'. Si spostò per mettersi con un ginocchio tra le mie cosce, piegandosi poi in avanti per prendere poi di nuovo possesso della mia bocca più e più volte e mi tenni stretto a lui, una mano alla base del suo collo, l'altra sulla schiena.
Daniel interruppe il bacio e si raddrizzò. «Lascia che ti semplifichi un po' le cose.» Con un movimento veloce, si sollevò la canotta e se la tolse, rivelando il petto liscio, snello e tonico come me lo ero immaginato. Delle barre in argento gli attraversavano i capezzoli, scintillando alla luce. Non potei resistere a toccarlo, passando le mani sopra ai suoi addominali e il ventre tonico. Poi si chinò per

baciarmi di nuovo e sospirai, bisognoso del suo tocco.

«Di più,» mormorai e lui per un momento si bloccò, con le labbra contro le mie, poi mi fu sopra, abbracciandomi. Allargai le gambe, tirandolo perché si sdraiasse tra di loro.

«Le tue unghie,» sussurrò sgranando gli occhi.

«Al diavolo le mie unghie,» gemetti, prima di circondargli il collo con le braccia e baciarlo, con la lingua che esplorava tanto quanto la sua esplorava me. Oh Dio, il suo profumo... qualsiasi profumo avesse adesso mi invadeva le narici, inebriante e caldo, e lo inspirai a fondo. Non riuscivamo a smettere di baciarci, e i suoi gemiti mi fecero capire che lo adorava tanto quanto me.

Quando mi baciò il collo, rabbrividii e gli feci spazio, tremando quando mi leccò il lobo dell'orecchio prima di tirarlo leggermente. Era in costante movimento come un'onda sulla spiaggia, lenta e sensuale e mi abbandonai alla sensazione del suo corpo contro il mio. Il suo corpo granitico.

Oh, cazzo, Daniel ce l'aveva duro.

Roteò i fianchi ed eccola lì di nuovo, la sua erezione contro il mio uccello. Nessun errore. Una lenta rotazione sexy trascinò il suo cazzo contro il mio, il cuore mi batté in gola e mi irrigidii.

Daniel si bloccò immediatamente. Mi guardò negli occhi, schiuse le labbra, il fiato corto. «Ecco il momento in cui mi devo fermare.»

Deglutii. Non lo avrei contraddetto.

Daniel si alzò in ginocchio e prese la canotta che

aveva gettato di lato, infilandosela da sopra la testa. «Scusa.»

Ignorai il mio battito accelerato e lo guardai sbalordito. «Per cosa? Per avermi baciato? Perché, fidati, lo volevo tanto quanto te e non sono così nuovo in tutto questo come la scorsa settimana. Io… ho fatto qualche ricerca.»

Daniel sbatté le palpebre e si sedette sui talloni. «Ricerca?»

Annuii, tenendo alto il mento. «Ho guardato tutto *Queer as Folk*.»

Fu il turno di Daniel di rimanere sbalordito. «Dimmi che intendi la versione inglese, perché ci avresti messo giorni a vedere quella americana.»

Roteai gli occhi. «Sì, quella inglese.» Ero più calmo e il mio battito tornò regolare.

Daniel sorrise. «Sono colpito.» Mi tese una mano e mi aiutò a mettermi seduto. Mi prese il viso tra le mani e si chinò per darmi un leggero bacio sulle labbra. Sospirò e poi mi lasciò andare. «Okay, so che la scorsa settimana ti ho detto che non vedevo l'ora di vedere com'eri a letto, ma questo è stato prima.»

«Prima di cosa?»

Mi fissò con aria significativa. «Prima di sapere quale fosse lo stato delle cose. Quindi ciò che sto dicendo adesso è che ci voglio andare piano. Ne avevo tutte le intenzioni, almeno fino a quando abbiamo iniziato a baciarci.»

Okay, quello mi fece sentire piuttosto compiaciuto di me stesso. Mi lucidai le unghie sulla camicia. «Che posso dire? È un dono.»

Daniel alzò gli occhi verso il cielo.

Solo che non potevo essere superficiale, non quando mi aveva fatto sentire così bene. Gli avvolsi il collo con le mani. «So cosa vuoi dire sul bacio. Cosa c'è in te che mi fa sentire come se fossi di nuovo un adolescente che pomicia per la prima volta?» Perché lui si era sentito esattamente così.

Sorrise. «Che posso dire? È un dono.» Lo colpii sul braccio e mi guardò scherzosamente male. «Ahia.»

«Quindi adesso che si fa?» Non mi dispiaceva prendere le cose con calma, perché potevo essere pronto a sbaciucchiarmi sul divano con lui, ma a giudicare dalla mia reazione alla sua erezione il mio corpo era pronto a buttarsi subito.

Dopo un'altra settimana di ricerche, chissà come mi sarei sentito.

Daniel si alzò dal divano e si sedette al mio fianco. «Cosa fai domani sera?»

Alzai un sopracciglio. «Hai qualcosa in mente?»

Annuì. «Basta che non pensi a una cena a casa mia.»

Gli scintillarono gli occhi. «In realtà, stavo pensando a… ballare.»

«Dove?»

«A Londra, in un gay bar che si chiama *Freedom*, dove fanno dei cocktail fantastici, ma al piano terra c'è una fantastica pista da ballo.»

«Un gay bar?» Il mio cuore stava di nuovo facendo un balletto.

Daniel ridacchiò. «Ci sei mai stato?»

Sbuffai. «No, ma ci sono un mucchio di posti dove non sono stato.»

«Allora andiamo al *Freedom*. Potresti perfino ritrovarti a socializzare con le celebrità.»
«Perché? Chi ci va?»
«Alcuni dei ballerini e i loro partner di *Ballando con le Stelle*.» Ecco di nuovo quel sorriso. «Se loro possono godersi una serata in compagnia di ragazzi gay, sono sicuro che potrai farlo anche tu. Tra le altre cose, non sono solo maschi, perché ci vanno anche le donne.»
Piegò la testa di lato. «Quindi è un appuntamento? Ti aspetterò sotto la statua di Eros a Piccadilly. Ci sarà casino là, quindi fai in modo di trovarmi.» Gli scintillarono gli occhi. «Indosserò il mio boa di piume di struzzo color arcobaleno e le calze a rete.»
Quello mi distrasse per circa due secondi prima di rendermi conto che mi stava prendendo in giro e ciò gli costò un'altra botta sul braccio, poi mi ricordai che gli dovevo una risposta: «Allora abbiamo un appuntamento.» Anche se il solo pensiero mi provocò un fremito in fondo allo stomaco.
Mi sorrise, e quella vista mi causò delle palpitazioni.
Okay, non stavo così male, ma avete capito l'idea, giusto?
Daniel prese il mio calice di vino e me lo porse. «Non devi andare a casa stasera,» mormorò. «Ricordi? Ho una camera in più.»
Di nuovo il cuore mi balzò in gola.
Dovevo essere onesto con lui. «Se resterò, vorrei essere pronto. Sai, con uno spazzolino, un cambio di vestiti, cose del genere…»
Annuì. «Sì, capisco,» disse a mezza voce.
«No che non capisci.» Gli appoggiai una mano sul

ginocchio. «Perché se mai decidessi di passare una notte qui,» cazzo, il mio cuore, «non voglio dormire nel tuo letto in più, okay?» Ecco, lo avevo detto.
Daniel mi studiò per un momento. «*Se mai* suona un po' vago, come se… potesse non succedere.»
Dillo, sai che lo vuoi.
Respirai a fondo. «Quando resterò a dormire da te, sarà nel tuo letto, va bene?»
Trattenne il fiato ed ebbi la sensazione di aver detto la cosa giusta. «Va bene, non vedo l'ora.»
Suonava come un accordo e ciò che mi sorprendeva era che non mi importava affatto. Non c'erano obblighi temporali, scadenze, ma solo la comprensione che un giorno sarebbe successo.
O una notte?
Comunque c'era una leggerezza nel mio petto, il polso batteva rapidamente e l'adrenalina mi percorreva al pensiero di stare nel suo letto.
Non ci pensare adesso. Dopo.
Finii il mio vino. «Penso che farei meglio ad andare.»
Mi alzai e lui fece lo stesso. Prima di poter proferire un'altra parola, mi baciò, prendendosi il proprio tempo.
Potrei abituarmici.
Poi mi resi conto di un dolore tra le dita dei piedi, uno che non avevo mai provato.
«Daniel?» mormorai contro le sue labbra tra un bacio e l'altro.
«Mmh?»
«Posso togliermi i distanziatori, adesso?»
Scoppiò a ridere e potei sentire le vibrazioni che gli

scuotevano il corpo. «Certo, lascia che lo faccia io.» Si chinò e tolse con attenzione i pezzetti di gomma piuma rosa. «Com'è?»

Abbassai lo sguardo e tutto ciò che vidi fu Daniel in ginocchio davanti a me, con il viso a pochi centimetri dal mio inguine. Piegò la testa all'indietro per guardarmi e quando si leccò il labbro inferiore un delizioso brivido mi percorse. «È... fantastico,» mormorai.

Daniel si alzò con un movimento aggraziato e mi guardò negli occhi. «Stavo parlando delle tue unghie,» mormorò trattenendo un sorriso.

Sbattei le palpebre. «Le mie unghie?» Abbassai lo sguardo e sorrisi: «Ehi, guarda, non si sono rovinate.»

Daniel rise di nuovo. «Sai quanto è stato divertente. *Al diavolo le mie unghie,*» mi imitò.

Adesso che ne parlava...

Entrambi scoppiammo a ridere, fino a quando Daniel mi fermò con un altro bacio. Un profondo bacio viola-blu scintillante da far arricciare le dita dei piedi. D'istinto, gli presi la nuca ricambiando il bacio con tutto ciò che avevo, inclusi gemiti soffusi. Avevo una mano sulla sua schiena e le mie dita di nuovo cercarono la sua pelle sotto alla sua canotta.

Okay, mi prudevano le dita per toccargli i capezzoli; avevo sentito che i piercing li rendevano super-sensibili e volevo vedere se era vero.

«Cazzo, crei dipendenza,» gli mormorai contro le labbra.

Daniel si tirò indietro e rise di nuovo. «Lo dici tu.

Non mi basti mai.»
«Domani sera potrai averne ancora.» Poi ci pensai. «Ti andrà bene se ti bacio in quel bar?»
Daniel si morse un labbro. «Penso che potrai farla franca.» Con un sorriso, mi spinse via. «Devi andare. Ho terminato la mia forza di volontà, sai?» Prese la mia giacca dallo schienale della sedia e me la tenne mentre la infilavo, poi mi porse la mia borsa. «Giusto perché tu lo sappia… non vedo l'ora di rivederti,» disse a bassa voce.
«Idem.» Una sola parola, ma lo dicevo sul serio, con tutto il cuore.
Mi condusse al piano inferiore fino all'ingresso e, prima di uscire nella notte, mi prese tra le braccia e ci scambiammo un ultimo bacio bollente.
«Ci vediamo domani.»
Annuì. «Cercherò il boa di piume di struzzo.»
Quando chiuse la porta, stava ancora ridendo.
Mi incamminai lungo la strada verso la stazione, più leggero e felice di quanto fossi mai stato. Mi stavo muovendo quasi in automatico, con la mente ancora in quel salotto, sul suo divano, a baciare…
Okay, a baciare un ragazzo. Non era poi così differente dal baciare una ragazza, eppure era così. *Lo so, lo so, non ha senso.* C'erano differenze sottili, ovviamente. Tanto per dirne una, la barba, e quando si era lasciato andare c'era stato più… acciaio in quel bacio, direi. E neppure io mi ero trattenuto.
Non vedevo l'ora di baciarlo di nuovo.
Mezz'ora dopo ero di nuovo a casa. A giudicare dai suoni che provenivano dal salotto, stavano

guardando un film dell'orrore, dato che avrei riconosciuto i gridolini di Justin ovunque.
Passai davanti alla stanza in punta di piedi, con l'intenzione di andare in camera mia, ma la porta si aprì quando raggiunsi le scale.
«È stata una bella serata?» Era Mick.
Mi fermai e mi voltai. Non pensavo di aver smesso di sorridere da quando avevo lasciato l'appartamento di Daniel. «Sì, molto.»
Mi fissò con un mezzo sorriso. «Lo vedo.»
Aggrottai la fronte. «Che vuoi dire?»
Lui ridacchiò, prima di prendermi per un braccio tirandomi verso lo specchio sulla parete, poi mi voltò per farmici mettere di fronte e si mise alle mie spalle. «Noti qualcosa?» Stava ancora sorridendo.
Oh mio Dio. La luce nel corridoio non era così luminosa, ma potevo comunque vedere che le mie labbra erano più rosse del solito e un po' gonfie. In più avevo la pelle arrossata intorno al mento e alla bocca.
Mick si chinò e sussurrò: «Sì, ti sei divertito molto, vero?»
Mi scappò da ridere. «È perché bacia molto bene,» sussurrai di rimando. Guardai il mio riflesso, toccandomi leggermente le labbra con la punta delle dita.
Avevo l'aspetto di chi era stato baciato approfonditamente.
Mi diressi di nuovo su per le scale e Mick mi seguì fino ai piedi. «Digli che la prossima volta si rada, prima. Immagino tu non voglia uno sfogo in posti…

delicati.»

Mi ci volle un minuto per capire il significato delle sue parole e lo guardai sbalordito. «Noi non... non abbiamo... non ho...»

Mick rise a bassa voce. «Okay, okay, ti credo. Vedilo come un consiglio per il futuro.» Indicò con la testa il salotto. «Farò meglio a tornare dentro, Justin potrebbe aver bisogno di qualcuno che gli tenga la mano nelle parti spaventose.» Con tempismo perfetto, il forte grido di paura di Justin riempì l'aria e Mick scosse la testa. «Troppo tardi.» Ridacchiai e salii le scale. «Lee?»

Mi fermai di nuovo. «Sì?»

Mick era ancora ai piedi della scala. «Una parola d'avvertimento da qualcuno che si è già trovato nei tuoi panni.» Fece un cenno alle mie labbra. «Perché tu lo sappia, domani si vedrà ancora di più.»

Lo fissai sbalordito. «Ah, merda.»

Mick annuì. «Tieniti pronto, perché li conosci. Non se ne staranno zitti, non quando hanno l'opportunità di prenderti per il culo.» Poi ritornò in salotto.

Salii le scale, toccandomi con attenzione le labbra. Quelle era una prima volta, e mentre mi chiudevo la porta della camera da letto alle spalle, mi resi conto che c'erano altre prime volte in arrivo.

Non sapevo se ne fossi eccitato o spaventato.

CAPITOLO 9

16 giugno 2018

Non c'era niente di meglio che restare a letto di sabato mattina.

Non c'era il lavoro a trascinarmi fuori dalle coperte e la casa era tranquilla, perché a parte Moz e Niall che erano già al lavoro, gli altri non si erano ancora alzati. Si sentiva il rumore del traffico, perché il resto del mondo era attivo, anche se io non lo ero. E la cosa migliore di poter poltrire a letto?

Avevo tutto il tempo del mondo per farmi una bella sega.

Quella mattina avevo in attivo ben più del solito nella mia banca per seghe. A volte era il porno, ma la maggior parte delle volte mi affidavo a fantasie, rivivendole nella mia testa mentre me ne stavo lì a massaggiarmi il cazzo con il palmo umido, la coperta scalciata via e i piedi appoggiati sul materasso.

Quella, in particolare, era tutta dedicata a Daniel.

Chiusi gli occhi, tenendomi il cazzo non troppo stretto mentre me lo accarezzavo leggermente, le gambe aperte con un piede appoggiato sul letto. Era lì, in ginocchio ai miei piedi nel suo salotto, con lo sguardo sollevato su di me con quei bellissimi occhi marroni e la bocca a pochi centimetri dal mio uccello.

Rallentai il mio tocco, tirandomi con delicatezza le palle con la mano libera, immaginandomi quelle sue labbra lucide.
Le stava leccando.
Il suono umido del mio uccello serviva solo ad aumentare la mia eccitazione. Il Daniel nella mia fantasia mi tirò il bottone dei pantaloni e mi sorrise.
«Posso?»
Quale uomo eccitato sano di mente avrebbe potuto dire di no a una calda bocca umida sul proprio cazzo?
Annuii, con la mano che lavorava più in fretta sul mio uccello, solo che adesso mi stavo stuzzicando un capezzolo, passandoci sopra il pollice lentamente. Il Daniel immaginario mi abbassò la zip, mise una mano nelle mie mutande improvvisamente strettissime e mi liberò l'uccello. Non ebbi tempo di dire una parola prima che mi leccasse la cappella per poi prendermi in bocca con attenzione.
Strizzai gli occhi, come se aprirli avrebbe potuto disperdere la vista di Daniel che mi succhiava l'uccello proprio come ne avesse davvero bisogno. Nella mia fantasia, appoggiai le mani sulla sua testa e lo spronai a prenderlo più a fondo, con i fianchi che si sollevavano dal letto per scopargli quella bocca incantevole, quelle strette labbra intorno al mio uccello.
Avevo bisogno di più.
Aprii gli occhi, rotolai sulla pancia, mi infilai un cuscino sotto i fianchi e iniziai a strusciarmici contro, spingendo l'uccello nella sua morbidezza,

scopandolo come avrei voluto scopare la bocca di Daniel, sentendolo gemere intorno a esso, con l'orgasmo che si avvicinava sempre di più…

Con un grido soffocato, venni nel cuscino, il corpo scosso da brividi, il braccio che tremava. Nella mia testa, le labbra di Daniel erano ricoperte dal mio sperma e lui se lo ripuliva pigramente con la lingua, facendomi rabbrividire.

«Hai un sapore delizioso.» I suoi occhi erano luminosi.

Mi afferrai l'uccello e gli sfregai la cappella contro il labbro inferiore e la sua lingua saettò fuori per leccarla lento in modo seducente, prima che…

Il mio telefono prese vita con una chiamata.

Cazzo. Cazzo. Cazzo.

Lo presi, maledicendomi per aver dimenticato di metterlo nella modalità silenziata la sera prima. Quando vidi il chiamante, gemetti: Mamma.

Sì, lo so che di mamma ce n'è una sola. Sì, ovviamente la adoro. Ma cercate di pensare a come vi sentireste se foste appena venuti, non vi foste nemmeno ripuliti e vostra madre volesse parlare con voi.

Le risposi e la misi in vivavoce mentre toglievo la federa dal cuscino e la usavo per ripulirmi. «Buongiorno, mamma.»

«Buongiorno, non ti ho disturbato, vero?»

«No, tutto a posto.» Poteva andare peggio, giusto? Avrebbe potuto chiamare *durante*.

«Ti chiamavo solo per ricordarti di domani, tutto qui.»

Domani? Avevo la testa completamente vuota. Tutto ciò a cui riuscivo a pensare era il mio appuntamento più tardi con Daniel.

Sospirò. «Sì, questo silenzio è molto rivelatore. Domenica a pranzo, ricordi? Viene anche tua sorella con Ben.»

Mia madre organizzava un pranzo una domenica al mese per la famiglia, di solito eravamo io, mia sorella Rachel con suo marito Ben e ovviamente i miei genitori. Tre ore seduti a un tavolo a mangiare la dose standard di pollo arrosto, patate, piselli e carote ricoperti dalla versione di mia madre di salsa di carne. No, niente salsa confezionata in quella casa, grazie tante. A papà sarebbe venuto un colpo. Il tutto ovviamente cercando di evitare le conversazioni che iniziavano sempre con: "Allora, ti stai vedendo con qualcuno?"

Una tortura.

«Non me lo ero dimenticato,» dissi, mentendo palesemente. Beh, andiamo, avevo avuto un sacco di pensieri per la testa, giusto? «Solita ora come sempre?» Il che significava che dovevo essere lì intorno a mezzogiorno.

«Sì.»

«Posso portare una bottiglia di vino?» Qualsiasi cosa per fare in modo che il tempo diventasse più gradevole e scorresse più velocemente, quindi magari due bottiglie di vino avrebbero servito meglio la causa.

«Sì, ma non ti aspettare che tuo padre ne beva.»

Trattenni uno sbuffo. Mio padre era un bevitore

incallito di amarezza. Il vino era per gli altri.
«E tua sorella dice che ha delle notizie da dare.»
Speravo con tutto me stesso che Ben non avesse trovato un altro lavoro e che stessero per trasferirsi. Vivevano a circa tre strade dai nostri genitori, il che era fantastico, perché mia madre trovava ogni pretesto per vedere Rach, ma a lei non sembrava importare. Lei e mia madre erano piuttosto unite.
Ma se si fossero trasferiti…
No, non volevo pensarci. Non ne avrei neanche parlato. «Ci sarò,» dissi con voce brillante. «Ci vediamo, allora.» Chiusi in fretta la conversazione. Avrei gestito qualsiasi notizia Rachel avesse quando l'avrei sentita. In quel momento stavo morendo di fame.
Mi infilai un paio di pantaloni della tuta, andai alla porta e guardai nel corridoio. Non sentii l'acqua scorrere in bagno, quindi presi un asciugamano e lo portai con me al primo piano, nell'unico bagno della casa.
Si imparava a essere veloci quando si era in cinque con una sola doccia.
Uno sguardo allo specchio rivelò che le previsioni di Mick erano state accurate. Avevo ancora le labbra un po' gonfie, anche se meno rispetto a ieri sera, ma il rossore sul mento e le guance era più pronunciato. Il mio primo pensiero non andò alla reazione dei miei coinquilini, ma al mio imminente appuntamento.
Non posso uscire così! Beh, non senza un sacchetto di carta sulla testa.
Quando entrai in cucina alla ricerca di qualcosa da

mangiare per colazione, Mick aveva preparato una teiera e Niall era impegnato con il tostapane. Si voltò verso di me mentre era sul punto di infilare una fetta di pane nella fessura e si bloccò. «Oh... Oh, mamma.» Lanciò uno sguardo a Mick.
Agitai una mano. «È tutto okay, lo sa.»
Niall annuì e si morse un labbro. «Immagino che non debba chiederti se le cose sono andate bene, vero?»
Mick sbuffò, poi si schiarì in fretta la voce. «Vuoi un tè?» mi chiese, indicando la teiera.
«Certo.» Mi indicai il viso. «Devo però trovare una soluzione. Stasera ho un appuntamento.»
Gli occhi di Mick scintillarono di approvazione. «Un altro? Le cose vanno bene davvero. Dove andate? Un posto carino?»
«A ballare in un gay bar di Soho.» Poi venni trafitto da un pensiero. «Cosa mi metto?»
Niall ridacchiò. «Quello che indossi di solito.»
«Ma è un gay bar.»
Mick scoppiò a ridere. «E...?» Roteò gli occhi e indicò il tavolo. «Siediti. Dopo un tè e del pane tostato, verremo su con te e cercheremo tra i tuoi vestiti. Devi avere qualcosa che ti farà sembrare fantastico.» Versò una tazza di tè e me la porse. «Prendilo come vuoi e Niall ti preparerà il pane, poi ci siederemo con calma e faremo colazione.»
Non resistetti. «Sì, papà.» Risero entrambi. «Ma penso ancora che dobbiamo nascondere questi.» Mi indicai labbra e mento.
«C'è sempre il trucco,» suggerì Niall con occhi scintillanti.

Stavo per guardarlo male quando mi venne un'idea. Presi il telefono dalla tasca e mandai un messaggio a Daniel.

Sei sveglio?

Qualche secondo dopo il mio telefono squillò. «Questa è una registrazione, Daniel è ancora a letto, ma se lasciate un messaggio farà in modo di…»

«Ah-ah, molto divertente. È una cosa seria.»

«Perché, che succede?» La sua voce cambiò subito e non mi persi la nota preoccupata.

«Succede che la mia faccia è un casino, ecco che succede,» ribattei. «Ed è tutta colpa tua.»

«La prossima volta fatti la barba prima di baciarlo!» gridò Mick e questa volta lo guardai male.

«È Mick, uno dei miei coinquilini e se lo farà di nuovo sarà un ex-coinquilino.»

Daniel scoppiò a ridere. «Oh, cielo. Beh, almeno so qual è il problema.» Addolcì la voce. «È davvero così brutto?»

«Abbastanza brutto che non andrò così al *Freedom*.»

«Oh, non saprei, visto che se sarai con me riceverò un sacco di occhiate gelose.»

Scossi la testa. «Come ci riesci? Dovrei essere arrabbiato con te, invece mi fai stare bene.»

«Ne sono felice.» Quella sua voce dolce risvegliava qualcosa in me.

«Ma c'è un modo in cui potresti farmi sentire ancora meglio.»

«Ah, sì?»

«Porta i tuoi trucchi con te stasera. Puoi darmi una sistemata, vero?» Almeno lo speravo.

Daniel non rise. «Porterò il fondotinta e la cipria.» Sospirai sollevato. «Potrei anche portare un po' di ombretti e rossetti,» aggiunse.

Mi irrigidii. «Perché?»

«Oh, per nessun motivo,» rispose in un tono leggero che non mi convinse nemmeno per un secondo. «Ci vedremo come deciso, poi ti porterò da qualche parte per darti il fondotinta prima di andare al *Freedom*, che ne pensi?»

«Perfetto.» Respirai più liberamente.

«Allora vediamoci sotto l'Eros, come d'accordo. Ti fanno male le labbra?» Di nuovo quel tono preoccupato.

«No, solo un po' livide.»

«Non mi sento dispiaciuto neanche un po'.» La sua voce era roca. «Non ho rimpianti.»

Deglutii, consapevole del calore che mi si irradiava attraverso il corpo. «Neanche io.» Chiusi la chiamata, poi mi resi conto che la stanza era silenziosa.

Mick e Niall mi stavano fissando.

Indicai il tostapane. «Tostate! Abbiamo delle cose da fare!» Andai al frigorifero a prendere il latte, con il cuore in gola.

Non mi farà mettere più trucco di quanto ne abbia bisogno.

Guardai la folla intorno alla statua, in cerca di Daniel. Aveva avuto ragione sul numero di persone. Rimasi lì per dieci minuti, ma non c'era nessun segno di lui. Sapevo che sarebbe venuto, non c'erano stati messaggi per annullare, ma questo non impediva al mio stomaco di contorcersi.

Era tutto nuovo.

Era un vero appuntamento.

Non che non avessi avuto appuntamenti in passato, ma stare fuori in pubblico con lui, ballare con lui... Avevo la bocca asciutta e desiderai essermi portato una bottiglia d'acqua. Le farfalle stavano già danzando nel mio stomaco a quella sensazione.

«Ehi, ciao.»

Sobbalzai e mi voltai di scatto per guardarlo. «Cristo, mi hai spaventato.»

Daniel ridacchiò. «Scusa.» Era bello come tutte le altre volte in cui ci eravamo incontrati, indossava jeans neri skinny, scarpe nere e una canotta aderente a righe orizzontali. Teneva una giacca nera in mano e aveva la tracolla della borsa appesa a una spalla. Un tocco di porpora gli accentuava gli angoli degli occhi e l'eyeliner sbavato intorno mi tolse il fiato.

Sorrise. «Come sto?»

Inspirai a fondo. «Sei bellissimo come sempre.»

Daniel schiuse le labbra e trattenne il fiato. «Grazie.» Mi squadrò prima di sorridere dolcemente. «Oh, dico sul serio, grazie.» Lo disse con una tale sincerità che le mie preoccupazioni sui miei vestiti si dissolsero. Niall aveva insistito perché indossassi i jeans, ma

Mick aveva scelto una canotta che non indossavo quasi mai, fatta di un soffice tessuto bianco che mi stava bene, con una scollatura profonda abbastanza da rivelare gran parte del mio petto.

Daniel mi tracciò lo sterno con un dito gentile. «Mi piace, anche che sei nudo qui come me.»

«Una volta mi sono cresciuti tre peli, è tutto quello che sono riuscito a fare.» Sospirai drammaticamente. «Sono appassiti per l'imbarazzo.» Era strano che mi toccasse in quel modo così intimo nel bel mezzo di un affollato angolo di strada, ma mi fece balzare il cuore in gola.

Scoppiò a ridere prima di toccarmi le labbra con una tale attenzione che quasi mi sciolse. «Poverino, posso baciarti per farti star meglio?»

Siamo in pubblico.

Siamo in pubblico.

«Sì,» sussurrai e colmò la distanza tra di noi, baciandomi leggermente sulle labbra. Un bacio casto e gentile.

Un bacio proprio giusto.

Capitemi, sto iniziando a suonare come Riccioli d'oro.

Poi si tirò indietro. «Adesso sistemiamo questo,» disse, passando i polpastrelli sul mio mento. Indicò la stazione della metropolitana. «I bagni andranno bene. Le luci sono terribili, ma almeno vedrò tutto. In più, le luci al *Freedom* non sono forti.»

Lo seguii in stazione e nel bagno degli uomini più vicino. Non appena fummo dentro, andammo ai lavandini dove Daniel rovistò nella propria borsa, prendendo un baio di flaconcini e un portacipria. «Non ero sicuro di quale tonalità sarebbe stata più adatta alla tua carnagione, che è un po' più scura della mia, ma non così tanto diversa.» Aprì entrambi e me ne versò una goccia da ciascuno sul mento.

Un ragazzo in completo elegante entrò nei bagni, ci guardò e di colpo si voltò e uscì.

Daniel sbuffò. «Qual è il suo problema? Verrebbe da pensare che non abbia mai visto due ragazzi che si truccano.» Gli brillavano gli occhi. Poi guardò più da vicino. «Questo, credo.» Rimise l'altro flaconcino nella borsa, poi prese una piccola spugnetta quadrata e ci versò sopra un po' di fondotinta. Lo applicò con attenzione, sfumandolo fino a quando non fu soddisfatto del risultato. Alla fine, prese un'altra spugna, questa volta ricoperta di cipria, premendomela con fermezza contro la pelle e sfumando di nuovo.

«Hai finito?» chiesi, cercando di voltarmi per vedere.

«Non essere impaziente. Te ne metto un po' su tutta la faccia, così avrà un aspetto uniforme.»

«Tutta?» Non ero sicuro di essere pronto per un make-up completo.

«Fidati di me,» disse premendomi la polvere sotto gli occhi, sugli zigomi, la fronte e lungo la mascella. Si raddrizzò, poi mi fece voltare verso lo specchio sopra il lavandino. «Beh, meglio?»

Meglio? Era fantastico, cazzo.

«Lo adoro.» Daniel si lasciò sfuggire un percepibile sospiro di sollievo, poi assottigliai lo sguardo. «Ci sono altri trucchi in quella borsa?»

«Certo,» rispose senza alcuna esitazione. «Ma a essere sincero, adesso che ti vedo così non ne hai bisogno.» Si morse un labbro. «Solo che... mi piacerebbe metterti solo un velo di lucidalabbra. O magari rossetto?» Infilò le mani nella borsa e sollevò un piccolo tubetto di liquido rosa e un rossetto in una confezione nera.

«È rosa.»

Daniel ridacchiò. «Non ti sfugge niente. Lo è anche il rossetto e ti starebbero benissimo. Lo proveresti, per favore? Per me?»

Come se avessi potuto dirgli di no. «Okay,» risposi, con il cuore in gola.

Daniel aprì il rossetto e me lo applicò con attenzione, prima di tamponarlo con un pezzo di carta. «Questo non è quello che faccio quando metto rossetto e lucidalabbra, ma non ho tempo.» Applicò un secondo strato e lo tamponò di nuovo, prima di aggiungere il lucidalabbra. «Adesso che ne pensi?»

Fissai la mia immagine riflessa. Non ero io quello che mi guardava di rimando, ma qualcuno molto più affascinante. La mia pelle non aveva imperfezioni, le labbra sembravano... polpose, non c'era un altro termine.

Daniel mi si mise alle spalle. «Penso che tu sia favoloso,» commentò a mezza voce. «E penso anche che ogni ragazzo del *Freedom* vorrà cavarmi gli occhi perché sarò io quello che ballerà con te.» Ripose i trucchi, poi incontrò il mio sguardo nello specchio. «Pronto?»

Inspirai a fondo. «Pronto.»

A cosa, non ne avevo la minima idea.

Capitolo 10

«Non scherzavi quando hai detto che era affollato,» commentai, quando entrammo attraverso le porte del *Freedom*. Quel posto palpitava, non riuscivo a vedere il bancone del bar per via dell'alto numero di persone che si erano raccolte lì. La musica suonava, qualcosa con un basso pesante che pulsava per tutto il pavimento. C'erano dei tavoli lungo il perimetro del locale, tutti occupati.

Daniel si chinò per parlare oltre la musica, mentre eravamo in piedi proprio accanto al deejay. «È sempre così, dovresti vederlo durante il Pride, è anche peggio.» Poi gridò felice: «Oh, wow.»

Seguii la direzione del suo sguardo e vidi una coppia seduta a uno dei tavoli. La donna stava gesticolando freneticamente verso di lui. «Mi pare di capire che sono tuoi amici.»

«Ottimi amici,» rispose lui con calore. «Vieni, te li presento.» Mi condusse al tavolo, dove c'era una panchina imbottita ricurva che lo circondava a tre quarti. La coppia si alzò per salutare Daniel con abbracci esuberanti, e lui fece un gesto nella mia direzione. «Lui è Lee.» Indicò l'uomo, che era alto, e con la tonalità di pelle più scura che avessi mai visto.

«Lui è Troy, ci conosciamo da tempo.»

Troy mi tese la mano. «Piacere di conoscerti, Lee.» Mi afferrò la mano con una solida stretta.

Non riuscivo a togliermi la sensazione di averlo già visto. «Ci siamo mai incontrati?» Era molto affascinante, con una forte mascella definita e ampie spalle.

Daniel ridacchiò. «Potresti averlo visto sui giornali, è un modello.»

Lo guardai sbalordito. «Ecco, ti ho visto nelle riviste come modello per vestiti.»

Troy alzò entrambe le mani. «Ti prego, niente autografi.» Scoppiai a ridere, poi lui fece un cenno alla donna al suo fianco, bassa quanto lui era alto, minuta con corti capelli biondi. «Questa è la mia ragazza, Caroline.»

Mi prese la mano. «Speravo proprio di vederti, stasera.» Sia Troy che Daniel la guardarono male, ma lei li liquidò con un gesto della mano. «Penso che voi due dovreste andare a prendere da bere.» Guardò verso il bar. «Potrebbe volerci un po'.»

Daniel incontrò il mio sguardo. «Non ci metterò molto.»

Mi riscaldava che si preoccupasse per me, ma io ero un ragazzone che poteva prendersi cura di sé e, a guardare gli occupanti del bar, mi sentivo proprio a casa. Non ero sicuro di cosa mi fossi aspettato di vedere, ma quella folla sembrava molto simile a ogni altra che avevo visto a ballare di sabato sera. «Me la caverò.» Sorrisi. «Mi piacerebbe un cocktail. Puoi scegliere tu, non sono esigente.»

A Daniel scintillavano gli occhi. «Ti piace il frutto della passione?» Quando annuii, sospirò felice. «Allora so esattamente cosa prenderti.» Tirò Troy per un braccio. «Andiamo.» Poi guardò Caroline. «Se non torniamo tra un'ora, manda i soccorsi.» Lei ridacchiò e Daniel assottigliò lo sguardo. «E comportatevi bene.»

«Io?» Gli occhi di Caroline erano sgranati in un'espressione di innocenza.

Daniel roteò gli occhi prima di allontanarsi dal tavolo con Troy. Non appena se ne furono andati, Caroline accarezzò il posto accanto a sé. «Siediti. Ho un mucchio di domande.»

Confuso, scivolai sulla panca e qualcosa sembrò scattare in me. «Hai detto che speravi che fossi qui stasera.»

Caroline annuì. «Speravo che Daniel ti portasse. Devo dirtelo, morivo dalla voglia di conoscerti.»

Sbattei le palpebre. «Io?»

Lei scoppiò a ridere. «Dolcezza, Daniel non ha fatto altro che parlare di te ogni sera dell'ultima settimana.»

Okay. Sbattei di nuovo le palpebre. «Di me?»

Caroline si appoggiò allo schienale imbottito della seduta. «Lo scorso venerdì sera mi ha chiamato tutto eccitato come non lo sentivo da tempo. Mi ha raccontato di aver conosciuto un ragazzo davvero carino sul treno, che avevano parlato, che gli aveva chiesto di uscire. Quello che lo eccitava era che aveva già visto quel ragazzo in passato e moriva dalla voglia di dirgli qualcosa, ma non era mai capitato il

momento giusto.»
Okay. Quello mi fece bloccare. «Mi voleva parlare da prima di quel giorno?»
Lei annuì. «Non poteva crederci quando hai iniziato a parlargli tu per primo. Povero amore, era così nervoso. Ha detto che ha dovuto chiederti di uscire perché non sapeva se avrebbe avuto un'altra possibilità.»
Non riuscivo a immaginarmi Daniel nervoso, sembrava sempre così sicuro di sé.
«Poi, quando hai detto di sì, gli sono saltati i nervi.» Caroline mi studiò. «Ecco quando l'ho capito.»
«Capito cosa?»
Sorrise. «Che tu sei importante per lui. Daniel non si incasina così tanto per un ragazzo, quindi è lì che ho capito che eri diverso.»
«Ma… non sapeva niente di me.» Era quello che non riuscivo a superare. Come potevo averlo colpito così in fretta?
«Poi mi ha chiamato sabato sera e ho capito subito che c'era qualcosa che non andava.»
Inspirai. «Gli ho detto che non sono gay. E… diciamo che abbiamo corso prima di camminare.»
Annuì di nuovo. «Mi ha raccontato tutto.»
«Voi due dovete essere molto vicini.»
Il sorriso di Caroline le raggiunse gli occhi. «Sì, eravamo a scuola insieme. Anzi, è stato proprio Daniel a presentarmi Troy.» Ridacchiò. «Mi è piaciuto il modo in cui ti sei descritto. "Perlopiù etero con una spruzzata di gay".»
La fissai. «Ti ha detto proprio tutto.» Beh, speravo

non proprio tutto.

Caroline intrecciò le mani sul tavolo. «So che l'ultima settimana è stata dura per lui. Stava aspettando di sentire cosa avevi deciso e lo stava facendo impazzire.»

«È stata una settimana strana anche per me,» borbottai. Quando mi guardò interrogativamente, sospirai. «Guardala dalla mia prospettiva. In passato non sono mai stato attratto dai ragazzi, poi all'improvviso un ragazzo mi chiede un appuntamento e io dico di sì, senza sapere il perché.»

«Sei arrivato a una qualche conclusione?»

Sorrisi. «Sì, ci deve essere qualcosa in lui. Ho incontrato l'unico uomo che mi provoca delle reazioni.»

Un paio di ragazzi ci passarono accanto e salutarono Caroline, che ricambiò il saluto. Uno di loro mi beccò a guardarlo e sorrise. Non potei farne a meno e ricambiai il sorriso. Si fermò e tornò da noi.

«Beh, ciao.» Aveva una profonda voce roca che mi piaceva parecchio. Indossava un gilè di pelle nera che gli lasciava scoperte le braccia e rivelava un tappeto di folti peli sul petto.

«Ciao.» Cercai di non fissargli il petto e le braccia.

Okay, stavo cercando di non sbavare. Felici, adesso?

«Sei qui con Caro?» mi chiese. «E sarai qui quando più tardi apriranno la pista da ballo?» Gli brillavano gli occhi. «Perché, in caso affermativo, farò in modo di trovarti.»

Okay, chi aveva alzato la temperatura lì dentro?

Prima che potessi rispondere, Caroline si intromise.

«No, non è qui con me, è con Daniel. E sì, probabilmente ballerà. E no, Max, tu e Carl non lo userete come ripieno per il vostro sandwich. È la prima volta che viene qui e non gioca alle vostre regole.»

Max fece una smorfia. «Che peccato.» I suoi occhi incontrarono i miei. «Ci vediamo in pista.» Mi fece un sorriso sexy, rivelando una fila di scintillanti denti bianchi, prima di allontanarsi per unirsi al suo amico.

Lo guardai allontanarsi, incapace di non notare quel culo sodo avvolto in un paio di jeans stretti. *Accidenti, su quel culo ci rimbalzerebbe una monetina.*

Caroline si schiarì la voce e io sbattei le palpebre. Stava sorridendo. «Quindi solo Daniel, eh? Mai stato attratto dai ragazzi in passato, eh?»

Sapevo ammettere quando mi sbagliavo.

Tossicchiai. «Okay, magari "perlopiù etero" non è del tutto giusto.»

I suoi occhi scintillavano. «Ma non mi dire.» Poi scoppiò a ridere. «Contrariamente a ciò che crede la gente, non c'è niente di sbagliato nell'essere bisessuali. E io lo so bene.» Sollevò la sua borsetta per farmela vedere e batté il dito su un distintivo attaccato alla tracolla con tre strisce rosa, viola e blu.

«Sarebbe?» Non lo conoscevo.

«È la bandiera dell'orgoglio bisessuale.» Alzò un sopracciglio. «Ne hai sentito parlare, vero?»

Era come parlare di nuovo con Daniel del Pride.

Roteai gli occhi. «Ma certo che sì.» Non che conoscessi qualcuno che era bisessuale, poi pensai che poteva non essere così, dato che, per quanto ne sapevo, potevo essere circondato da lesbiche, gay, bisessuali e persone transessuali al lavoro, ma come aveva detto Mick, se lo erano non erano affari di nessuno tranne che di loro stessi. Poi pensai alla sua affermazione. «Cosa vuoi dire con "contrariamente a ciò che pensa la gente"? Io sarei bisessuale, allora?»

Alzò di nuovo il sopracciglio. «Hai qualche dubbio al riguardo?»

«Beh, non ne sono sicuro. Voglio dire, non è un cinquanta e cinquanta. Finora sono uscito solo con donne.»

Caroline scoppiò a ridere. «È un po' più fluido di così. Puoi essere attratto più dalle ragazze che dai ragazzi, o viceversa.»

«Allora va bene preferire uno all'altro?» Dovevo ammetterlo, quello era un altro nuovo territorio da esplorare.

«Ovviamente, sii solo preparato, okay? Non sarà sempre una navigazione tranquilla.» Il suo viso si indurì un po'.

Okay, adesso mi aveva fatto preoccupare. «Che vuoi dire?»

Sospirò. «Ascolta, gli atteggiamenti sono cambiati molto negli ultimi anni, okay? Le persone sono più aperte al fatto che altri siano gay o lesbiche, ma quell'apertura non si estende ai bisessuali, mi dispiace dirtelo.»

«Perché no?» E come mai io non lo sapevo? Poi ci pensai. Ero qualcuno che non aveva mai ritenuto necessario andare al Pride, ricordate? Perché mai avrei dovuto preoccuparmi di imparare cose sulle

persone che appartenevano alla comunità LGBT?
Quella comprensione mi fece pizzicare il viso e chiudere la gola.
Caroline sbuffò. «Da dove comincio con le convinzioni ignoranti che hanno le persone? Vediamo.» Contò sulla punta delle dita. «I bisessuali sono promiscui, non sono monogami, se sei bisessuale significa che ti piacciono le cose a tre e le orge.»
Sbuffai. «Mi sembra quasi che alcuni siano gelosi.»
Lei scoppiò a ridere. «Sai, non l'ho mai visto da questa prospettiva ma, seriamente, la gente vede l'essere bisessuale come una "fase".» Mimò le virgolette con le dita. «I bisessuali non sanno prendere una decisione, quindi è una scusa per scopare qualsiasi cosa che si muova. E c'è una frase che detesto, una che Troy sente spesso. "Adesso bisessuali, domani gay".» Caroline rabbrividì. «In passato è uscito con dei ragazzi e io con delle ragazze. Vivere con un ragazzo non mi rende etero, perché sono ancora attratta dalle donne, ma non gioco in quel campo e nemmeno lui.»
Questo sollevò una preoccupazione nella mia mente. «Pensi che Daniel abbia paura che possa trovare qualcun altro, una ragazza, e decidere che alla fine sono etero? Che lui sia solo una "fase"?»
Mi guardò con franchezza. «Tu cosa pensi di essere?»
Rimasi in silenzio e ripensai a ciò che aveva detto, ma non dovetti pensare a lungo. «Sono bisessuale,» dissi infine. Mick poteva dire ciò che voleva sulle etichette, io non avevo problemi con quella in particolare.

Quindi che importava se ero stato solo con ragazze, fino a quel momento?

Adesso c'era Daniel.

Caroline si chinò su di me e mi baciò la guancia. «Benvenuto nel club, dolcezza.»

«Stiamo interrompendo qualcosa?» Daniel era al nostro tavolo, con in mano due bicchieri da cocktail colmi fino all'orlo di un liquido arancio. Quando li appoggiò sul tavolo, guardai il bicchiere che conteneva metà frutto della passione flambé.

«Ma che fico, cos'è?»

Daniel sorrise. «Un Pornostar Martini, provalo.»

Lo guardai male. «Vuoi che mi bruci le sopracciglia?»

«Penso che ci si aspetti che prima tu ci soffi sopra,» disse Troy con uno scintillio negli occhi. Si sedette accanto a Caroline, appoggiando un bicchiere alto davanti a lei. «Il tuo Mojito, amore.»

Daniel si sedette al mio fianco. «Penso che sia necessario un brindisi.»

«Posso farlo io?» chiesi istintivamente.

«Certo,» mi sorrise.

Sollevai il bicchiere. «Ai nuovi amici.» Tutti e tre sorrisero e fecero eco al mio brindisi. Soffiai sul mio, spegnendo la fiamma prima di bere. «Oh, ma che buono.» Ne bevvi ancora, con la testa ancora piena di tutto ciò che mi aveva detto Caroline. Sembrava avessi scelto per me stesso un percorso difficile. Io sapevo solo una cosa per certo: non avrei condiviso ciò che avevo scoperto con nessuno della mia famiglia fino a quando non ne avessi avuto motivo. E quello sarebbe successo solo in una specifica

circostanza, ossia se avessi portato un fidanzato a conoscerli. Per il momento, con Daniel avevo solo un appuntamento. Il tempo ci avrebbe detto se sarebbe diventato qualcosa in più.
Il pensiero di *qualcosa in più* mi faceva rabbrividire per le aspettative.

#LoveWins

love is love

Il soffitto era coperto di palle da discoteca scintillanti, luci laser che lampeggiavano sopra di loro e i ballerini sotto, e sul bancone del bar c'erano dei candelabri.
Come pista da ballo era fantastica, ogni centimetro di pavimento era coperto di corpi in movimento al ritmo della musica, in coppia o da soli, in gruppi o attaccati ai pali della lap dance collocati qua e là. La musica era varia, fino a quel momento mi ero scatenato al ritmo di *Stupid Love* di Lady Gaga, *This is Real* di Jax Jones, *Mistakes* di Jonas Blue e *Stop this Flame* di Celeste. Noi quattro avevamo ballato insieme e, dovevo ammetterlo, Daniel era un fantastico ballerino. Avrei passato tutta la notte solo a guardarlo. Per quanto mi riguardava, non mi importava chi mi avesse visto, perché mi stavo

divertendo. Mi persi nella musica e misi il cuore, il corpo e l'anima nelle mie mosse, adorandone ogni minuto. Era passato un po' da quando ero andato a ballare e stavo recuperando il tempo perduto.

Non appena uscimmo dalla pista da ballo, però, sembrò meno un appuntamento e più un sabato sera a ballare. Non che mi importasse, perché mi stavo divertendo. Tra l'altro, era un po' difficile stare da soli nel bel mezzo di una pista gremita di gente.

Mi presi una pausa intorno all'una del mattino, in piedi al bar con Caroline, Troy e Daniel ancora in pista. Li guardammo e non potei fare a meno di notare gli sguardi di ammirazione che ricevevano da alcuni dei ballerini intorno a loro, di entrambi i sessi.

«Perché non balli?» chiese Caroline ad alta voce sopra la musica.

«Sto prendendo le cose con calma,» risposi con un sorriso. Intendevo stare lì fino alla chiusura, poi avrei dovuto trovare un posto dove fare colazione prima di prendere il primo treno per casa, che non partiva prima delle sette del mattino. Solo allora mi resi conto che non avevo idea di cosa avrebbe fatto Daniel dopo.

Colazione con me, spero. Almeno me lo sarei goduto da solo, perché adesso non era decisamente da solo; il gruppo di ammiratori stava solo crescendo.

A una parte di me non piaceva affatto, cosa che mi sorprese, dato che non ero uno geloso.

«Posso chiederti una cosa?» mi chiese Caroline all'orecchio.

«Puoi,» scherzai, con lo sguardo ancora fisso su

Daniel.

«Sei sicuro che non ci sia mai niente che ti abbia fatto pensare che ti potevano piacere i ragazzi prima di Daniel? Non che ti stia mettendo in dubbio, ma...»

La guardai. Stava sorridendo. Ci pensai un momento.

«Se ti dico una cosa, devi promettermi di non farne parola, *soprattutto* con Daniel.»

«Oh, sembra intrigante.» Si appoggiò una mano sul cuore. «Okay, prometto.»

«Beh...» Non riuscivo a credere che lo stessi per dire. «Quando ero adolescente prendevo in prestito il catalogo di mia madre, lo portavo in camera mia... e lo sfogliavo, guardando le foto.»

Le sue labbra ebbero un fremito. «Quali foto?»

Sospirai. «La sezione sull'intimo. Guardavo la lingerie, cercavo di individuare i capezzoli o... qualsiasi altra cosa. E... guardavo anche le mutande degli uomini.» Mi sentii arrossire.

Caroline mi circondò le spalle con un braccio e mi tirò a sé per un abbraccio. «Non penso che tu sia stato l'unico, dolcezza.» Mi lasciò andare. «Tutto qui? Perché non è sconvolgente. Lo abbiamo fatto tutti.»

«No, non è tutto,» mi buttai. «Ogni volta che guardavo un porno, e parlo di porno etero, preferivo sempre i ragazzi alle ragazze.»

Caroline scoppiò a ridere. «Anche io, non sopporto il porno lesbo, preferisco i ragazzi.»

«Dici sul serio?»

Annuì. «Le ragazze sono sempre così... rumorose. Non faccio mai così tanto rumore e non dico mai le cose del genere quando... hai capito, no?»

«Esatto! I ragazzi invece sono tutti tranquilli e silenziosi, si mettono al lavoro e basta. E ogni volta che mostrano una coppia inquadrata da dietro, di solito guardo il culo di lui piuttosto che altro.» Le natiche sode che si contraevano mentre si spingeva a fondo, il movimento ritmico, le cosce, i muscoli tesi… Cazzo. Mi ero illuso, vero? Stiamo parlando di negare l'evidenza.

Caroline mi fissò. «E tu che pensavi di essere del tutto etero.» Stava cercando di non ridere, lo capivo e fu tutto ciò di cui ebbi bisogno per vederne il lato divertente.

Scoppiai a ridere. «Okay, okay.» Almeno potevo essere finalmente sincero con me stesso. Tutto ciò che mi ci era voluto era stato incontrare Daniel. Guardai nella direzione in cui stava ballando e mi raggelai, strinsi la mascella e mi si contrasse lo stomaco.

Caroline seguì il mio sguardo. «Dannati Max e Carl.» Si erano uniti a Daniel e lo stavano circondando, avvicinandosi sempre di più.

«Se si avvicinano ancora, avranno bisogno di preservativi,» borbottai.

«Beh, allora non startene lì. Fai vedere loro chi comanda.»

Proprio allora la musica cambiò e la voce di Joe Jonas riempì l'aria, con *Cake by the Ocean*.

Fu la spinta di cui avevo bisogno.

Appoggiai il bicchiere, mi passai velocemente la mano tra i capelli e mi lisciai la maglietta.

«Aspetta!» Mi sistemò lo scollo, tirandolo verso il basso e rivelando più del mio petto. Le brillavano gli occhi. «Adesso sì che sei pronto. Vai a prendere il tuo uomo.»

Le baciai una guancia e mi feci lentamente strada attraverso la folla dove Daniel stava ballando con Max e Carl. Mi fermai davanti a loro, col cuore in gola.

«Penso che questo ballo sia mio, non credete?»

CAPITULO 11

Daniel sorrise. «Mi stavo chiedendo quando saresti venuto, ero sul punto di venirti a prendere.»

Feci a Max un sorriso dolce quando mi infilai tra lui e Daniel. «Grazie per avermi tenuto il posto.» Non mi persi la forte risata di Daniel.

Max sbatté le palpebre. «Oh… va bene.» Poi concentrai tutta la mia attenzione su Daniel, mimando i suoi movimenti fino a muoverci in armonia, avvicinandoci di più.

«Ed eccoti qui,» disse lui con un sorriso che gli illuminò gli occhi.

«Sono stato qui tutta la sera,» risposi facendo spallucce.

Si avvicinò di più e annusai il suo profumo familiare. «No, quello era un altro Lee che era qui a ballare.» Mi accarezzò il collo, facendomi rabbrividire. «Questo è il Lee che stavo aspettando.»

Gli avvolsi le braccia intorno al collo, premendomi su di lui. Potevo sentire il calore del suo corpo. Mi mise le mani sui fianchi, tenendomi stretto, plasmandomi su di lui, e ci muovemmo come un corpo solo, sinuoso e sensuale.

«È bello toccarti,» mi mormorò all'orecchio, prima di accoccolarsi contro il mio collo.

Ciò che provavo era calore, che mi sfrecciava attraverso elettrificando i miei sensi. E sapevo esattamente ciò che volevo in quel momento.

«Mi baci?»

Daniel non esitò, ma rivendicò la mia bocca in un bacio che mi fece tremare le ginocchia. Gli avvolsi la nuca con le mani, desiderando di più, desiderandolo più a fondo, tenendolo ancora più stretto. Abbassò le mani fino a prendermi il sedere, tenendomi forte contro di lui, così stretto che potevo sentire l'erezione che non riusciva a nascondere.

E poi iniziammo a strusciarci, in un lento movimento sensuale che non mi lasciò alcun dubbio su ciò che voleva fare quella sera. E quel tocco mi fece ovviamente rabbrividire. Feci uno sforzo per respirare con calma, cercando di non pensare a Daniel che si muoveva contro di me, entrambi sdraiati, la sensazione di pelle contro pelle. E ancora ci baciavamo, le labbra unite insieme come i nostri corpi.

Fu il cazzo di ballo più sexy della mia vita e non volevo che finisse.

L'allarme antincendio che fendette l'aria mise presto fine a tutto quello.

La musica cessò e una voce provenne dagli altoparlanti. «Possiamo chiedervi di uscire dall'edificio, per favore? Si tratta solo di una precauzione.»

Guardai Daniel sbalordito. «Staranno scherzando, spero!» Qualcuno da qualche parte si stava divertendo alle mie spalle.

Avrei scommesso che fosse Dio.

Uscimmo dal locale insieme al resto della folla, riversandoci in strada. Caroline e Troy ci raggiunsero.

«Almeno non è partito il sistema di pioggia dal soffitto,» intervenne Caroline e si morse un labbro. «Da dove mi trovavo, sembrava proprio che voi due aveste bisogno di un secchio d'acqua addosso.»

La guardai male.

L'aria era frizzante e Daniel mi porse la mia giacca. «Beh, per come la vedo io,» disse, «abbiamo tre opzioni: o restiamo nei paraggi e aspettiamo l'arrivo dei pompieri e il controllo di tutto il locale, oppure andiamo altrove o ce ne andiamo a casa.»

«Solo che adesso è ufficialmente mattina,» aggiunse Troy.

«Penso che la terza opzione sia da scartare,» dissi. «A meno che tu non voglia stare alla stazione di Paddington per altre cinque ore circa.» Non avevo voglia di trovare un altro posto, l'allarme antincendio aveva annullato quell'opzione.

«Ho un'idea,» disse Caroline all'improvviso. «Perché non venite da noi? Potreste riposarvi per qualche ora. Meglio che cercare di mettersi comodi su quei seggiolini della stazione.»

«Dove abitate?» L'idea di non dormire alla stazione mi piaceva moltissimo.

«Il nostro appartamento è a dieci minuti da qui a piedi.»

Sgranai gli occhi. «Avete un appartamento… in centro a Londra? Cosa avete fatto? Avete vinto alla lotteria?» Ridacchiai.

Troy si schiarì la gola. «Non è un appartamento grande. Caroline trova più semplice avere un posto qui, durante la settimana, quando lavora.»

Daniel si chinò e mi disse a mezza voce: «È un avvocato per i diritti civili.»

Caroline si limitò a sorridere.

Okay, adesso ero imbarazzato. Dovevo capirlo perché mi aveva dato un bacio sulla guancia? «È tutto okay, dolcezza. Non dico a tutti quello che faccio quando li conosco per la prima volta, e a proposito, ero seria, siete entrambi i benvenuti sul nostro divano-letto.» Guardò Troy. «Non so tu, ma io non voglio andare da nessun'altra parte. Penso che per questa sera mi sono divertita abbastanza.»

Daniel mi guardò. «Beh?»

Roteai gli occhi. «Un divano-letto o uno di quei seggiolini in metallo duri come la morte a Paddington. Mmh, fatemi pensare.»

Lui scoppiò a ridere. «Penso che sia un *"Sì, accetto la tua gentile proposta, Caroline"*.»

Lei sorrise estasiata. «Fantastico, allora andiamocene da qui.»

Li seguii attraverso la folla di gente che ci stava intorno, con Daniel accanto. Ero più che pronto per andare a letto, a essere sincero. Solo dopo aver camminato per cinque minuti capii la portata dell'offerta di Caroline.

Un divano-letto. Cioè, un *solo* divano-letto.

Oh.

Troy aveva detto la verità, era un piccolo appartamento, ma aveva tutto il necessario per renderlo confortevole e funzionale. C'era una camera da letto, una sala da pranzo che era anche un salotto e una cucina. Il divano-letto era matrimoniale, per fortuna, e mentre Troy lo preparava e Caroline portava cuscini e lenzuola lo fissai, cercando di ignorare il battito del mio cuore.

È solo per qualche ora.

Dormiremo.

La mia intenzione era di addormentarmi non appena avessi appoggiato la testa sul cuscino.

«Okay, il bagno è là,» disse lei indicando la porta. «Se volete qualcosa da mangiare o da bere, servitevi pure.» Ci sorrise. «Noi non ci alziamo prima delle dieci, quindi dormite pure se volete. Non dovete prendere proprio il primo treno, giusto? Fatevi una bella dormita.» E con quello ci diede la buonanotte e andò in camera da letto, chiudendosi la porta alle spalle.

Non aveva detto di dormire insieme, ma poteva anche averlo fatto, perché era quello che aveva sentito il mio cervello. E adesso eravamo solo io, Daniel e un divano-letto.

Daniel sbadigliò. «Sono a pezzi.» Mi fece un grande sorriso. «Deve essere stato tutto quel ballare.» Si sfilò le scarpe, si tolse la canotta con un movimento agile, lasciandola cadere sullo schienale del divano e subito dopo iniziò a sbottonarsi i jeans.

Oh, Dio, spero che indossi qualcosa lì sotto.

Gli diedi la schiena e mi spogliai in fretta, lasciando i vestiti in un'ordinata pila sul tavolino. *Questo è ridicolo.* Meno di un'ora prima, il modo in cui avevamo ballato era sembrato nient'altro che sesso nudo e crudo e adesso che stavamo per condividere lo stesso letto mi ero trasformato in mia nonna che si copriva gli occhi quando vedeva qualcuno nudo in televisione, dicendo cose del tipo: *"Ohssignore!"*, *"Mamma mia!"* o *"Non guardate!"*.

Solo che una parte di me voleva guardare, volevo vedere come fosse da nudo. Avevo già visto il suo petto, mi mancava tutto il resto.

E, con il resto di lui, intendevo proprio la parte interessante…

Alle mie spalle mi arrivò l'inconfondibile soffio di lenzuola. «Sono a letto. Ora puoi girarti.»

Accidenti a lui. Potevo sentire quanto fosse divertito.

Mi tolsi tutto a parte le mutande. Mi voltai di scatto, tirai indietro le lenzuola e mi infilai a letto. Sforzai uno sbadiglio. «Anche io sono stanco.»

«Spengo le luci, ti va?»

Non dovevo vedere il suo viso per sapere che stava sorridendo.

Cazzo. «Lo faccio io,» dissi e balzai fuori dal letto per dirigermi al pulsante delle luci, poi mi rinfilai sotto le

lenzuola col cuore in gola.
«Lee?» sussurrò lui.
«Sì?»
«Mi sono divertito moltissimo stasera.»
La tensione che provavo nello stomaco si allentò e mi rilassai. «Anche io.»
«Peccato per l'allarme antincendio. Proprio quando le cose si erano fatte… interessanti.»
Interessanti? Doveva essere un eufemismo per *sexy da morire*.
Attesi di sentire cosa avesse da dire, poi mi resi conto che il suo respiro era cambiato, diventando più regolare.
Si è addormentato. Come ha potuto quando sono qui in attesa che lui…?
Che diavolo stavo attendendo?
Con un sospiro, mi rigirai su un fianco, dandogli le spalle.
Dormi, Lee.

#lovewins
love is love

17 giugno 2018
Non avevo idea dell'ora quando mi svegliai. Dall'esterno proveniva il persistente brusio del traffico, ma all'interno l'appartamento era immerso

nel silenzio. Poi mi resi conto che c'era qualcosa di diverso. Un corpo caldo avvolto intorno alla mia schiena. Un braccio caldo attorno alla vita. Un respiro che mi scarmigliava i capelli.
Accidenti, si stava bene.
Rimasi lì, non osando muovermi perché volevo godermelo. Era passato un po' da quando avevo condiviso il letto con qualcuno e a essere sinceri io e Cheryl non avevamo avuto molte opportunità di farlo. Probabilmente avevamo dormito insieme solo una manciata di volte durante l'anno in cui eravamo stati insieme, dato che lei abitava con i genitori e preferiva non fermarsi da me la notte.
A pensarci bene, neanche a me sarebbe piaciuto portarla a casa. Voglio dire, vorreste portare una ragazza a casa per la notte se aveste quattro coinquilini? Se potevamo sentire Justin che si faceva una sega in camera sua, allora ogni... attività notturna avrebbe richiesto un bavaglio per tenere basso il rumore.
Ehi, ehi, non fatevi sviare dal commento sul bavaglio, perché a me non piacciono queste cose, okay? Comunque, torniamo alla mia mattina...
«'Giorno.» Daniel suonava ancora mezzo addormentato.
Voltai la testa per guardarlo, non volendo cambiare posizione. «'Giorno,» mormorai. «Sei proprio crollato, un secondo prima eri sveglio...»
Si lasciò sfuggire un'adorabile risatina. «Scusa, spero che non avessi nulla in programma.»
Forse no, ma dal modo in cui la mia erezione stava

cercando di liberarsi dalle mutande, di certo aveva un'idea.
Quando mi sovvenne quel pensiero, rabbrividii. Non potevo.
Il mio cazzo sussultò.
Ma la sua mano è proprio lì.
Il mio cazzo sussultò.
Puoi sempre dire di no, giusto?
Il mio cazzo era a pochi centimetri dalle sue dita.
Tenni lo sguardo concentrato sul suo viso quando gli presi la mano e la guidai al mio uccello eretto. Daniel trattenne il fiato. «Ne sei sicuro?» Annuii, incapace di dire una parola. Rabbrividii quando mi toccò con gentilezza. «Sei così duro,» mormorò, continuando ancora quel movimento leggero.
Gemetti. «Daniel, per l'amor di Dio…» Trattenni il fiato quando infilò la mano nelle mie mutande e mi avvolse le dita attorno all'uccello. Mi sfuggì un sospiro. «Sì.» Fece scorrere la mano su e giù, lentamente, fino a farmi contorcere. «Aspetta!» Daniel tolse la mano d'istinto e io infilai le mie sotto le lenzuola e mi afferrai le mutande, me le tolsi il più in fretta possibile, gettandole sul pavimento, poi mi sdraiai con l'erezione che formava una tenda con il lenzuolo. «Dove eravamo?»
Daniel ridacchiò, si girò di lato, sollevandosi su un gomito e mi avvolse di nuovo la mano intorno all'uccello. «Credo fossimo qui.»
Rabbrividii quando si rimise all'opera sul mio uccello, ed ero incapace di tenere fermi i fianchi. Daniel mi stava guardando come se non mi avesse

mai visto prima, con gli occhi sgranati. La ferma presa sul mio cazzo era squisita, ma non potevo restarmene fermo lì mentre muoveva lentamente la mano sul mio cazzo. Sollevai una mano e gli accarezzai il petto, adorando i brividi che lo percorsero quando gli sfiorai i capezzoli con i pollici, stuzzicando le piccole barre che li attraversavano.

Gli piaceva.

Beh, potevo di sicuro lavorarci su.

Giocai con i suoi capezzoli, tirandoli, torcendoli e lui soffocò un gemito, poi mi resi conto che qualcosa di caldo e duro mi stava premendo contro il fianco. Il suo sguardo incontrò il mio, ma non disse nulla, le labbra schiuse mentre mi tirava indietro il prepuzio per poi coprirlo di nuovo, nascondendo la mia cappella.

Non me lo chiederà, vero?

Andiamo, fai stare bene anche lui.

Inspirai a fondo. «Daniel? Il tuo uccello sta cercando di uscirti dai boxer, togliteli.»

Lui fermò la mano. «Sei…»

«E non mi chiedere di nuovo se sono sicuro, perché se non lo fossi non te lo chiederei, tanto per cominciare. Adesso togliteli.»

Mi lasciò andare il cazzo, poi infilò le mani sotto alle lenzuola, agitandosi per un secondo prima di lanciare i boxer per aria. Quando tornò a sdraiarsi di fianco, lentamente feci scivolare la mano sotto al cotone morbido e le mie dita incontrarono pelle liscia e calda.

Per la prima volta nella mia vita stavo toccando il

cazzo di un altro uomo.

Il suo lungo sospiro di piacere era musica per le mie orecchie.

«Come… Voglio dire, come ti piace?»

Sorrise. «Fai finta che sia il tuo e datti da fare.» Abbassò le lenzuola e finalmente potei vedere il suo uccello in tutta la sua gloria mattutina. Okay, avevo già visto dei cazzi in passato, ma niente era paragonabile alla vista di quello di Daniel, da vicino e intimo. Era più lungo del mio, sottile, con una bella cappella tonda, già lucida di liquido preseminale.

A pensarci bene, come il mio.

«Lee?» C'era una nota lamentosa nella sua voce.

Mi girai su un lato e negoziammo l'incrocio delle nostre braccia toccandoci a vicenda, raggiungendo una sorta di sincronizzazione intanto che muovevamo le mani.

«Così?»

Daniel annuì con le labbra schiuse. «Oh sì, proprio così.»

Non potevo più resistere al richiamo di quelle morbide labbra, così mi chinai verso di lui e Daniel fece lo stesso, le nostre bocche si incontrarono in un bacio gentile. Si spostò a baciarmi il collo e fui scosso da brividi, i movimenti delle mie mani divennero più bruschi. Cercai di focalizzarmi sul dargli lo stesso piacere che lui stava dando a me, ma la sua bocca sul mio collo era decisamente una distrazione. Mossi i fianchi, spingendo l'uccello tra le sue dita e lui imitò i miei movimenti, inumidendosi il cazzo del fluido chiaro. Adesso stavamo facendo rumore, suoni umidi e una parte di me si chiedeva se quello era ciò che avrei sentito quando il mio cazzo fosse scivolato dentro al suo culo…

Oh Dio, il solo pensiero era sufficiente a portarmi sull'orlo del baratro. *Non posso pensarci, non posso pensarci.*

«Mi manca poco,» lo avvertii, muovendo più in fretta i fianchi che persero il loro ritmo mentre mi avvicinavo all'orgasmo. Lui annuì, i movimenti del suo corpo che riflettevano i miei.

Volevo che durasse, volevo di più, volevo che venissimo insieme.

Il mio uccello però pensava che fosse una corsa e superò il traguardo per primo. Schizzai sulle sue dita, rabbrividendo a ogni goccia e lui gemette. Non ci volle molto prima che il calore mi coprisse la mano e Daniel chiudesse gli occhi, con il corpo scosso dagli spasmi.

Vederlo venire fu… meraviglioso. *Sono stato io.* E quello dava una dimensione tutta nuova alla masturbazione. *Che ne sai? Due mani sono meglio di una.*

Rimasi lì a recuperare il fiato, con ancora il suo uccello mezzo duro in mano e le sue dita avvolte intorno al mio.

Daniel incontrò il mio sguardo. «Nessun rimpianto?»

«Solo che è finito troppo presto.»

Rise sommessamente. «Penso che faremo meglio a pulire, prima che arrivino qui.» Lanciò un'occhiata all'orologio sulla parete. «Wow, sono già le nove.»

«Dici sul serio?» Devo aver dormito davvero bene.

«Lee...» Le sue labbra ebbero un fremito. «Devi lasciarmi l'uccello.»

«Lo lascerò quando tu lascerai il mio.»

Quello lo fece ridere di nuovo. Daniel mi lasciò andare con ovvia riluttanza e uscì trotterellando dal letto fino in cucina, dandomi la prima vista del suo sedere.

Già, molto meglio senza jeans, mi piaceva quel leggero sobbalzare quando camminava, poi mi chiesi che diavolo stesse facendo.

Lo scoprii quando tornò portando diversi fogli di carta assorbente da cucina.

«Stavo per usare la mia maglietta per pulire, poi mi sono ricordato che devo usarla per tornare a casa.»

Ridacchiai. «Sì, questo avrebbe potuto attirare qualche sguardo sul treno.» Mi passò un paio di fogli e mi ripulii alla meglio. Avrei fatto un lavoro migliore in bagno.

Daniel si sedette sul letto e mi guardò. «Hai un bel corpo.»

Sorrisi. «Grazie, ma ti sei guardato allo specchio ultimamente?»

Sbuffò, come per dire che non aveva idea di cosa stessi parlando.

Mi piacevano le persone modeste. Di quei tempi la gente pensava che fosse necessario decantare le proprie lodi, ma io non ero fatto così e non sopportavo gli spacconi. Daniel avrebbe potuto dire: *Sì, lo so, sono bellissimo*, ma non lo aveva fatto.

Quindi modesto.

Guardò verso la porta della camera da letto di

Caroline e Troy. «Abbiamo tempo per una coccola prima che si sveglino?» Mi guardò timidamente. «Non posso rivestirmi dopo quello che abbiamo fatto, voglio tenerti stretto. Va bene?»
Coccole nudi… Un'altra prima volta e un'esperienza che volevo vivere. Con lui.
Annuii. Si rimise a letto e mi sdraiai al suo fianco, il suo corpo caldo e solido contro il mio. Daniel mi abbracciò e ci sistemammo. Aveva un buon profumo, un mix del suo profumo e di sperma.
Oh, potrei davvero abituarmi a tutto questo. La parte strana? Non ero stressato perché ero nudo al suo fianco. Immaginai che dopo aver masturbato qualcuno, non fosse più un problema. Potevo dimenticarmi del fatto che ero nudo a letto con un ragazzo.
Sì, magari non me lo ero proprio aspettato che sarei stato nudo a letto con un ragazzo, ma adesso che ero lì, mi piaceva sempre di più. Non sarei andato oltre, però.
Un passo alla volta, giusto?
«È gradevole,» mormorai.
Dio, detestavo essere così… inglese, a volte. Gradevole? Non potevo usare un'altra parola? Una che riuscisse a esprimere in modo adeguato quanto meravigliosa fosse stata tutta quell'esperienza?
Daniel, a quanto sembrava, aveva un uso del vocabolario post-orgasmico migliore. Mi accarezzò con dolcezza i capelli. «Quando vieni sei bellissimo, sai? È come se ti lasciassi davvero andare e posso vedere sul tuo viso quanto tu stia bene. Ne sono

felice.» Mi baciò i capelli e quel gesto dolce e intimo mi travolse di calore. Poi mi sollevò il mento e mi baciò, un casto bacio gentile che era assolutamente perfetto per quel momento.

Mi accarezzò una guancia. «Cosa fai per il resto della giornata? Non devi tornare subito a casa, vero? Perché pensavo che una volta usciti da qua potremmo trovare un bel posticino dove pranzare all'aperto.»

Pranzare…

Oh, cazzo.

CAPITULO 12

Alzai lo sguardo sul pannello delle informazioni dei treni. «Almeno è puntuale.» Anche se era il treno lento. Sfortunatamente, Daniel non sarebbe salito con me perché non fermava a Newbury.

«Avrai abbastanza tempo per prepararti, per poi tornare qui e riprendere il treno per casa dei tuoi?»

«Mi sa che sarò un po' in ritardo.» Beh, se ne sarebbero fatti una ragione. Non riuscivo a credere che il pranzo mi fosse del tutto sfuggito di mente, ma ero stato piuttosto occupato, no?

Poi mi resi conto che sarei stato ancora più in ritardo, perché avevo detto che avrei portato il vino, il che significava una visita al volo al negozio di alcolici vicino alla stazione.

La voce dagli altoparlanti annunciò l'imminente arrivo del mio treno e Daniel sospirò. «Mi chiami stasera?»

Sorrisi. «Perché? Hai una data di scadenza se non lo faccio?»

Gli brillarono gli occhi. «Potrei non superare la notte.»

«In questo caso farò meglio a chiamarti.» Volevo che mi baciasse, ma c'era qualcosa che mi bloccava dal chiederglielo. Non sapevo cosa fosse, però. Se fosse stato una ragazza non avrei esitato, ma baciare una ragazza non avrebbe provocato qualche omofobo nei paraggi a farmi il culo. Non si poteva mai sapere cosa passasse per la testa delle persone. *Che nuovo mondo coraggioso questo.*

Per fortuna Daniel era molto più coraggioso di me. Mi accarezzò una guancia e si avvicinò per un gentile bacio casto. «Grazie ancora per la meravigliosa serata. Mi piacerebbe dirti che ci vedremo durante la settimana, ma non sarà possibile perché ho le prove tutte le sere.»

Sgranai gli occhi. «Sono un mucchio di prove per due soli numeri.»

Daniel scoppiò a ridere. «Possiamo anche avere solo due numeri sul palco, ma abbiamo dalle dieci alle dodici canzoni in programma per l'esibizione. C'è un'esibizione per ogni canzone e ognuna verrà ripetuta tre o quattro volte durante il giorno.»

Non mi ero reso conto di quanto lavoro ci volesse. «Wow, alla fine della giornata sarai esausto.»

«Eppure quella sera sarò a Soho, circondato da così tante persone che fanno parte della comunità LGBTQ che non riuscirai a infilare una cartina tra noi tutti. E quando sarà tutto finito sembrerà che su Old Compoton Street sia scoppiata una bomba.» Guardò il pannello. «Devi andare o perderai il treno.»

«Non prima di avere avuto un ultimo bacio.» Pensai che il suo coraggio mi stesse contagiando.

Daniel sorrise sommessamente e mi baciò di nuovo, solo che questa volta le sue labbra indugiarono un

po' sulle mie. «Non vedo l'ora di sentire la tua voce stasera,» mi sussurrò prima di tirarsi indietro. «Divertiti con i tuoi genitori.»
Strizzai gli occhi. «Era una battuta, giusto?» E con quello corsi verso il mio treno, senza guardarmi indietro. Non appena salii in carrozza e mi fui seduto, mi presi un secondo per respirare. Quel sabato era diventato un giorno piuttosto epocale, ero passato dall'essere etero al non essere gay fino all'essere bisessuale. Ero andato a letto con un ragazzo. Okay, in realtà perlopiù avevamo solo dormito, ma comunque… E quello che era successo la mattina… Wow.
Nello spazio di una settimana la mia intera visione del mondo era cambiata. Ciò che mi sciocccava era quanto poco ci avessi messo per accettare quel cambiamento in me stesso. Magari, una parte della ragione stava nel fatto che quei pensieri e quelle sensazioni erano sempre stati lì, li avevo solo zittiti o forse ignorati. Tutto ciò che sapevo era che ero nervoso, ero ancora eccitato e non avevo la minima idea di cosa sarebbe successo.

#loveWins

love is love

«Scusa, sono in ritardo,» dissi quando mia madre mi fece entrare in casa. «La mia serata è finita in modo inatteso e sono rimasto a dormire a casa di un amico. Ho dovuto volare per arrivare qui.»

Mia madre ridacchiò. «Beh, almeno adesso sei qui.»

Quando le porsi il sacchetto con le due bottiglie di vino i suoi occhi brillarono. «Oh, non riusciremo mai a bere tutto questo.»

«Allora tienine una da parte per te,» suggerii. «Puoi berne un bicchiere quando papà beve la sua birra.»

Lei sorrise. «È una bella idea.» Ritornò in cucina. Dal salotto sentii la fine di una conversazione sul calcio tra mio padre e mio cognato Ben. *Una situazione normale.* Evitavo conversazioni del genere perché il calcio non mi interessava per niente, con grande disappunto di mio padre. Se invece c'era il nuoto in televisione, allora ero del tutto concentrato. Restavo incollato alla televisione a guardare quei corpi agili che si proiettavano nell'acqua.

Okay, so cosa state pensando: e davvero pensavi di essere etero? Come ho detto, era tutto zittito e Daniel aveva appena alzato il volume.

Entrai in salotto per salutarli. Papà mi fece un caldo sorriso. «Come va al lavoro? Hai ancora a che fare con quegli stronzi ignoranti?»

«Ah, quindi hai incontrato le persone con cui lavoro?»

Mio padre ridacchiò a quell'affermazione. Mia sorella Rachel era seduta sul divano e rimasi colpito dalla stanchezza della sua espressione. Mi sedetti al suo fianco.

«Stai bene?»

Sorrise. «Sto bene. È bello vederti.»

Quello sarebbe stato il momento giusto per dire che io e mia sorella andavamo davvero d'accordo. Mi ero sempre sentito in colpa perché non eravamo molto in contatto, ma lei aveva la sua vita e io la mia. Avremmo dovuto però chiamarci più spesso.

Mia madre irruppe nella stanza. «Il pranzo sarà pronto tra mezz'ora. Adesso che anche Lee è qui,» aggiunse con un'occhiata nella mia direzione, «possiamo sapere questa novità?»

Ben si avvicinò al divano, si sedette accanto a Rachel e le prese la mano, e fu in quel momento che seppi che c'era qualcosa di grosso in arrivo.

Per favore, non dire che vi trasferite, per favore, non dire che vi trasferite, per favore, non dire che vi trasferite…

Rachel sorrise a mia madre e a mio padre. «Diventerete nonni.» Mi lanciò uno sguardo. «Il che significa che tu diventerai zio.»

Mia madre gridò felice e mio padre fece un enorme sorriso. Non potevo dire di provare le stesse sensazioni, e pensai che fosse perché Rachel sembrava stremata.

C'è qualcosa che non va.

Piegai la testa di lato. «Allora perché non sembri raggiante? Non hai l'aspetto della maggior parte delle donne incinte.»

Ben mi guardò con approvazione. «Ho sempre detto che sei intelligente.»

Rachel rafforzò la stretta sulla mano di Ben. «Questo è il nostro quarto tentativo. I primi tre sono finiti con

un aborto.»
Il viso di mia madre crollò. «Perché non ce lo hai detto?»
«Perché vi avrei solo fatti preoccupare. Giusto?» Mia madre non disse niente, perché Rachel aveva colpito nel segno. «Ma qualche giorno fa ho fatto l'ecografia della dodicesima settimana,» continuò. «Non siamo mai arrivati così avanti, quindi teniamo le dita incrociate…»
«Dovrete stare attenti?» chiesi e lei annuì. «Ma… non è pericoloso per te continuare, giusto?»
Ben rispose per lei. «No, è solo che Rachel ha fatto fatica ad accettarlo, per dire. Speriamo di averlo superato adesso.»
Ero felice per loro, ovviamente era qualcosa che volevano davvero. Non avevo mai pensato ad avere dei figli, ma l'idea di diventare zio mi piaceva, perché alla fine della giornata li restituivi ai genitori.

#loveWins
love is love

Mio padre si versò una generosa dose di salsa su pollo arrosto e patate schiacciate, fino a farci nuotare dentro piselli e carote. «Questa sì che è una vera salsa, come quella che faceva mia madre. È fatta nella teglia con tutti i succhi della carne, non si usano

quelle idiozie granulari qui.»
Non era la prima volta che lo diceva, ciò che però lo rendeva interessante era il rossore sulle guance di mia madre. Però quando aprì la bocca mi dimenticai del tutto della salsa.
«Allora, Lee… stai vedendo qualcuno?»
Non sapevo davvero cosa rispondere. Non ero pronto a dir loro di Daniel. «No,» dissi alla fine, sperando di mettere fine alla conversazione.
Per fortuna mio padre colse il segnale: «Presto non ci si potrà muovere per Londra con tutti quegli arcobaleni.»
Rimasi sorpreso dalla svolta casuale della conversazione. «Chiedo scusa?»
«Quella cosa del Pride. È questo mese, giusto?»
«È già iniziato,» intervenne Ben. «Il 7 di giugno, ma la parata sarà solo il 7 luglio.»
Non so perché il fatto che lo sapesse mi sorprese, eppure era così.
«Ma perché hanno bisogno di una parata?» borbottò mio padre. «È solo una scusa per gironzolare per le strade, sventolando bandiere arcobaleno e agitando striscioni.»
Ben non disse nulla, ma io non rimasi in silenzio. «È una volta all'anno, papà, e tu non ti ci avvicini nemmeno, quindi per te che differenza fa?»
«Ma perché non c'è un Pride etero?» chiese lui.
Ben si schiarì la voce con il viso tirato. «Orgoglio per cosa? Per essere etero? Ti dirò una cosa: quando gli etero verranno licenziati per essere etero… quando non potranno donare il sangue perché sono etero…

quando non potranno adottare perché sono etero… allora sì, potranno marciare.»
Pensai di essere stato bravo a non svenire a quelle parole, e a giudicare dall'espressione di mio padre, anche lui si sentiva così. Nessun altro parlò per il resto del pranzo.
La mia stima per Ben era alle stelle.
Io e Rachel aiutammo mia madre a sparecchiare, mio padre e Ben invece si ritirarono in salotto per parlare di calcio. A quanto pareva, la precedente conversazione era stata dimenticata.
Ma io non lo avevo fatto, e ora vedevo Ben sotto una luce del tutto diversa.
Andai in cucina a preparare il caffè, mentre Rachel caricava la lavastoviglie. Il barattolo di caffè istantaneo era quasi vuoto, ma sapevo che ce n'era uno nuovo nella credenza. La sorpresa fu il barattolo di salsa granulare nascosta sul fondo. La presi e mi voltai a guardare mia madre con un'espressione di finto orrore.
Lei impallidì. «Rimettilo dove lo hai trovato, tu non hai visto niente, okay?»
Mi portai la mano al petto e sussultai drammaticamente. «Non lo sa, vero?»
Mi guardò male. «Certo che no, ma ciò che non sa, non lo ferirà.»
Aggrottai la fronte. «Ma perché questo sotterfugio?»
Mia madre indicò il piano cottura. «Ricordi quando abbiamo cambiato la cucina cinque anni fa? Tuo papà ha voluto cambiare i fornelli a gas con quelli a induzione.»

Non capivo. «E…?»
Sospirò. «Con i fornelli a induzione, tutte le pentole devono essere di un certo tipo, ma non esistono teglie di quel tipo. E dato che per fare una salsa vera e propria bisogna mettere la teglia sul fuoco, aggiungendo farina e tutto il resto, non potevo più farlo. Quindi da allora ho usato questa salsa in polvere.»
Sorrisi. «Che ribelle.»
Lei scoppiò a ridere, e dopo aver lanciato un'occhiata furtiva alla porta, abbassò la voce. «Sai qual è la parte migliore? Mi dice che la salsa è proprio come quella che faceva sua madre.»
Sì, entrambi ci facemmo una bella risata.
Quando il caffè fu pronto, mia madre ne portò un po' a papà e Ben. Rachel mi fece un cenno. «Vieni in giardino, la mamma ci ha lavorato parecchio e ora è davvero bello.»
La seguii e fui colto dal sospetto che non avremmo davvero guardato i fiori di nostra madre. Voglio dire, seriamente? Infatti, non appena fummo fuori e più lontano possibile dalla casa, Rachel si fermò e si voltò verso di me.
«Okay, è il momento delle confessioni.»
Rimasi perplesso. «E chi si confessa?»
«Tu. Quando la mamma ha chiesto se vedevi qualcuno hai esitato e ciò mi ha fatto pensare, perché questo potrebbe significare un paio di cose. Sì, stai vedendo qualcuno, ma vi siete lasciati, oppure sì, stai vedendo qualcuno, ma non fate abbastanza sul serio da parlarne. O sì, stai vedendo qualcuno, fate sul

serio, ma per qualche motivo non vuoi che lo sappiano.»

Non riuscivo mai a nasconderle niente, anche quando eravamo bambini, ma dovevo ammettere che come sorella maggiore era piuttosto in gamba, a parte quel commento sulla papera che ancheggiava.

Sospirai. «Se te lo dico, non puoi dirlo a nessuno.»

Lei si bloccò. «Ovviamente,» rispose sgranando gli occhi.

Ci sedemmo sulla panchina in fondo al giardino e le dissi tutto, dall'incontro con Daniel sul treno al nostro appuntamento della sera precedente. Cioè, non le dissi proprio tutto, perché c'erano cose che non si condividevano, nemmeno con la propria sorella.

Rachel si morse un labbro. «Accidenti a lui.»

Sbattei le palpebre. «Eh?»

Rachel guardò verso casa. «Tempo fa Ben disse che il motivo per cui tu e Cheryl vi eravate lasciati era perché aveva scoperto che eri gay.»

Feci un mezzo sorriso. «Beh, si sbagliava. Sono bisessuale.»

«Il fatto è che moriva dalla voglia di organizzarti un appuntamento con suo fratello Gary, che è gay.»

«È carino?» chiesi divertito.

Lei scoppiò a ridere. «Raccontami di Daniel.»

Non ero sicuro che dopo una settimana sapessi poi così tanto su di lui. Le raccontai del ballo, cosa faceva per vivere, ma le dissi anche se era gentile, divertente, intelligente…

Non le dissi però che era sexy da morire. In fondo era

pur sempre mia sorella.
«È una cosa seria?»
La fissai. «È passata solo una settimana.» Beh, un po' di più di una settimana.
Rachel mi fissò. «Che differenza fa? Sapevo che Ben era quello giusto per me il giorno in cui l'ho incontrato. Lui ci ha messo un po' di più ad arrivare alla stessa conclusione, ma è tipico degli uomini.»
Presi in considerazione le precedenti relazioni, se si poteva chiamarle così. Cheryl era l'unica che avrei messo in quella categoria. «Sono piuttosto informale in queste cose.»
«E Daniel pensa lo stesso?»
Non ero sicuro di poter rispondere. «Lui è... diverso.»
«Quando lo rivedrai?»
«Non lo so. Questa settimana ha le prove ogni sera per il Pride.»
«Lo guarderai alla parata?»
Non ci avevo nemmeno pensato. «Non lo so.»
Rachel aggrottò la fronte. «Perché no?» Poi sorrise. «Adesso che sei la B di LGBTQA.»
Magari Rachel aveva la risposta alla mia domanda di una settimana prima. «Per cosa stanno la Q e la A?»
«Q sta per questioning, cioè fare domande,» rispose Ben avvicinandosi. Si fermò al fianco di Rachel. «A per asessuale. C'è anche la I per intersessuale, ma ce ne sono molte altre: genderqueer, polisessuale, non-binary, transessuali...» Mi guardò con interesse. «Perché lo chiedi?»
Rachel non disse nulla e gliene fui grato, ma mi

fidavo di lui, specialmente dopo il suo commento a pranzo e dopo aver saputo che suo fratello era gay. «Perché tuo cognato ha finalmente capito di essere bisessuale.»

Gli occhi di Ben si illuminarono e Rachel lo colpì sul braccio. «Prima che tu ti faccia venire strane idee sul dargli il numero di Gary, lui non è sul mercato.»

Stavo per contraddirla, ma mi fermai. Mi piaceva l'idea di essere fuori dal mercato per via di Daniel. «Non avevo idea che Gary fosse gay,» gli dissi.

Fece spallucce. «Non è qualcosa che direi qui,» guardò verso casa. «Voglio molto bene ai vostri genitori, ma a volte…»

Rachel si alzò dalla panchina e gli appoggiò una mano sul braccio. «Non sono omofobi.»

«No, non lo sono,» convenne Ben. «Solo un po' ignoranti su certi argomenti. E qualche loro atteggiamento è anacronistico.» Mi lanciò un'occhiata. «Quindi se sei occupato quando lo porterai qui a conoscerli?»

Scoppiai a ridere. «Per l'amor del cielo, dammi tregua, è passata solo una settimana.»

A Ben scintillavano gli occhi. «In questo caso…» Prese il telefono dalla tasca e scorse lo schermo, prima di darmelo per mostrarmi una foto di Gary. «Per ricordarti com'è fatto. L'hai incontrato solo una volta al matrimonio.»

Lo guardai da vicino. «Accidenti, è carino.» Quello fece ridere tutti.

«Ehi.» Rachel sgranò gli occhi. «Se uno zio gay è un gazio, allora tu sei un bizio?» Sorrise. «Penso di aver

appena inventato una nuova parola.»
«E te la dimenticherai subito. a partire da ora,» le dissi con fermezza.
Non sarei stato il bizio Lee.
Restammo fuori fino a quando nostra madre non apparve sulla soglia di casa, chiedendoci se volevamo perderci la torta di mele che aveva dimenticato di dirci di aver preparato. Marciammo in casa, la mano di Rachel nella mia.
«Spero che ti vada tutto bene,» disse a bassa voce prima di entrare.
«Anche io,» risposi.
Ciò che mi sorprendeva era quando disperatamente volevo che funzionasse. Tutta quella faccenda con Daniel poteva essere nata da poco, ma mi piaceva la direzione che aveva preso, e dopo quella mattina non avevo dubbi su dove ci stavamo dirigendo. Quell'ormai familiare brivido mi percorse la spina dorsale.
Ne avevo avuto un assaggio e volevo di più.

Capitulo 13

Quando arrivai a casa, nel tardo pomeriggio di domenica, i miei coinquilini erano nel giardino sul retro a godersi il sole. Il termine giardino era un po' eccessivo, a essere onesti, perché era poco più di un ritaglio d'erba, con un tavolo e delle sedie, e un piccolo patio vicino alla porta, ma meglio di niente. Il tavolino era ricoperto di lattine di birra vuote e tutti e quattro indossavano pantaloncini e magliette.

Niall mi salutò non appena uscii al sole. «Ehi, com'è andato il pranzo della domenica con i tuoi?»

«Tutto okay.» Feci un mezzo sorriso mentre perlustravo la scena che mi si presentava davanti agli occhi. «Tutto ciò che vi serve qui è organizzare un barbecue.»

Gli occhi di Justin si illuminarono. «È un'idea fantastica, dovremmo farlo.»

Mick tossicchiò. «Vedo un piccolo problema con quest'idea.» Fece un cenno verso il giardino. «Noi non abbiamo un barbecue.»

Justin fece spallucce. «E quindi? Ne compriamo uno. Anche se fosse uno di quei barbecue portatili che usano alle stazioni di benzina. Ne ho usati in passato. Ti basta accendere un fiammifero e buttarcelo dentro e non sto dicendo di farlo in questo momento. Facciamolo tra un paio di settimane, così avremo il tempo di cercarlo e fare provviste. Oh, e invitare gente.»

Moz sorrise. «Birra, è tutto ciò di cui abbiamo bisogno. Un sacco di birra.»

«Un po' di cibo potrebbe essere una buona idea,» suggerì Niall. «Sapete, hot dog, panini, pollo, bastoncini, insalata?»

«Te la sei cavata bene fino a insalata,» commentò Justin rabbrividendo. Prese il telefono dalla tasca dei pantaloncini e guardò lo schermo. «Che ne dite l'ultimo sabato di giugno? Abbiamo un paio di settimane.» Mick aprì la bocca per parlare, ma la richiuse. Moz e Niall stavano entrambi sorridendo. Justin mi guardò. «Invita pure chi vuoi, ma non superiamo i trenta invitati, okay? Non vogliamo fare troppo casino o che la festa degeneri. I vicini potrebbero chiamare il padrone di casa e non vogliamo che succeda.»

«Se c'è troppo casino, non chiameranno il padrone di casa, ma la polizia,» disse Mick con un luccichio negli occhi, poi guardò Justin. «Sarà meglio che mi occupi della musica, sappiamo tutti quanto forte suoni la tua.» Quello ci fece un po' ridere, e lui invece ci guardò indignato.

«Possiamo tutti contribuire per il cibo e la birra,» suggerì Moz. «È giusto, no?» Fummo tutti d'accordo.

Niall guardò lo spazio ristretto. «Trenta persone qui? Io direi al massimo venti.»

«E anche gli ospiti possono portare una bottiglia, sì?»

suggerì Moz.

Sembrava proprio che avremmo organizzato un barbecue.

Guardarli mentre si scolavano le loro birre mi stava facendo venire sete, quindi tornai in casa per trovare qualcosa anche per me. Presi una lattina dal frigo e l'aprii.

Mick entrò dalla porta sul retro e se la chiuse piano alle spalle. «Doveva proprio scegliere quel fine settimana, no?»

«Perché? Hai dei piani?» Poi capii. «Devi vedere Pete quel week-end?»

Annuì. «Viene a Londra per una settimana e ci ha prenotato un hotel. Vuole andare al Pride.»

Potevo trovare una soluzione più economica. «Potrebbe stare qui,» suggerii. «Per quello che ne sanno tutti, è un tuo amico che dormirà sul pavimento della tua camera. Non devi dire loro chi è, se non vuoi.»

Mick soffocò una risata. «C'è una falla anche in questo piano. Se restasse qui dovrei dirgli che non potremo fare sesso per una settimana e non vedo come ne potrebbe essere felice. Non quando ci vediamo ogni tre mesi circa. Di solito passiamo molto tempo a letto quando siamo insieme.»

«Perché dovreste… oh, lascia perdere.»

Lui scoppiò a ridere. «Già, accettalo. Se uno di noi scoreggia qui, tutti gli altri lo sanno, quindi… Fare sesso? Dimenticatelo.»

«So che sono solo affari tuoi,» iniziai lentamente, «ma state insieme da tre anni. Sarebbe così terribile dirlo

ai ragazzi?»
Mi guardò con franchezza. «E tu dirai loro di Daniel?»
«Non è la stessa cosa,» sottolineai. «Siamo usciti tre volte, beh, un solo vero appuntamento, perché gli altri sono stati nel suo appartamento, che non sono paragonabili ai tre anni che avete condiviso.»
«Non so se sono pronto,» rispose a mezza voce. «Stare con lui a Londra e guardare la parata è una cosa, fargli incontrare questo gruppo…»
Lo capivo. «Dimentica che te lo abbia chiesto. Dopotutto, è la tua vita.»
Mick piegò la testa di lato. «Quindi si può sapere com'è andato il tuo sabato sera? E cosa ancora più importante, dove lo hai passato? Perché qualcuno non era nel proprio letto ieri sera.»
«Non ero da Daniel, se è quello che pensi.» Avevo quel pensiero in testa. *Ma presto…* La domenica mattina mi aveva insegnato una cosa.
Mick mi guardò pensieroso. «Sul serio, come sta andando?»
Da fuori scoppiò una risata. «Se restiamo qui a parlare si insospettiranno e verranno a cercarci. Vieni in camera mia dopo cena e facciamo quattro chiacchiere.»
«Sembra una cosa seria.»
Feci una risata. «Suppongo che sia seria, quando scopri che ti sei nascosto dalla verità per un po'.»
«Che state combinando voi due laggiù?» gridò Justin. «Noi qui stiamo morendo di sete.»
Roteai gli occhi. «Non c'è voluto molto.» Aprii il frigo

e presi altre lattine. Ci sarebbe stato tempo sufficiente per parlare con Mick più tardi.
Ciò che davvero non vedevo l'ora di fare era parlare con Daniel quella sera, sotto le coperte.
Volevo sentire la sua voce.

«Allora, com'è andato il pranzo?» chiese Daniel.
Mi infilai il cuscino sotto la testa e mi misi comodo. «Diventerò zio.»
«Oh, ma è fantastico. Congratulazioni. A me non succederà mai, sono figlio unico.»
Quella fu la prima volta in cui mi resi conto di quanto poco Daniel avesse parlato della propria famiglia. Io gli avevo parlato un po' di Rachel e Ben, del fratello di Ben, dei miei genitori, nella speranza che quello lo spronasse a parlare della sua famiglia.
Niente.
Alla fine, optai per un approccio diretto: «Come sono i tuoi?»
«Oh, sai, sono genitori.» Altro silenzio.
«Daniel?»
Un sospiro mi riempì le orecchie. «Non sto dicendo molto, vero? C'è un motivo.»
Ebbi un tuffo al cuore. «Penso di poter indovinare.»

Non era esattamente una storia mai sentita, giusto?
«Non vedo i miei genitori da quando ho lasciato la loro casa a diciassette anni.» Fu il mio turno di cadere in un silenzio di pietra. «Il nocciolo della questione è che non volevano un figlio gay e io non volevo stare in una famiglia che non mi voleva, quindi me ne sono andato. Sono andato in un ente benefico che fornisce aiuto ai giovani LGBTQ in difficoltà. Mi hanno trovato un posto dove vivere, una famiglia affidataria... Ella e Rick adesso sono i miei genitori, anche se sono passati sette anni da quando me ne sono andato. Ci sentiamo ancora. Mi hanno aiutato a trovare un lavoro, mi hanno sostenuto quando ne ho avuto bisogno, quindi non parleremo più dei miei genitori biologici, okay?»
In quel momento mi sentii male per lui, per il dolore che percepii nella sua voce. «Okay.» Nello sforzo di cambiare argomento, gli raccontai della nuova parola di Rachel per me.
Daniel scoppiò a ridere. «Lo adoro! Da come suona, penso che anche tua sorella e tuo cognato potrebbero piacermi.» Ci fu una pausa. «Volevo chiederti una cosa... sabato sera, tu e Caroline... vi guardavo dal bar, e sembravate immersi in una discussione importante.»
Sorrisi tra me e me. «Diciamo che è stata una serata di rivelazioni.»
«Sembravi così serio.»
Dovevo dirglielo, anche lui era parte di tutto quello, probabilmente la parte più importante. «Avevo appena capito che mi ero preso in giro tutti questi

anni.» Non volevo parlargliene, non in quel momento. «Fra un paio di settimane faremo un barbecue.»

Daniel sospirò. «Non ricordo l'ultima volta che sono stato a un barbecue, ma tanto di solito mangio troppo e passo i giorni successivi a cercare di smaltire, per cui non è un male.»

Volevo invitarlo, ma non sarebbe stato saggio, giusto? Tra le altre cose, stavo ancora cercando di raccapezzarmi in un mondo tutto nuovo e presentarlo ai miei coinquilini e far loro qualsiasi consecutiva rivelazione mi sembrava un passo troppo fuori dalla mia comfort zone.

Sbadigliai e lui ridacchiò. «Penso che sia ora che tu vada a dormire, domani mattina dobbiamo andare al lavoro.»

«Possiamo parlare ancora domani sera?» gli chiesi.

La sua voce era calda. «Certo che possiamo, mi piacerebbe molto. Però un po' sul tardi. Posso chiamarti all'ora di andare a dormire?»

Le mie parole fecero eco alle sue. «Mi piacerebbe molto.» A una parte di me piaceva l'idea che la voce di Daniel fosse l'ultima cosa che sentivo prima di addormentarmi.

18 giugno, lunedì sera
Non appena mi infilai sotto le coperte, Daniel mi chiamò. «Il tuo tempismo è fantastico,» gli dissi. «Mi stavo addormentando sul divano e mi sono reso conto che era ora di andare a letto.»
«Sì, conosco quella sensazione.»
Potevo sentire la stanchezza nella sua voce. «Come sono andate le prove?»
«Sfiancanti. C'è una canzone in particolare con una coreografia molto fisica. Mac, il nostro coreografo, ha detto che dobbiamo fare le prove per tutta la prossima settimana, dato che mancano solo poche settimane alla parata.»
«Rachel mi ha chiesto se sarei venuto a vederti.»
«Mi piacerebbe se potessi.» La sincerità nella sua voce era innegabile. «È molto divertente.»
«Anche per te? Da come sembra, è un sacco di duro lavoro.»
«Sì, ma... lavoriamo insieme come una squadra. Non siamo dei professionisti, nessuno di noi lo è, beh, a parte Mac che lo faceva per lavoro. Noi siamo lì solo per divertirci, per festeggiare quanta strada abbiamo fatto e che, tanto per cominciare, possiamo fare una parata.»
Ricordavo di averlo osservato in pista. «A me sei sembrato abbastanza professionale, adoro come ti muovi.»
«Anche tu ti muovi bene, soprattutto in quell'ultimo ballo.»
Mi accaldai al ricordo di come mi aveva stretto a sé. «Accidenti a quell'allarme antincendio.»

Ridacchiò. «Potevamo fare poco di più senza attirare attenzioni non richieste.»

«Non volevo che finisse,» gli confessai.

«Quando mi hai preso la mano, ieri mattina...» La sua voce era sommessa. «È stato come se mi avessi letto nella mente. Stavo cercando di trovare il coraggio di toccarti.»

«E perché non lo hai fatto?»

«Non potevo, doveva partire da te. Sei tu alla guida,» sospirò. «Continuo a mettermi in discussione con te.»

«Cosa vuoi dire?»

«Prendi sabato sera. Stavo decidendo cosa mettermi e quello includeva l'intimo. Ho dovuto scegliere tra boxer e un paio di mutandine di pizzo. Col senno di poi sarei stato felice di indossare il pizzo, ma in quel momento avevo pensato... Perché le sto scegliendo? Speravo di farti vedere come stavo, a un certo punto? Perché dormire sul divano di Caroline non era nei miei piani, è stato spontaneo. L'unico mio obiettivo quella sera era di portarti a ballare e divertirci.»

«E indossare biancheria di pizzo ti ha fatto pensare che ti stessi aspettando che succedesse qualcosa?» supposi.

Il sospiro di sollievo di Daniel fu ovvio. «Esattamente.»

«Okay, per la prossima volta, metti il pizzo. Voglio vederlo.» Il cuore mi balzò in gola.

«Dici sul serio?»

Inspirai a fondo. «Voglio farti una piccola confessione. La prima volta che mi hai detto che indossavi cose del genere è stata dura rimanere concentrato sulla conversazione.» Non appena lo ebbi detto, mi resi conto di quanto le mie parole fossero state adeguate. Ricordavo di essere stato molto duro in quel momento. «Continuo a immaginare il tuo uccello intrappolato dietro a uno strato di pizzo.»

«Oh Dio.»

«E non mi importa stare alla guida, perché questo implica che deciderò io dove andremo.»

«Mi piacerà la destinazione?»

«A giudicare da come stava procedendo quel ballo, penso di sì.»

Daniel lanciò un gridolino felice. «Mi piace tutto questo, anche parlare con te come ultima cosa che faccio la sera.»

Era una bella abitudine da prendere.

«Dormi bene, Daniel.»

«Dolci sogni, Lee.»

#lovewins

love is love

20 giugno, mercoledì sera

«Sei mai stato innamorato?» Scalciai via la coperta, la sera era troppo calda. Una fresca brezza confortante entrò dalla finestra aperta. La chiamata di Daniel era arrivata un po' più tardi di quanto mi aspettassi ed era mezzanotte. Mi ero appisolato sul letto,

aspettandolo.
Daniel rimase in silenzio per un momento. «Come ti è uscita?»
«È solo qualcosa a cui stavo pensando oggi.» Mi ero ricordato che Rachel mi aveva detto che aveva saputo che Ben era quello giusto il giorno in cui si erano conosciuti. Non riuscivo a immaginare di sentirmi così sicuro su qualcuno. Poi c'era stata la nonna, che mi diceva che aveva saputo di voler sposare mio nonno quando entrambi avevano quindici anni. Diceva che aveva passato i successivi dieci anni a lavorarlo ai fianchi fino a quando lui non era giunto alla stessa conclusione.
Sì, mia nonna era stata un vero personaggio.
Ero mai stato innamorato di Cheryl? Sapevo che le avevo voluto bene, ma quando aveva iniziato a parlare di matrimonio e bambini… non potevo essere innamorato di lei, giusto? Se lo fossi stato, non avrei chiuso la nostra storia.
«Non penso di essere mai stato innamorato,» disse Daniel alla fine. «Penso che lo avrei saputo. Non sto parlando di un amore sconvolgente o qualcosa del genere. Sto parlando di qualcosa di più tranquillo, di una ferma e sicura consapevolezza che ti riempie. Il sentimento nelle tue ossa che ti fa capire che è lui quello giusto.»
Sorrisi. «Hai un animo romantico, vero?» Non che mi lamentassi, pensavo fosse dolce.
«Non lo nego, magari è per questo che non mi piacciono le avventure di una sera. Conosco così tanti uomini gay a cui piacciono, e se a loro va bene sono

contento per loro, ma non fa per me. Io voglio una connessione con qualcuno.» Si fermò. «E tu? Qualcuno ti ha mai rubato il cuore?» Okay, quello mi fece provare una fitta di rimpianto. «Lee?»
Sospirai. «Ero arrivato alla conclusione di non possederne uno. Di cuore, intendo. Di sicuro non c'è stato nessuno che mi abbia fatto sentire come se non potessi vivere senza. Ho avuto una relazione seria che è durata un anno, ma guardandomi indietro continuo a pensare se fosse davvero così seria o mi stessi semplicemente adeguando. So solo che non era ciò che volevo.»
«E cosa vorresti?»
Eccola lì, quella domanda che mi aveva tormentato la mente quel giorno.
«Voglio sentire qualcosa,» dissi infine. «Voglio quella sensazione di sfarfallio nello stomaco quando so che devo vedere quella persona. Voglio che il mio battito aumenti quando entra in una stanza. Voglio che mi esploda il cuore quando ci baciamo. Voglio che mi pizzichi la pelle quando ci sfioriamo per sbaglio, come se venissi attraversato da una scarica elettrica. Voglio rimanere senza parole quando mi sta vicino, perché c'è così tanto che vorrei dire che non riesco a trovare le parole abbastanza in fretta.» Silenzio. «Daniel?»
Sospirò. «Penso che tu abbia dato la perfetta descrizione dell'innamorarsi e questo è ciò che voglio anche io. Tutto quanto.» Mi sentii leggero. *Non mi ha riso in faccia.* Non aveva banalizzato i miei sentimenti e i miei desideri. Ancora meglio, mi aveva compreso.

«Sai cosa mi ha davvero colpito di te?»
La mia prima reazione fu un'assoluta sorpresa, perché non pensavo di aver mai colpito nessuno e non lo stavo dicendo perché volevo che qualcuno mi commiserasse, ma perché ero serio. Non ero il tipo di ragazzo che lasciava il segno. Non c'era niente di speciale in me.
Solo che... Daniel pensava che potessi essere qualcosa di speciale. Aveva detto così.
«Non ne ho la minima idea,» risposi dopo un momento di pausa.
«Il modo in cui hai accettato tutto questo. Io che ti chiedo di uscire, il nostro appuntamento, il bacio. Tutto.»
«Beh, che altro ti aspettavi che facessi?» Ero genuinamente confuso dalla sua affermazione.
«Sì, ma guarda come lo hai fatto. Non te ne sei uscito con delle spiegazioni angosciose su come non potessi uscire con me perché sei etero. Hai detto di sì, non ne hai fatto un affare di stato. È come se... avessi semplicemente accettato che anche quella è una parte di chi sei.»
Mi ci volle un po' per rendermi conto che aveva ragione. Il punto di questa situazione non era la sessualità, ma la connessione, una connessione di cui ero stato consapevole fin dal giorno in cui ci eravamo conosciuti.
Volevo continuare il discorso, ma sapevo che, l'indomani, me ne sarei pentito, perché non ero mai al massimo della forma con meno di sette ore di sonno, ed era già mezzanotte passata. Per fortuna,

Daniel sbadigliò e seppi che anche lui era stanco. Okay, parlare di sentimenti? La trovavo una sfida. «Possiamo parlarne ancora domani,» mi disse e sospirai di sollievo dentro di me. «Ma tieniti venerdì sera libero, okay? Sto pensando a una maratona di DVD e cibo da asporto.»

Mi sembrava perfetto. «Ti segno nella mia fitta agenda di impegni,» scherzai. Mi sentii riscaldare e quello non aveva nulla a che fare con la temperatura fuori.

«Dolci sogni, Lee.»

«Anche a te, Daniel.»

#lovewins
love is love

21 giugno, giovedì sera

«Pensavo di incontrarci a Paddington. Cioè, se riesci a prendere quello delle 18.04.»

Ce l'avrei fatta, anche se per uscire in tempo avessi dovuto fare gli occhi dolci alla faccia di culo sculacciato. «Passo prima da casa o vengo direttamente con te?»

«Beh, se vieni con me avremmo più tempo per i DVD,» suggerì lui. «E se domani dovesse fare caldo come oggi, puoi sempre farti una doccia da me. Ho l'acqua corrente, sai?»

«Oh, tutti i comfort moderni,» lo presi in giro. Okay, l'idea di stare nel suo bagno, di farmi una doccia... Sapete a cosa stavo pensando, giusto?

Sembrava che lo sapesse anche lui. «A proposito, portati uno spazzolino.»

Mi bloccai. «Oh?

«Beh, dopo quello che hai detto l'ultima volta sul voler essere preparato a fermarti qui... Un cambio di vestiti, uno spazzolino... Ti preparerò il letto in più e potrai restare per la notte. Ha più senso che accorciare la nostra serata perché tu possa prendere l'ultimo treno.»

Sì, anche a me suonava del tutto plausibile, quindi perché il cuore mi batteva come una grancassa che accompagnava un'esibizione militare?

Perché restare per la notte implicava una cosa: la possibilità di fare sesso.

E dopo quel week-end era meno una possibilità e più una probabilità. Sapevo che stava per succedere e sapevo anche di volerlo.

Okay, piccola confessione: sono un ragazzo semplice per quanto riguarda il sesso, okay? Che c'è di male se mi piace farlo alla missionaria? E che c'è di male se a tutte le ragazze con cui sono uscito fino a ora piaceva farlo alla missionaria?

Ripensandoci, a loro piaceva davvero? O era quello il motivo per cui non superavo la seconda volta? Perché non ero Mister Avventuroso a letto? Merda.

«Ti sei ammutolito.»

Dovevo dire qualcosa, giusto? Dovevo fargli capire cosa mi passava per la testa.

«Daniel… io… io non ho nessuna esperienza di sesso gay, okay?»

«Sì, più o meno lo avevo capito.»

«No, quello che voglio dire è…» Non era il momento di fare il pudico.

Si schiarì la voce. «Stai cercando di dirmi che non hai mai fatto sesso anale?»

Grazie a Dio lo aveva capito. «No, mai. A quanto pare, sono uscito con le ragazze sbagliate,» risposi impassibile.

Ci fu un momento di silenzio, poi scoppiò a ridere. «Oh, mio Dio, questa è buffa!» Vidi anche io il lato divertente e risi con lui. «Lee, è tutto okay, dico sul serio,» continuò a bassa voce. «Intendevo davvero quello che ho detto, sei tu al comando, non faremo nulla che tu non voglia.»

Deglutii. «E… se volessi?» sussurrai.

Lo sentii trattenere il fiato. «Oh.» Già, *Oh* riassumeva tutto. «Facciamo un passo dopo l'altro, okay?»

Quello mi stava bene. «Okay.» Ma sapevo che non era okay, perché c'era qualcosa che mi infastidiva e lo faceva dalla sera precedente. «Daniel, mi hai detto che pensi che potrei essere qualcuno di speciale.»

«Sì, e più ti conosco, più so che è vero.»

Cazzo. «È solo che…» Deglutii a fatica e gli svelai la mia anima. «Io… io non voglio… deluderti.» *Ti prego non farmelo spiegare.*

Per un momento non parlò e quello mi fece solo battere il cuore più forte. «Non potresti mai deludermi, okay?» Addolcì la propria voce. «Non vedo l'ora di vederti domani.»

Dopo quella dichiarazione, provavo lo stesso. «Sì, anche io. Buonanotte, Daniel.»
«Buonanotte, Lee.» Si fermò un momento. «Ci vediamo nei miei sogni.»
Non resistetti. «Che tipo di sogni saranno?»
Ridacchiò. «A luci rosse, ovviamente.» Poi chiuse la chiamata.
Misi il telefono in modalità silenziosa e lo appoggiai sul comodino, poi mi sdraiai sulla schiena con la brezza che soffiava attraverso la finestra aperta, gradevole sulla mia pelle calda. All'improvviso la mia mente era troppo in allerta per dormire e giocherellai con l'idea di mettermi al telefono per fare delle… ricerche.
Poi cambiai idea, sapevo *cosa* andasse *dove,* per l'amor di Dio e se non avessi chiuso gli occhi, il giorno dopo avrei avuto un aspetto spaventoso quando lo avrei incontrato in stazione.
Siamo sinceri, Lee. Hai bisogno del tuo sonno di bellezza.
Il mio ultimo pensiero mentre mi addormentavo fu che Daniel non ne aveva bisogno, perché era già bellissimo, dentro e fuori.

CAPITOLO 14

22 giugno 2018

La mia giornata era diventata infernale ed era tutta colpa di Daniel.

Come? Avevo continuato a pensare a quel *"Porta uno spazzolino"*, mormorato in tono casuale. Quello significava che avevo iniziato a pensare al sesso. E avevo continuato a pensare al sesso per la maggior parte di venerdì, accidenti a lui.

Tutto era iniziato in modo inoffensivo. Ero andato al lavoro come sempre, solo che non ero riuscito a smettere di pensare all'imminente serata. In realtà, avevo passato anche la maggior parte della sera precedente a pensarci. Poi avevo continuato a guardare la mia borsa sotto la scrivania, dove avevo messo lo spazzolino, un paio di mutande pulite e una maglietta. La scarica di eccitazione e di anticipazione con cui mi ero svegliato non mi aveva lasciato per tutta la mattina.

Poi alla prima pausa, la mia testa era andata in sovraccarico.

Avevo osservato un collega che mangiava una banana. Okay, so che è un terribile cliché, ma, seriamente, guardate qualcuno mangiare lentamente

una banana e vi sfido a non fare pensieri sporchi. Poi qualcuno tornò da Sainsbury con un Calippo arancione, avete presente quei ghiaccioli dentro al tubo di carta che si spingono in alto e si succhiano?
Già, fallico proprio come suona.
Avrei potuto sopportarlo, ma tutto era peggiorato con lo scorrere del tempo. A pranzo ero andato in mensa a prendere qualcosa da mangiare, ma uno sguardo alle salsicce, lunghe, lucide e spesse, mi aveva spedito la mente in uno dei suoi viaggetti ed ero dovuto uscire. Così mi ero affrettato ad andare da Sainsbury Express per comprarmi un panino, un'opzione molto più sicura.
Solo che quale fu la prima cosa che vidi entrando?
Prodotti locali.
E prima che pensiate che questa volta sia completamente impazzito, sto parlando di zucchine: grosse, grasse zucchine con la punta arrotondata. Melanzane, lucide e viola, grosse come il mio braccio. Cetrioli, così lunghi e di diverse circonferenze, tutti avvolti in plastica trasparente.
Il che mi ricordò una cosa; dovevo prendere dei preservativi.
Scelsi il mio pranzo, un tramezzino con la maionese e il pollo e mi diressi verso la cassa. Quando passai davanti al reparto della panetteria, non potei fare a meno di notare le ciambelle glassate.
Okay, sapete bene a cosa ho pensato.
Due donne erano davanti alle torte alla crema, indicandole.
«Quali preferisci?» chiese una delle due. «Mi

piacciono le ciambelle ripiene di crema.»

«Oh, anche io, ma adoro i cornetti alla crema. C'è qualcosa nel succhiare quella crema che è davvero soddisfacente.»

Cristo, non avevo davvero bisogno di sentire quelle parole.

Tornai in ufficio e lasciai cadere il panino sulla scrivania. In fila alla macchinetta del caffè, notai degli operai che portavano tubi di plastica. Stavano lavorando all'impianto dell'aria condizionata. Nessuna meraviglia che facesse così caldo. Non diedi loro molta attenzione, ma colsi qualche stralcio della loro conversazione.

«È inutile, non posso mettere il tubo in quel buco.»

«Allora allargalo, per l'amor di Dio, prendi una sega.»

Potrei aver fatto una smorfia a quelle parole.

«Lascia perdere la sega, lubrifica la punta del tubo prima di infilarlo dentro.»

«Lo hai misurato? Perché l'ultima volta, ci hanno dato le dimensioni sbagliate e non siamo riusciti a infilarlo in quel piccolo buco.»

Era ufficiale, da qualche parte, Dio si stava divertendo moltissimo alle mie spalle.

Se avessi potuto passare il resto della giornata con gli occhi fissi sul monitor e le dita infilate nelle orecchie, lo avrei fatto. Sfortunatamente, non sarei riuscito a lavorare molto e avere Voi-Sapete-Chi col fiato sul collo era l'ultima cosa che volevo o di cui avevo bisogno.

Sarei stato su quel dannato treno delle 18.04 a ogni

costo.

Miracolo dei miracoli, il resto della mia giornata lavorativa passò senza altri incidenti, ma ormai il danno era stato fatto. Stavo cercando di non pensare alla scatola di preservativi che avevo messo nella borsa. Ero stato combattuto se comprarli o meno, perché presentarsi con le scorte era da presuntuosi, ma alla fine avevo ceduto.

Perché disturbarsi a fare il timido? Io volevo tutto quello, giusto?

Giorni prima, Mick aveva detto una cosa giusta: non mi stavo gettando in tutto quello perché la mia vita sessuale era scadente, dato che fino a quel momento mi ero goduto il sesso. Non stavo cercando altrove perché ero stanco delle donne. Era ben lontano da questo.

Mi stavo gettando in tutto quello perché un uomo gay aveva stabilito una connessione con me e volevo vedere in cosa si sarebbe trasformata quella scintilla.

Quando arrivai alla stazione di Paddington, ero di nuovo su di giri.

Daniel sarà là.

Andrò a casa con lui.

Mi fermerò per la notte.

Aveva detto che avrebbe preparato il letto in più, ma era solo una facciata, ne ero certo. Sapevamo entrambi dove volevamo che finisse la serata e non era con me nella camera degli ospiti.

Poi lo vidi tra la folla, indossava la stessa giacca rosa pastello e gli stessi jeans sdruciti che aveva quando ci eravamo conosciuti. Daniel stava guardando la folla, ovviamente in cerca di me.

Non potei farne a meno, superai i miei compagni pendolari, stando fuori dalla sua vista fino a quando non lo raggiunsi, poi gli scivolai dietro e gli picchiettai leggermente una spalla.

«Cerchi qualcuno?»

Lui si girò di scatto, premendosi una mano sul petto. «Mi hai fatto quasi morire di paura.»

«Questo significa che mi sono perso l'occasione di fare una rianimazione bocca a bocca? Accidenti.» Sorrisi. «Comunque, ciao. Ti darei un abbraccio, ma sono appiccicoso in modo rivoltante. È tutto il giorno che lavoro senza aria condizionata, quindi fossi in te non starei troppo vicino.»

«Mi accontenterò di un bacio,» sorrise. «Se a te va bene.»

Mi andava più che bene. Mi chinai in avanti e le nostre bocche si incontrarono in un tenero bacio. Quando ci staccammo, Daniel annusò cauto, e io ridacchiai: «Non lo farei proprio, fossi in te.»

Lui scoppiò a ridere, poi si spinse in avanti per sussurrarmi all'orecchio: «E se mi piacesse il tuo odore?» Quando sbattei le palpebre, rise di nuovo: «Potrei dimostrarti quanto mi piace, ma penso che se ti lasciassi toccarne la prova verremmo arrestati.»

«Sei malvagio,» sussurrai di rimando. Guardò la borsa che tenevo in spalla e la sfiorai. «Articoli da bagno, cambio di vestiti.» Non gli avrei detto dei preservativi.

«Allora andiamo a casa.»

Mentre ci dirigevamo verso il nostro binario, cercai

di non fissargli il culo in quei jeans aderenti, perché adesso lo vedevo come lo avevo visto domenica mattina, nudo, sodo e rotondo.
Ogni giorno imparavo qualcosa di nuovo su di me. Chi avrebbe mai detto che ero uno a cui piacevano i culi? Ma adesso volevo fare di più che guardare. Volevo toccare, accarezzare, mordere.
Poi mi ricordai il primo memorabile episodio di *Queer as Folk*, Nathan a faccia in giù con Stuart che tracciava una striscia di saliva fino al suo buco.
Oh Dio, non potevo fare una cosa del genere, giusto?
Misi in fretta da parte quel pensiero. *Non qui.* Non sapevo perché pensare che fargli il rimming sembrasse peggio nel bel mezzo della stazione di Paddington, ma era decisamente così.
Camminammo velocemente lungo il binario, dirigendoci verso la prima carrozza. Come al solito, non c'erano molti occupanti e trovammo i sedili con un tavolino. Ci lasciai cadere la borsa sopra e mi sedetti accanto al finestrino. Invece di prendere il posto di fronte a me, Daniel mi si sedette accanto, con la borsa sulle ginocchia.
All'improvviso ero nervoso e non sapevo il perché. Magari perché era seduto così vicino a me, abbastanza da riempirmi il naso del suo profumo.
«Indossi colonia?» Era suadente, dolce e anche un po' speziata.
E mi provocava qualcosa all'uccello.
«Ho un amico che crea colonie con oli essenziali. Ne ho un paio. È come un'aggiunta di un pizzico di pepe su di me.»

Di sicuro aveva aggiunto pepe a qualcosa. «Cosa c'è dentro? Perché profuma davvero di buono.»

«Pepe nero, legno di sandalo, coriandolo...»

Sbattei le palpebre. «Erbe?»

«Gli olii essenziali si ricavano dai semi,» rise. «Scusa ma mi sono immaginato con foglie di coriandolo appese alle orecchie e tra i capelli.» Si avvicinò di più. «Ecco, annusa.» Inspirai e forse mi scappò un sospiro. «Buono, eh?» Daniel si guardò intorno e mi premette le labbra sul collo. «Come ti fa sentire?» Poi mi baciò lì, in modo dolce e lento.

Avevo sulla punta della lingua le parole "Eccitato da morire", ma non osai. Eravamo su un treno, per l'amor di Dio. «Penso che aggiunga un pizzico di pepe anche per me.» Poi trattenni il fiato quando Daniel fece scivolare una mano su di me, nascosta dalla sua borsa e mi strinse il cazzo con gentilezza.

Okay, probabilmente quella era la cosa più sexy che mi fosse mai successa.

Guardai in avanti, perché non volevo attirare l'attenzione su di me, ma avevo il cuore in gola. Non c'era nessuno nei paraggi a vedere quello che stava facendo, ma ciò non significava che da un minuto all'altro non potesse entrare nella carrozza un controllore per guardare i nostri biglietti, giusto?

«Non... non dovresti farlo,» sussurrai.

Le sue labbra mi solleticarono l'orecchio. «Vuoi che mi fermi? Perché sembra proprio che ti piaccia.» Okay, quello era un dilemma... Poi respirai di nuovo quando si raddrizzò e tolse la mano. «Mi dispiace, hai ragione. È imperdonabile, non so cosa mi sia

preso.»
«E a me dispiace se mi è uscita come una lamentela,» sottolineai con il battito che tornava normale. «Era la prima volta.»
«Non c'è niente di male nelle prime volte,» osservò lui. «Soprattutto se ci portano fuori dalla nostra comfort zone.» Si rilassò contro il sedile. «All'inizio è ciò che è stato il gruppo per me. Non avrei mai pensato che avrei ballato di fronte a centinaia di persone, con addosso così poco e facendo dei movimenti così provocanti.»
Ridacchiai. «Okay, adesso ti voglio davvero veder ballare al Pride.»
«Due settimane da domani,» disse con occhi scintillanti. «Ti prego, vieni.»
Come se avessi potuto rifiutarmi, davanti a quell'espressione. «Okay, verrò.»
Lui esultò. «Fantastico.»
Rimanemmo in un silenzio piacevole, mentre mi sforzavo di calmare il mio uccello, perché non era possibile che scendessi da quel treno con un'erezione. Era già abbastanza brutto che Daniel sapesse che ce l'avevo duro, non volevo che lo sapessero altri, ma averlo così vicino, così sexy con il suo lucidalabbra appena messo e quel profumo…
Era tutto troppo, soprattutto se messo sopra alla giornata che avevo avuto.
Sopra… Sì, la mia mente arrivò anche lì e non per la prima volta. Sì, avevo fantasticato di infilargli l'uccello in bocca, e sì, avevo anche pensato di affondarlo nel suo culo, con le dita che gli

stringevano forte i fianchi, ma per l'intero concetto di non stare sopra…

Avevo mai giocato col mio buco? No.

Avevo mai preso in considerazione l'idea di giocarci? No.

Lo stavo prendendo in considerazione adesso? Oh, Dio…

Daniel mi diede una piccola spallata e alzai di scatto la testa per guardarlo. «Non vuoi venire con me?»

Adesso, questa sì che era una domanda stupida. Poi guardai fuori dal finestrino intanto che il treno rallentava, mostrando i primi segnali della stazione di Newbury. «Oh, sì.» Presi la mia borsa dal tavolo e inciampai nei miei piedi, ondeggiando un po' prima di seguirlo verso l'uscita.

Non appena scendemmo dal treno, camminammo in fretta tra la folla di pendolari, tutti diretti verso l'uscita. Tre minuti dopo eravamo davanti alla sua porta e il battito del mio cuore riprese quel martellare ormai familiare. Salimmo le scale e cercai valorosamente di non guardargli il culo, ma, quando arrivammo ero ormai una causa persa.

Dentro all'appartamento, Daniel appese la giacca all'attaccapanni e io lasciai cadere la borsa sul pavimento accanto alla stanza degli ospiti.

«Apro le finestre.» Mi lasciò lì impalato e corse in salotto.

Quando mi annusai, arricciai il naso. Dovevo proprio fare una doccia. «Posso usare il bagno?»

«Certo,» gridò. «C'è un asciugamano pulito sul letto nella stanza degli ospiti.»

Era tutto l'incoraggiamento di cui avevo bisogno.
Aprii la porta, registrando a malapena la stanza luminosa con il letto matrimoniale e la coperta lilla, poi presi l'asciugamano e corsi in bagno, chiudendomi la porta alle spalle.
La doccia era meravigliosa, con forti getti che mi energizzarono e mi lasciarono la pelle che pizzicava. Probabilmente sarei anche entrato nel Guinness dei primati, a giudicare da quanto in fretta fossi entrato e uscito. Il bagnoschiuma di Daniel era un misto tra gelsomino e latte di cocco e mi lasciò la pelle morbida come il velluto.
Mi avvolsi l'asciugamano intorno ai fianchi, presi i vestiti dal pavimento e aprii la porta.
«Meglio?» mi gridò Daniel dal salotto. «Ti stavo per chiedere se avevi idea di cosa volevi per cena.»
Lasciai cadere i vestiti sul letto, poi andai in salotto, ancora con l'asciugamano attorno ai fianchi. Daniel mi dava la schiena, stava guardando un DVD. Aveva ancora addosso camicia e jeans, ma aveva i piedi nudi.
Mi piaceva tanto.
«Ho la versione estesa de *Il signore degli anelli*.»
«Mmh,» mormorai, andandogli accanto.
Si voltò e si bloccò, poi deglutì. «O la trilogia de *Lo Hobbit*.»
«Mmh.» Ero abbastanza vicino da sentire il profumo della sua colonia.
«Oppure…»
Gli bloccai le parole con un bacio, con le dita che tremavano un po' mentre gli sbottonavo la camicia.

Daniel interruppe il bacio con occhi sgranati. «Okay, anche questo funziona,» sussultò, prima di riprendermi la bocca nel bacio deciso che desideravo. Non c'era nulla che mi avrebbe potuto fermarmi, adesso.

CAPITOLO 15

«Camera da letto,» mormorai nel bacio. Daniel aprì la bocca e seppi cosa stava per arrivare da quelle morbide labbra. Fermai le sue parole con un dito. «E prima che tu mi chieda se sono sicuro di volerlo...» Gli presi la mano e me la portai all'inguine, dove il mio uccello stava già creando una tenda nell'asciugamano. «Questo sembra che non lo voglia?»

Sgranò gli occhi. «Chi sono io per contraddirti?»

Sorrisi. «Saggio ragazzo.» Gli tenni la mano e lo condussi alla porta nel mezzo del corridoio. Quando superammo la soglia, mi ricordai della mia borsa. «Ho i preservativi,» sbottai.

«Anche io.» I suoi occhi brillarono maliziosi. «Le grandi menti e via dicendo.» Mi tirò nella stanza, ma non appena fummo dentro lo spinsi contro la porta e la sua testa sbatté contro il legno mentre catturavo la sua bocca in un bacio rovente. Le mani di Daniel erano tutte su di me: sulla mia testa, tra i miei capelli, lungo la mia schiena. I suoi baci non mi bastavano mai. Terminai di sbottonargli la camicia e lui se la tirò fuori dai jeans, se la tolse e la lanciò di lato. Poi tornò ai baci, in una fusione di labbra e lingue.

Si staccò, ansimando un po' e mi guardò negli occhi. «Mi prendo un momento per respirare e, solo per essere chiari, chi fa cosa?»

Il cuore mi martellava nel petto. «Posso scoparti?»

Un'ondata di nervosismo quasi mi sciolse. *Sta succedendo davvero.*

Il suo viso si illuminò. «Pensavo che non me lo avresti mai chiesto.» Poi sussultai quando mi fece girare, fino ad avere la schiena contro la porta. Daniel mi tolse l'asciugamano, si mise in ginocchio e mi afferrò il cazzo già duro alla base. Alzò lo sguardo su di me e i suoi occhi rifletterono la stanza illuminata dal sole. «Devo prepararti, giusto?»

Poi gridai quando mi prese l'uccello in bocca.

Sì, mi avevano già fatto dei pompini, quindi non era una cosa nuova per me. Eppure lo era, perché Daniel me lo stava succhiando e quello era anche meglio di quanto avessi sognato sarebbe stato. La frizione era deliziosa e il mio uccello che scompariva tra le sue labbra era qualcosa che non mi sarei mai stancato di vedere. Gli tenni la testa e mi mossi in brevi spinte, attento a non entrare troppo a fondo.

Si liberò, con le labbra lucide di saliva e mi guardò. «Puoi andare più a fondo, okay? Non mi farai male.»

Quello fu tutto ciò che avevo bisogno di sentire. Gli appoggiai la cappella sulle labbra e spinsi, gemendo quando si aprì per me e mi prese a fondo. Rabbrividii quando leccò la parte inferiore del mio cazzo prima di rinnovare le sue vigorose succhiate, tenendomi stretto l'uccello con una mano e toccandosi il proprio con l'altra.

«Tiralo fuori,» gli ordinai.

Daniel si slacciò il bottone dei jeans e intravidi uno scorcio di pizzo. Poi si liberò l'uccello e si masturbò prima di ricominciare a succhiarmi.

Non pensavo di essere mai stato così duro e non avevo mai desiderato di stare in un posto tanto quanto volevo stare dentro di lui in quel momento.

«Fermati,» gli dissi, prima di tirarlo in piedi e baciarlo, come se ne andasse della mia vita. Si tenne a me mentre gli accarezzavo la schiena, infilandogli le mani nei jeans, dove trovai all'improvviso morbida pelle soda. Feci scivolare un solo dito nella sua fessura e lui rabbrividì.

Non fu l'unico. Tutto quello era così nuovo che non ero sicuro che il mio cuore potesse sopportare l'eccitazione.

«Sei pronto per me?» dissi tra un bacio e l'altro. Non avevo idea da dove arrivasse quel coraggio, ma non sarei rimasto lì a chiedermelo.

Il basso gemito di Daniel fu una risposta sufficiente.

Lo lasciai andare e, afferrandogli i jeans per la vita, glieli abbassai oltre i fianchi snelli, stando attento a lasciargli le mutande a posto. Il suo uccello era premuto contro lo stomaco, intrappolato da un velo di pizzo che glielo copriva a metà. Passai un dito sul fascio di nervi sotto la cappella, sapendo quanto mi piaceva quando qualcuno giocava lì con il mio uccello. Daniel rabbrividì e non volevo più aspettare.

«Preservativi?»

Indicò il cassetto del comodino. «Lì dentro, c'è anche il lubrificante.»

Li presi in un secondo, ma in quel breve tempo, Daniel si era tolto i jeans. Si mise sul letto a quattro zampe, mettendo in mostra il bellissimo culo avvolto da pizzo bianco tirato sulle natiche.

Okay. Non avevo mai pensato a ragazzi che indossavano lingerie, ma il mio uccello reagì all'istante a quella vista. Il tessuto si allargava sulle natiche, terminando in una grossa banda di pizzo.

«È così carino.» Avrei potuto guardarlo per tutto il giorno.

«Sai che ti ho detto che indossare il pizzo mi fa sentire sexy?» Daniel si voltò a guardarmi. «Questa volta l'ho messo per te.»

Mi chinai e gli baciai la parte di natica lasciata libera dal pizzo. Adoravo il modo in cui accentuava le sue curve. Non nascondeva però la sua fessura e lo accarezzai, amando il modo in cui gemette.

«Vuoi che entri lì?» Ci infilai un dito, premendo tra le natiche.

«Sì,» rispose con un gemito.

Presi il bordo di pizzo e abbassai lentamente il delicato indumento, lasciandolo appena sotto la curva del sedere. Mi fermai, osservando il suo buco, la pelle raggrinzita che si stringeva e rilassava in rapida successione.

«Lee.» Il mio nome uscì come una sincera preghiera.

Non lo avrei fatto aspettare.

Tolsi il preservativo dall'involucro, me lo srotolai sul cazzo e poi presi il lubrificante.

«Danne un po' anche a me.» Daniel tese una mano e gliene versai un po' sulle dita. Guardarlo infilarsi un paio di dita scivolose nel culo mi portò a un nuovo livello di eccitazione ed ero ipnotizzato da quella vista, fino a quando Daniel gemette forte. Si contorse per guardarmi di nuovo da sopra la spalla e sorrise.

«È un suggerimento?» Gli picchiettai l'uccello ricoperto dal preservativo contro il buco e lui rabbrividì. «È questo quello che vuoi?»

«Mettilo dentro di me,» sibilò, facendosi indietro fino a portare le ginocchia sul bordo del materasso, la parte bassa delle gambe a penzoloni.

Mi infilai tra le sue gambe e spinsi la cappella nella sua fessura scintillante, non volendo stuzzicarlo, ma adorando quella sensazione, poi la premetti contro il buco e diedi una spinta gentile. Sussultai quando i suoi muscoli si aprirono e risucchiarono dentro la mia cappella.

«Oh cazzo, sì, così.» Daniel abbassò la testa.

Con il fiato corto, mi ritirai e spinsi di nuovo e, cazzo, la seconda e la terza volta in cui la cappella entrò fu sexy come la prima. Quando lo ebbi fatto circa sei volte, Daniel si lasciò sfuggire un ringhio roco, un suono che non pensavo avesse in sé.

«La smetti di provocarmi e mi scopi?»

Che non si dica che non seguo le istruzioni.

Ripetei l'azione, tenendo i movimenti lenti e ogni volta il mio cazzo entrava un po' più a fondo. A ogni penetrazione, Daniel gemeva un po' più forte, ma rimaneva fermo, lasciando la profondità a me fino a quando fui del tutto dentro di lui.

Cazzo, era stretto.

Era gloriosamente stretto.

Era il paradiso.
Mi tirai fuori, solo per scivolare a un ritmo ugualmente rilassato, prendendomi tempo, lasciando che il suo corpo si adattasse. Dopo qualche minuto, aumentai un po' la velocità, spingendomi un po' più a fondo, con i fianchi che ondeggiavano.
«Lee, non posso stare fermo.»
«Allora non farlo,» ribattei, afferrandogli i fianchi e tenendoli stretti prima di iniziare a scoparlo con foga. Daniel iniziò a muoversi avanti e indietro, incontrando le mie spinte e presto prendemmo un ritmo. Lo tirai indietro sul mio cazzo, entrando fino alla base e Daniel si fece indietro con forza, impalandosi ripetutamente.
«Ah, cazzo, sì.» L'incoraggiamento a corto di fiato di Daniel mi spronò solo a scoparlo più forte, i nostri corpi che si incontravano in un forte rumore di pelle contro pelle. Il mio bacino si spingeva in avanti mentre entravo più volte dentro di lui, lo sguardo fisso sulla vista del mio uccello che sprofondava dentro di lui. Il sudore gocciolava dalla mia fronte alla sua schiena, infrangendosi in piccole esplosioni di acqua.
Quando il mio corpo vibrò e venni percorso da elettricità fino alle palle, mi venne da piangere per la frustrazione. Ovviamente, sapevo che non sarei durato molto. Ci ero così vicino che non potei fare altro che lasciarmi. «Scusa,» sussultai mentre venivo. Coprii il suo corpo col mio, la testa sulle sue spalle, le braccia intorno alla sua vita, e riempivo il preservativo, l'uccello spinto fino in fondo dentro di

lui. Daniel si bloccò sotto di me e mi chiesi se fosse deluso tanto quanto me per la velocità con cui ero venuto.

Okay, a dir la verità non era finita così in fretta, ma comunque... Avrei voluto che quell'esperienza fosse durata di più.

Con cautela, estrassi il mio uccello mezzo duro, tenendo il preservativo che tolsi con attenzione, annodandolo e appoggiandolo sul pavimento accanto al letto.

Daniel rotolò sulla schiena, con le dita avvolte intorno al proprio uccello e continuando a masturbarsi, le mani così veloci che sembravano sfuocate. Il collo e il petto erano velati di sudore, poi gridò quando venne, ricoprendosi il petto e il mento di sperma. Attesi fino a quando non ebbe finito, prima di sdraiarmi sul letto accanto a lui. Il suo corpo tremava e gli massaggiai il petto umido. Entrambi eravamo sudati, il che non era una sorpresa, per via della temperatura fuori.

Mi prese la testa e mi tenne fermo per un lungo bacio appassionato. Non mi fregava un cazzo che i nostri corpi fossero bagnati, e mi aggrappai a lui mentre ci baciavamo, disperato di tenermi stretto a quella connessione.

Quando mi lasciò andare, Daniel mi guardò negli occhi. «Mi hai chiesto scusa.» Annuii. «Ma perché mai?»

Lo guardai con gli occhi sgranati. «Perché non sono durato, perché sono riuscito a fare solo una posizione.» *Perché non sono bravo con queste cose,* dissi

in silenzio.
Daniel sbatté le palpebre. «Sei serio.» Prima che potessi dire un'altra parola, mi fece girare sulla schiena, il peso del suo corpo sul mio. «Adesso ascoltami. Non mi importa se è durato cinque minuti o cinque ore, è stato bellissimo averti dentro di me.» Le sue labbra ebbero un sussulto. «Personalmente, sono felice che non sia durata cinque ore, perché non penso che sarei stato in grado di camminare per tutta la prossima settimana, se fosse successo. E per l'unica posizione...» Mi guardò interrogativamente. «Che ti aspettavi?»
«Beh, sono decisamente sicuro che ci siano altre posizioni oltre alla quella. Io... io volevo che per te fosse bello.» Le parole uscirono più forte di quanto intendessi.
Daniel mi prese il viso tra le mani. «Ti è piaciuto?»
«Sì, per quello che è durato.»
Sospirò. «Dimentica quanto è durato, come è stato?»
Il mio sospiro fece eco al suo. «Incredibile. Eri così stretto che avrei potuto farlo per tutto il giorno.»
Daniel ridacchiò. «E quando avrò finito con te andrai avanti per metà della notte.» Mi baciò. «Sai come si dice, la pratica rende perfetti.»
«Quindi faremo altra pratica?» Il cuore mi sembrò più leggero a quelle parole.
«Se dovessi fare a modo mio faremmo pratica a tutte le ore, e per quanto riguarda renderlo bello per me...» Mi baciò di nuovo, in un lento bacio che mi fece arricciare le dita dei piedi e mi mandò ondate di piacere attraverso il corpo. Adoravo sentire il suo

peso su di me che mi inchiodava sul letto. Daniel interruppe il bacio e mi guardò negli occhi. «Ho amato ogni singolo secondo e non vedo l'ora di rifarlo.»

Il mio stomaco brontolò e gemetti tra me e me.

Daniel scoppiò a ridere e si sedette sul letto. «Penso che sia ora di mangiare. Te lo stavo per chiedere, prima che facessi lo sporcaccione con me.»

«Dobbiamo uscire?» Faceva troppo caldo per mettersi addosso dei vestiti.

Daniel sorrise. «Penso che abbiamo abbastanza cibo in casa. Che ne dici di un picnic a letto?» Indicò la televisione sul comò. «Possiamo anche fare la nostra maratona DVD intanto che mangiamo.»

Sorrisi. «Ci sono pause pubblicitarie?»

«Non ci sono pause pubblicitarie sui...» Gli si illuminarono gli occhi. «Oh, capisco. Penso che ci si possa organizzare.»

«C'è una cosa che vorrei chiedere prima di mangiare.»

«Spara.»

Feci un cenno al mio corpo appiccicoso. «Va bene se faccio un'altra doccia?»

«Ovviamente, ma solo a una condizione.» Quando lo guardai interrogativamente, sorrise. «La direzione si riserva il diritto di essere presente mentre l'ospite fa la doccia. E questo può includere essere, di fatto, dentro la doccia contemporaneamente all'ospite. Per motivi di salute e sicurezza, naturalmente,» aggiunse impassibile.

«Oh, naturalmente,» risposi, ugualmente serio.

Daniel scese dal letto e mi tese una mano. «Allora lascia che ti scorti alla doccia.»
Sorrisi quando mi tirò per un braccio, facendomi alzare.
Un'altra prima volta.

CAPITOLO 16

«Adoro questi film,» disse Daniel mentre scorrevano i titoli di coda de *La compagnia dell'anello*. «Ho perso il conto di quante volte li ho visti.»

Non potei resistere. «Quindi per chi lo guardi? Orlando Bloom o Viggo Mortensen?» Ero rilassato, cosa piuttosto straordinaria, date le circostanze. Non ci eravamo vestiti dopo la doccia; e prima che me lo chiediate, tutto ciò che avevamo fatto era stato lavarci. Per molto tempo. A fondo.

Fino a che era finita l'acqua calda.

Comunque, ci stavamo rilassando nudi sul letto, dopo aver guardato il film in quello stato. Non ero mai stato una di quelle persone a cui piaceva gironzolare nudo per casa ma, dovevo ammetterlo, era piuttosto liberatorio. Avevo pensato che avrei passato tutto il tempo a guardare lui e il suo uccello, ma non era stato così e intanto che il film procedeva mi ero sentito sempre più a mio agio.

Si stava rivelando una notte di continue prime volte.

Daniel sussultò drammaticamente. «Stai alludendo che guardo questi film solo per sbavare sui ragazzi carini?»

«Sì,» risposi all'istante. «Quale?» Scommettevo su Viggo. Quando arrossì, fui intrigato. «Andiamo,

confessa.»
Fissò la coperta. «Elijah Wood.»
Trattenni una risata. «Capisco, ti piacciono gli hobbit, giusto?»
Daniel sollevò di scatto la testa e mi guardò. «Sono quegli occhi. E quei capelli. È davvero carino e io preferisco sempre un uomo carino a uno dall'aspetto vissuto.» Gli occhi gli brillavano. «Infatti questo è il motivo per cui adesso nel mio letto c'è un uomo carino.» Appoggiò il piatto, che aveva contenuto pane arabo, hummus, verdure crude, uva e salsa alla panna acida, sul comodino, poi mi guardò.
C'era una chiara intenzione in quei begli occhi.
«Che pensi di fare?»
Daniel mi lanciò uno sguardo innocente che non mi ingannò nemmeno per un secondo. «Sto solo mettendo in ordine.»
«Mmh,» feci un cenno verso la televisione. «Guardiamo il prossimo, o cosa?» Il battito del mio cuore accelerò, non era d'accordo.
«O cosa?» Fece lui con un sorriso. «Pausa pubblicitaria.»
Avevo la sensazione di sapere con esattezza cosa avrebbe fatto durante quella pausa.
Anche io avevo delle idee, bisognava solo vedere chi le avrebbe messe in pratica per primo.
«Posso farti una domanda personale?»
Mi morsi un labbro. «Considerato che sono appena stato dentro di te, penso che tu possa chiedermi quello che vuoi.» Non può diventare più intimo di così, giusto?

Daniel si inginocchiò sul letto davanti a me. «Una delle tue ragazze ha mai giocato con il tuo culo durante il sesso?»

Sbattei le palpebre. «Wow, quando hai detto personale facevi sul serio.» Non che mi importasse. «La risposta è no.»

«Tu lo hai mai fatto? Con dei giocattoli o magari solo un dito.»

Fui sincero. «No,» mi bloccai. «Ma ultimamente ci ho pensato parecchio, soprattutto dopo...» *No, no, no.*

Daniel sollevò un sopracciglio. «Abbiamo già dei segreti?» Mi accarezzò una coscia. Perché doveva proprio toccarmi? C'era qualcosa nella sensazione delle sue mani su di me che mi confondeva il cervello e non riuscivo più a ragionare. Sì, lo so, non sono etero, l'ho capito, grazie. «Dimmelo.» Era una semplice supplica che non potevo ignorare.

Feci un profondo respiro. «Ricordi quando ti ho detto che avrei fatto qualche "ricerca"?» Mimai le virgolette in aria.

Annuì. «*Queer as Folk*.» Poi si bloccò, con gli occhi che brillavano. «Hai visto qualcosa che volevi provare, vero?» Trattenni il fiato, incapace di parlare. Daniel mi guardò con ovvio divertimento. «Beh, se non me lo dici, non posso dare vita alla tua fantasia, giusto?»

Oh, cazzo.

Deglutii. «Nel primo episodic, Nathan e Stuart. Lui stava leccando...»

Daniel schiuse le labbra e gli sfuggì un sospiro soffocato. «Oh, penso che possiamo fare qualcosa del genere.» Si fece in avanti, mi appoggiò le mani sulle

cosce e me le aprì con gentilezza.
«Daniel...» Cazzo, il cuore mi stava esplodendo.
«Rilassati,» disse con voce calma. «Voglio solo avvicinarmi a te il più possibile mentre ti bacio.» Poi mi tirò leggermente i fianchi fino a farmi sdraiare con le gambe aperte, prima di stendercisi in mezzo. Accolsi il suo peso su di me e il suo bacio, e lo abbracciai, tenendolo stretto.
Baciarlo era sempre una gioia.
Baciarlo quando era nudo portava quella gioia a un livello del tutto nuovo.
Ci muovemmo l'uno contro l'altro, in un movimento gentile e senza fretta e a ogni bacio mi sentivo sempre più connesso a lui. Gli accarezzai la nuca, le spalle, la schiena, poi abbassai di più le mani, volendo sentire il rigonfiamento del suo sedere. Daniel interruppe il bacio e si sollevò più in alto e io gli strizzai le natiche, allargandogliele e adorando i gemiti soffocati che gli sfuggirono.
Si mosse di nuovo e le nostre labbra si incontrarono in un bacio prolungato che condusse a una fila di baci lungo il collo e il petto, per poi fermarsi al mio capezzolo. Sollevò il mento per guardarmi, poi abbassò la testa e stuzzicò il capezzolo con la lingua.
Fu come se avesse acceso un interruttore e il mio corpo prese vita.
Rabbrividii, con entrambe le mani sulla sua testa a tenerlo lì, perché volevo ancora quella sensazione squisita. Indicai l'altro capezzolo. «Questo si sente un po' trascurato,» riuscii a dire.
Daniel ridacchiò contro il mio petto e mi fece il

solletico. «Oh, davvero? Non possiamo permetterlo, giusto?» Leccò un sentiero tra di loro e gemetti quando la sua bocca calda lo racchiuse, succhiandolo e stuzzicandolo con la lingua. Poi si mosse di nuovo, baciandomi lungo il petto, fermandosi per affondare la lingua nel mio ombelico, e a quel punto io mi afferrai l'uccello.

Lo strinsi alla base e lo sfregai lentamente contro la sua guancia e il suo mento.

I suoi occhi scintillarono e li tenne incollati ai miei mentre passava la lingua sopra alla mia erezione dalla base alla cappella, poi ripeté l'azione al contrario fino ad arrivare alle mie palle.

Si fermò e mi venne voglia di gridare per la frustrazione. Tese una mano. «Mi passi un cuscino?»

Ne presi uno e glielo porsi. Daniel me lo infilò sotto al sedere, sollevandomi leggermente il bacino, poi si sdraiò tra le mie gambe con il viso a pochi centimetri dal mio culo. «Prenditi le gambe e portatele al petto.»

Sbattei le palpebre. «Non siamo tutti elastici come te, *Signor Ballo In Un Corpo Di Ballo Di Uomini Gay*.»

Scoppiò a ridere. «È facile, prenditi le caviglie e stringile.»

Sbuffai. «Cos'è? Una coreografia o il desiderio che diventi una specie di contorsionista?» Avrei scommesso sull'ultima, poi dimenticai le mie battute sagaci quando Daniel passò un dito sul mio buco. Rabbrividii.

Lui si fermò. «Un brivido buono o brutto?»

«Un brivido da *"fallo di nuovo"*, se proprio vuoi saperlo.» Così lo fece di nuovo e, accidenti, non volevo che si fermasse. Poi si avvicinò con il viso e sentii il suo fiato caldo sul mio culo. Rabbrividii di nuovo. «Ti prego…»

Daniel mi allargò gentilmente le natiche e la sensazione di calore si intensificò. Il suo sguardo incontrò il mio. «Giusto perché tu lo sappia, non lo faccio spesso.»

Deglutii. «Perché no?» Stava per dirmi che non lo avrebbe fatto neanche con me? Il cuore mi balzò in gola.

Esitò, come se riflettendo se condividerlo con me o meno, poi inspirò a fondo. «Perché il rimming è qualcosa che faccio solo quando c'è una profonda connessione tra me e un mio amante.»

E prima che potessi chiedere se condividevamo una simile connessione, Daniel diede una lenta e lunga leccata sul mio buco.

Se avevo pensato che il mio corpo sarebbe andato a fuoco quando mi aveva stuzzicato i capezzoli, adesso stava sperimentando un picco di calore di proporzioni epiche. Gemetti forte e lui lo fece di nuovo, questa volta in modo più lento, fermandosi per premere la punta della lingua contro il mio buco. Poi mi leccò di nuovo fino al perineo e all'indietro, prendendosi il proprio tempo.

«Oh cazzo, Daniel.»

«È il tuo modo di dirmi di non fermarmi?»

Mollai la presa sulle gambe, abbassai le mani tra le mie cosce aperte e gli presi la testa, bloccandogliela lì. L'unica sua risposta fu di leccarmi ripetutamente e a ogni leccata pensai che mi sarebbe esplosa la testa.

Mi accarezzò il sedere intanto che mi baciava e leccava e di colpo capii cosa avesse voluto dire.

Quella era intimità.

«Ti prego, non fermarti.» Le parole uscirono come un sussurro.

Daniel mi allargò con gentilezza le natiche, dilatando il mio buco, prima di infilarci la punta della lingua. Lo fece di nuovo. E ancora. E ancora, solo che questa volta la punta penetrò un po' più a fondo e gemetti piano.

Quello sembrò essere il segnale che Daniel stava aspettando.

Spinse il viso contro di me, con la lingua nel mio culo e lo leccò con abbandono, emettendo gemiti che rivelavano il piacere che ne riceveva. Non riuscivo più a stare fermo. Mi presi le caviglie e sollevai di più il sedere. Poi mi lanciai in un movimento avanti e indietro, gemendo per le sensazioni di Daniel che leccava, titillava, succhiava e penetrava, aggiungendo al gioco le dita, alternando un dito alla lingua, fino a quando il mio cazzo divenne duro e dolorante e seppi che sarei potuto venire senza neanche toccarmelo.

Poi Daniel si sollevò in ginocchio. «Non riesco a infilare tutta la lingua così.» Aveva le labbra lucide di saliva. Prima di poter respirare, mi afferrò il culo, sollevandolo ancora di più dal letto, poi si rituffò su di me.

Ero piegato a metà, quasi a candela, con le ginocchia di fianco alle orecchie e Daniel mi stava scopando con la lingua. Ogni terminazione nervosa aveva preso vita, mandandomi scariche elettriche in tutto il corpo che mi solleticavano e mi facevano sussultare. Le sue dita mi scavarono nelle natiche mentre le allargava, dilatandomi ancora di più. La sensazione della sua lingua lì mi stava portando sull'orlo del baratro e mi lasciai andare, il corpo scosso dai brividi, tenendomi stretto le ginocchia e tremando intanto che lui aumentava il ritmo.

«Sto per venire,» lo avvisai. Nessuno avrebbe potuto fermare quel treno.

Daniel mi lasciò andare e io abbassai le gambe, avvolgendomi una mano intorno all'uccello e tenendomelo contro la pancia mentre venivo, con il corpo scosso dalla forza dell'orgasmo. Mi esplose la testa quando Daniel me lo prese in bocca e ondate di piacere mi travolsero quando mi ripulì fino all'ultima goccia, per poi leccare ciò che era rimasto sul mio petto e sugli addominali.

Lo tirai a me per un bacio, stringendomi a lui con il mio corpo ancora scosso dalle ultime ondate del mio orgasmo. Potei sentire il mio sperma sulle sue labbra, le sue mani erano gentili mentre mi accarezzava il viso e il collo, e avevo la testa ancora confusa. Non riuscivo a parlare, ma anche se ci fossi riuscito non avrei saputo che cosa dirgli.

Ufficialmente sconvolgente.

Daniel rotolò su un fianco accanto a me, con lo sguardo fisso sul mio viso. «Quindi è stato simile alla fantasia?»

Una serie di risposte mi balenarono in testa.

Devi chiedermelo?

Non lo capisci da solo?
Ma le ignorai tutte, perché non era il momento di un commento a cuor leggero. Gli presi il viso tra le mani e lo guardai negli occhi. «Hai appena sconvolto il mio mondo.»
E dicevo sul serio.
Daniel trattenne il fiato. «Grazie.»
Ridacchiai. «Penso che dovrei dirlo io.»
Si chinò a baciarmi. «Resti qui a dormire stasera, vero?»
Il mio cervello fece la sua comparsa, ma mi bloccai prima di dire: *"Beh, in realtà, dormo nella camera degli ospiti"*.
«Non mi viene in mente un altro posto dove vorrei essere,» risposi. Potevamo già aver condiviso un letto in passato, ma sapevo che quella sera sarebbe stata diversa.
Volevo addormentarmi tra le sue braccia.
A giudicare da come gli si illuminò il viso, lui provava lo stesso. «Allora che ne dici di darci una veloce ripulita prima di andare a letto?»
«Basta con *Il signore degli anelli*?» chiesi con un broncio drammatico.
Scoppiò a ridere. «Possiamo guardare il prossimo domani sera, se ti fermerai fino ad allora.»
«Mi fermerò,» lo rassicurai.
Non mi veniva in mente un altro posto dove avrei voluto essere.

CAPITULO 17

23 giugno 2018

Svegliarsi nel letto di Daniel fu un'esperienza anni luce distante dal fine settimana precedente.

Il suo braccio era appoggiato alla mia vita, proprio come nel divano-letto di Caroline, e il suo respiro mi scompigliava i capelli. Ciò che faceva la differenza era il suo uccello nudo che premeva contro il mio culo e la sensazione di felicità che mi riempiva per il semplice fatto di essere lì.

È ancora bello stare con lui.

Morbidi baci mi accarezzarono e rabbrividii. «Buongiorno.»

«Lo è quando mi sveglio con te.» Si accoccolò contro di me, il suo uccello come un marchio a fuoco, caldo e duro. «È ancora presto.»

Mi rigirai tra le sue braccia, le sue labbra incontrarono le mie e ci abbracciammo. Daniel passò una gamba sulla mia, mi tirò a sé e il suo cazzo sfregò contro la mia erezione mattutina. Mi fece un sorriso assonnato. «E io pensavo di avercelo duro la mattina presto.»

Ridacchiai. «Che cosa potremmo fare al riguardo?» Quando non mi rispose, non ne rimasi sorpreso, perché non mi avrebbe mai spinto a fare niente. Fino a quel momento il sesso era stato piuttosto a senso unico e non mi sembrava giusto. Pari opportunità, no?

Era il momento per un'altra prima volta.

Lo feci rotolare con delicatezza sulla schiena, poi abbassai lo sguardo sul suo uccello che sollevava il lenzuolo. «Credo di dovermi prendere cura di quello, non credi?»

Quello fece aumentare il suo respiro.

«Non sei obbligato,» disse con sincerità.

Bloccai qualsiasi cosa avesse da dirmi con un dito sulle sue labbra. «E se volessi?» Perché dentro di me lo volevo davvero, volevo sapere che sapore avesse, cosa avrei provato ad averlo in bocca…

«Ci potremmo aiutare a vicenda,» suggerì quando tolsi il dito.

Scossi la testa. Era il mio turno e non lo avrei condiviso con nessuno. Tra l'altro, sospettavo che se io glielo avessi succhiato mentre lui lo faceva a me, tutto sarebbe finito molto in fretta.

Sollevò le lenzuola, scoprendo il suo cazzo che puntava verso il soffitto. Scoppiai a ridere. «Qualcuno è ansioso.»

«Posso toccarti?»

Come se avessi potuto rifiutarglielo. «Certo che puoi.» Mi sedetti accanto a lui, mi chinai sul suo inguine e gli presi il cazzo in mano. Non gli avrei chiesto indicazioni, sapevo cosa faceva star bene me, ma volevo che gli piacesse.

Niente denti, niente denti, niente denti.

Sì, lo so.

Daniel prese la mia esitazione come riluttanza. «Non devi...» Poi gemette quando circondai la sua cappella con la lingua. Appoggiò una mano sul mio fianco e mi accarezzò lieve, poi abbassai la testa prendendolo il più possibile in bocca senza soffocare. Le mie labbra scorsero fino alla cappella, poi lo presi di nuovo a fondo. Il suo uccello era così caldo, il prepuzio così vellutato. Non c'era un vero sapore di cui parlare e avere la bocca così piena di lui era eccitante.

«Oh, Dio, è bellissimo.»

Non lo stavo guardando in viso, la mia attenzione era concentrata sul lungo uccello sottile che avevo in mano. Non sarei riuscito a prenderlo tutto, ma feci del mio meglio, facendo scorrere le labbra su e giù per il suo cazzo, prendendo un buon ritmo. Di tanto in tanto, glielo leccavo dalla base alla cappella perché quello a me piaceva tantissimo quando ero io a riceverlo. Me lo tolsi dalla bocca e lavorai la sua asta umida con la mano, prima di riprendere a succhiarlo. Quando Daniel mi strizzò una natica, gemetti intorno al suo cazzo. Mi sollevai e mi abbassai sul suo uccello, adorando i piccoli movimenti con i fianchi che stava facendo, cercando chiaramente di trattenere le proprie spinte. Mi prese però del tutto alla sprovvista quando mi massaggiò il buco con un dito umido.

Il rimming stellare della sera precedente mi aveva aperto gli occhi e sapevo che, se mi avesse chiesto di scoparmi, gli avrei detto di sì, perché volevo sapere cosa si provasse. La sua lingua nel mio culo era stata fantastica e non potevo pensare che il suo cazzo fosse meno che meraviglioso.

Il mio uccello era duro come un chiodo d'acciaio, ma lo ignorai. Non riguardava me. Il mio pompino era più maldestro di tutti quelli che avevo ricevuto, ma se i suoni che gli sfuggivano dalle labbra dovevano darmi un'indicazione, Daniel non si stava lamentando. Anzi, mi affondò le dita nelle natiche, con il fiato corto. Sapevo che gli mancava poco, quindi lo masturbai e gli succhiai forte la cappella.

Il suo grido di piacere esplose circa un secondo prima del suo orgasmo e il suo sperma mi imbrattò le labbra e le guance, mancandomi di poco gli occhi. Daniel ignorò la mia faccia appiccicosa e mi tirò a sé per un bacio, spingendo i suoi gemiti oltre le mie labbra mentre mi abbracciava, il corpo scosso dai tremori. In quel momento mi sentii come se avessi potuto conquistare il mondo.

Mi guardò con occhi sgranati. «È stata la tua prima volta…»

Scoppiai a ridere e venni pervaso da quella potente sensazione di invincibilità. «Penso ci sia ancora margine di miglioramento,» lo stuzzicai, portandomi le dita al viso. «Tanto per cominciare, mi sembra di portare molto di te addosso. Magari la prossima volta dovrei puntare a prenderne di più in bocca.»

Non mi ero mai sentito più vivo e più vitale come in quel momento, e sapevo che era merito di Daniel. Non era solo il sesso, la scarica di endorfine…

Era proprio lui.

Quando vidi il cartello attraverso il finestrino del taxi, sussultai. «So che hai detto che era una sorpresa, ma non mi sarei aspettato niente del genere.»
Al mio fianco, Daniel ridacchiò. «Quando ho scoperto che eri un fan, sapevo che dovevamo venire qui, soprattutto perché è solo a cinque minuti da casa mia.»
Un tour del mistero, mi aveva detto quella mattina.
Un segreto.
Non aveva detto ad alta voce la nostra destinazione, quando eravamo saliti sul taxi fuori dal suo appartamento, ma aveva consegnato al tassista un pezzo di carta. Avevo riso a tutti quei sotterfugi.
E adesso ero in piedi davanti a Highclere Castle, con un cielo senza nuvole di un bellissima sfumatura di blu. Il castello era impressionante come era stato in televisione.
«Beh?» domandò. «Bella sorpresa?»
Scoppiai a ridere. «No, una sorpresa eccellente.» Gli feci un enorme sorriso. «Grazie.» Era il modo perfetto di trascorrere una bella giornata d'estate, visitando uno dei più iconici castelli del Regno Unito.
Daniel aveva portato l'occorrente per fare un picnic a

pranzo e mi aveva detto che lo avremmo fatto nei giardini, ma la prima cosa che dovevo fare era stare nel famoso cortile.

«Continuo ad aspettare che arrivino Carson e la signora Hughes,» mormorai. «E tutte quelle macchine incantevoli che trasportano Lord Grantham, Lady Grantham…»

Lui scoppiò a ridere. «Devo spiegarti che *Downton Abbey* è una fiction?»

Lo guardai male. «Solo se vuoi rendermi estremamente infelice.» Dentro fremevo. Aveva scelto quella destinazione per me. Avevamo parlato qualche volta di *Downton Abbey* da quando uscivamo insieme ed ero rimasto deliziato di sapere che anche lui ne era fan, perché mi aveva fatto sembrare meno nerd.

I miei coinquilini pensavano che fossi strano, perché quanti ragazzi della mia età avrebbero confessato di amare il dramma storico?

«Possiamo entrare?»

Daniel ridacchiò. «Pensi davvero che ti avrei portato fin qui per vedere solo i giardini? C'è un tour organizzato, vedremo le principali stanze private, alcune camere da letto e le cantine, e al piano di sotto, nelle vecchie abitazioni del personale, c'è una mostra egizia.»

Sbattei le palpebre. «Davvero?»

«Sì, il castello è di proprietà di Lord e Lady Carnarvon, ma il quinto Conte ha scoperto la tomba di Tutankhamon, con un piccolo aiuto da parte di Howard Carter, ovviamente.»

Mi venne da ridere. Daniel era un nerd proprio come me.

Il tour guidato fu favoloso, stare nell'ingresso principale, guardare le gallerie, fissare la bellissima scalinata immaginandomi che Lady Mary ne scendesse elegantemente nel giorno del suo matrimonio…

Ero in paradiso.

«Sono pessimo, proprio come te,» mormorò lui mentre seguivamo la nostra guida nella sala di rappresentanza, dove avevano avuto luogo così tanti banchetti. Potevo quasi sentire Maggie Smith che pronunciava uno dei suoi commenti pungenti.

«Che intendi dire?»

Si lasciò sfuggire una risata asciutta. «Continuo ad aspettarmi di vedere Thomas, in piedi con la schiena contro il muro, nella sua livrea da cameriere.»

«So che era un ragazzaccio, ma non potevo fare a meno di dispiacermi per lui.» Ero stato estasiato quando avevano annunciato che ci sarebbe stata una versione cinematografica, che sarebbe uscita l'anno successivo. «Pensi che potrebbero forse avere in programma un lieto fine per lui nel film?»

Daniel sbuffò. «Un lieto fine? Per un personaggio gay a quei tempi? Lo dubito.»

«Posso sempre sognare.» Feci spallucce, poi mi concentrai sulla nostra guida che stava indicando alcuni quadri appesi al muro.

Quando il nostro tour finì, ero più che pronto per il pranzo.

Daniel ridacchiò. «Tieniti un po' di spazio. Abbiamo

ancora il tè.»
Okay, quella era la ciliegina sulla torta, alla lettera. Avrei bevuto il tè a Downton Abbey.
Ci dirigemmo verso i giardini, e non appena vidi le colonne al lato opposto della proprietà, le indicai. «Ecco, mangiamo là.»
Lui rise ancora. «Sì, Lady Edith.»
«Oh, simpaticone.»
Camminammo lentamente sull'erba e quando Daniel mi prese la mano nella sua mi sentii leggero come l'aria. Abbassai lo sguardo sulle nostre mani unite e mi sentii pervaso da un senso di calore.
Non mi ero mai visto come una persona romantica, non mi facevo prendere dall'emotività, ma in qualche modo Daniel mi era entrato sottopelle. Ricordai come avessimo guardato il film la sera precedente, seduti sul suo letto, appoggiati a una pila di cuscini e l'uno sull'altro. Non riuscivo a ricordare di essermi mai sentito così a mio agio con qualcuno e, dovevo ammetterlo, mi piaceva.
Ci sedemmo accanto al tempio, con la vista sui terreni e il castello che sorgeva maestosamente al centro di tutto.
«Questa è stata un'idea fantastica. Ci eri mai stato prima?»
Daniel scosse la testa. «Immagino che aspettassi di poter condividere l'esperienza con qualcuno. Sembra proprio che quel qualcuno sia tu.»
Ridacchiai. «Sai sempre le cose giuste da dire?»
Scoppiò a ridere. «Che posso dirti? È un dono.»
Mangiammo i nostri panini in silenzio, con il sole che

splendeva e gli uccellini che cantavano. Come posto per un picnic era idilliaco.

«Sei sicuro che non ti stia monopolizzando il sabato?»

Scoppiai a ridere. «Oh, sì, mi stai impedendo di lavare la mia biancheria.» Gli lanciai un'occhiata. «Pensavo che avessi le prove questo fine settimana.»

«Qualcuno ha persuaso Mac che potevamo fare tutto in cinque ore domenica pomeriggio, quindi abbiamo avuto un giorno libero.»

«E tu lo hai passato con me, sono toccato.»

Daniel ridacchiò. «Di certo sei stato toccato stamattina. Ovunque, se non ricordo male e ho in programma di fare la stessa cosa anche domani mattina.»

Sollevai un sopracciglio. «Mi sembra di capire che rimarrò un'altra notte da te.»

«Se vuoi.»

Mi avvicinai di più, fino a premere la coscia contro la sua. «Certo che voglio.» Lo guardai negli occhi. «Pensi che i turisti si sentiranno offesi se ci vedranno baciarci?»

«Perché non lo scopriamo?»

Gli appoggiai la mano sul collo prima di colmare lo spazio che ci separava e baciarlo sulla bocca, lentamente e con facilità. Non mi preoccupai a mantenere il bacio casto. Malgrado la mia domanda, non c'era nessuno abbastanza vicino da offendersi. E starmene seduto accanto a un finto tempio in rovina nel sole del pomeriggio, a baciare un uomo bellissimo, era la mia personale idea di un sabato

perfetto.
Ciò che lo migliorava ancora di più era la prospettiva di passare un'altra notte nel letto di Daniel, perché avevo la sensazione che non l'avremmo passata interamente a dormire.

CAPITULO 18

24 giugno 2018

Non c'era niente di meglio delle domeniche mattina. La vita sembra muoversi al rallentatore, tranne nelle domeniche in cui mi aspettava il pranzo in famiglia, e i lunedì mattina non sembrano imminenti.

Se la domenica mattina era il momento perfetto per masturbarsi, allora svegliarsi accanto a un uomo incantevole di domenica era la scusa perfetta per…

Sì, non devo aggiungere altro, giusto?

Daniel era steso accanto a me, sdraiato sulla schiena, ancora addormentato, il lenzuolo abbassato sulla vita a rivelare la liscia pelle nuda. Guardai il suo petto, chiedendomi se si depilasse o fosse così di natura. I suoi capezzoli erano eretti come sempre e sapevo che era a causa delle barre che li attraversavano. Poi notai del movimento con la coda dell'occhio e mi scappò un sorriso.

Ah, che dolce, il suo uccello è già sveglio per darmi il buon giorno.

E quello significava che dovevo guardare, giusto?

Rotolai su un fianco il più attentamente possibile, cercando di non disturbarlo, poi sollevai lentamente il lenzuolo. Il suo uccello emerse dal cotone e, non per la prima volta, un pensiero mi attraversò la

mente.
Il tipo di pensiero che mi faceva stringere il culo e aumentare il battito.
«Se lo guardi e basta non si succhierà da solo,» mormorò lui e sollevai di scatto la testa per guardarlo in viso, ma i suoi occhi erano ancora chiusi.
«E se non avessi in programma di succhiarlo?» lo provocai.
Aprì di colpo gli occhi e si finse offeso. «Ssh, o ferirai i suoi sentimenti. È sensibile.»
Ridacchiai. «Soprattutto dopo che sei appena venuto. Ma anche se succhiarti l'uccello sarebbe un modo delizioso per trascorrere la mattinata, io ho un'altra attività in mente. Una che comunque richiede il tuo cazzo.»
Okay, lo avevo detto. Beh, non lo avevo detto davvero, ma pregai che avesse colto l'allusione.
Voltò lentamente il viso verso di me. «Mi stai dicendo che...»
«Sì,» sbottai. «Sì a qualsiasi cosa tu stia pensando ti voglia chiedere.»
Si girò su un fianco per mettersi di fronte a me. «Sei sicuro? Non ci sono regole che dicono che dobbiamo fare a turno.»
Lo guardai negli occhi. «Quindi tu sei sempre un bottom?» Ehi, notate, esco allo scoperto con termini sessuali gay. E prima che me lo chiediate, sì, potrei aver fatto qualche altra ricerca.
Okay, forse più di qualcuna.
Daniel sbatté le sopracciglia. «Beh, no, ma...»
«Oh, capisco. Non mi vuoi scopare.»

Mi guardò in silenzio per un momento prima di parlare. «Prima di tutto, non penso che ciò che abbiamo fatto valga come scopare, almeno non nella mia testa. Quando i ragazzi parlano di scopare qualcuno, mi immagino sempre conigli che si danno da fare.» Okay, quello era carino. «Io sono più un ragazzo che fa *l'amore,*» aggiunse. Un'ondata di calore mi attraversò; mi piaceva. «E secondo, io ti voglio. Non hai idea di quanto, ma non te lo avrei chiesto.»

Deglutii. «Beh, te lo sto chiedendo io.» Tesi una mano e la avvolsi intorno al suo cazzo duro, dandogli una carezza leggera. «Io… io ti voglio dentro di me. Voglio sapere cosa si prova.» Poi mi chinai in avanti e lo baciai con la mano ancora al lavoro sul suo uccello.

Daniel gemette nel bacio e mi circondò con un braccio per tirarmi a sé, poi mi prese il viso tra le mani, tenendomi stretto con dolcezza.

Avrei potuto baciarlo per tutto il giorno, sul serio. Se ci fosse stata una gara olimpica di bacio, avrei potuto vincere la medaglia d'oro.

Interruppe il bacio e sorrise. «Se infilerò il cazzo dove non ne è mai entrato uno, penso che avrà bisogno di tutto l'incoraggiamento possibile, giusto?»

Roteai gli occhi. «Astuto, molto astuto. Questo è il tuo modo di dirmi che te lo devo succhiare, giusto?»

Gli brillarono gli occhi. «Wow, parli la mia lingua.»

Come se avesse avuto bisogno di incoraggiamento. Il suo uccello sembrava in grado di perforare il cemento. Mi mossi sul letto, abbassando la testa e leccandogli la cappella qualche volta. Dopo quattro o cinque leccate, mi afferrò la testa e capii che era arrivato il momento di smettere di stuzzicarlo e farlo impazzire.

Leccai e succhiai, lo colpii con la lingua e lo stimolai anche con le labbra e le dita, fino a farlo gemere incessantemente e spingersi dentro la mia bocca, i fianchi in costante movimento. Il suo cazzo non era grosso, ma era lungo e qualche volta mi colpì il fondo della gola, facendomi tossire e sputacchiare. Avevo immagini di lui che mi entrava nel culo così a fondo da arrivarmi alle tonsille, e quel pensiero mi fece tremare.

Ma lo desideravo anche, volevo che mi allargasse, che mi riempisse…

Come se mi avesse letto nel pensiero, Daniel lasciò andare il mio cazzo. «Sdraiati di lato, dandomi le spalle,» disse a bassa voce, prima di prendere il tubetto di lubrificante dal comodino. Quando feci come mi aveva detto, si accoccolò alle mie spalle, facendomi passare sotto un braccio così che la mia spalla appoggiasse nell'incavo del gomito, l'avambraccio sul mio petto, la mano sui miei pettorali. Ci baciammo, con la mano libera mi masturbò, io ero quasi sdraiato su di lui. Mi mise del tutto su un fianco e mi accarezzò le natiche, strizzandole.

Il mio cuore batteva fortissimo e mi si chiuse la gola.

Daniel mi baciò una spalla e mi infilò le dita dentro, senza fretta e con gentilezza. Giocò col mio buco, massaggiandolo in cerchi con il dito, come aveva fatto prima, e mi spinse un ginocchio in alto verso di me, aprendomi al suo sguardo e alle sue dita.

Daniel aprì con una mano il tappo del lubrificante, poi versò qualche goccia del liquido chiaro sul mio buco. Mise da parte la bottiglietta e mi baciò di nuovo la spalla, infilandomi lentamente un dito dentro. Il mio piede era appoggiato sul suo ginocchio mentre lui spingeva a fondo e voltai la testa per guardarlo in viso.

«Ti piace quando ti tocco con le dita?» mormorò.

Annuii. Da quando mi aveva introdotto al rimming, adoravo quando ci giocava, ma questa volta era diverso, perché mi stava preparando per il suo cazzo. Quando aggiunse un altro dito, rabbrividii. Bruciava un po', ma me lo ero aspettato e sapevo che quel bruciore sarebbe scomparso.

Fece un cenno verso il comodino al mio fianco. «Mi prendi un preservativo?»

Ne presi uno e lo aprii prima di porgerglielo. Lo guardai mentre lo faceva scivolare lungo il suo uccello, poi lo ricoprì di altro lubrificante. Un altro passaggio delle sue dita sul mio buco e poi sollevò la gamba, piegandola al ginocchio e il piede appoggiato sul materasso. La sua cappella premette contro di me, ma non mi penetrò.

Cazzo, sentivo il cuore in gola.

Si chinò in avanti e mi baciò, gentile e lento come volevo, le sue labbra erano calde contro le mie mentre dava una spinta delicata, con un movimento così leggero che fu a malapena percettibile. E mi baciò ancora, con una mano mi sollevò un po' la gamba facendosi strada dentro di me. Mi prese il ginocchio e me lo spinse al petto, tenendolo lì mentre mi riempiva, senza fermarsi fino a quando non fu del tutto dentro.

E poi ci arrivammo, la sua mano sul mio ginocchio, l'altra avvolta intorno al mio collo, come se si fosse ancorato a me.

«Ecco,» disse, poco più che un sussurro. «Sono tutto dentro.» Poi mi baciò e potevo giurare che il mio cuore stesse cantando. Quando iniziò a muoversi, lo fece lentamente e con attenzione, come se qualsiasi movimento improvviso avrebbe potuto infrangermi in milioni di pezzi.

«Baciami,» lo implorai, prendendomi l'uccello in mano.

Le sue labbra incontrarono le mie quando uscì da me, solo per ritornare dentro, con i fianchi che ruotavano con fluidità, fino a farmi gemere in quel bacio. Quando il suo uccello scivolò fuori dal mio corpo, mi spinsi indietro, perché volevo di più e lui lo spinse fino in fondo, muovendosi dentro di me con più forza di prima.

«Sì,» gemetti nel bacio, ma lui rallentò, muovendosi dentro e fuori a un ritmo più gentile, fino a quando non lo implorai di andare più in fretta, più forte, qualsiasi cosa pur di sentirlo fino in fondo.

«Non manca molto,» sussurrò, dandomi un dolce bacio sulle labbra. «Tanto per cominciare, mi mancava poco fin dall'inizio e questa sensazione nel mio cazzo…»

Gemetti mentre mi riempiva fino alla base. «Non è

che… sarà… l'ultima volta, giusto?»

Daniel scoppiò a ridere e lo sentii attraverso di me. «Oh, no, tesoro. Lo faremo ancora…» Mi diede una forte spinta e fui più pieno che mai. «E ancora…» Un'altra spinta del suo cazzo dentro di me e gemetti. «E ancora…» Rabbrividì e mi afferrò il ginocchio, l'altra mano sul petto mentre mi baciava con una tale passione che ne fui travolto, perdendomi in un mondo in cui esistevano solo le sue dita, le sue labbra e il suo cazzo.

Mi masturbai, la mano velocissima intanto che mi avvicinavo all'orgasmo. Quando arrivò, il mio corpo si irrigidì intorno al suo uccello, portando una nuova ondata di sensazioni mentre venivo tremando contro di lui.

Mi baciò una spalla, rabbrividendo insieme a me e quando lo sentii pulsarmi dentro, seppi che anche lui era venuto. Mi tenne stretto forte, aveva il fiato corto e rumoroso, con le dita che mi scavavano nella gamba mentre si svuotava nel preservativo, poi si liberò da me e gemetti alla sua assenza.

Mi tirò a sé, abbracciandomi e premendo le labbra sulle mie. Con ogni bacio volevo tenermi stretta quella emozione, marchiarmela a fuoco nella memoria. Avevo il cuore in gola e la pelle madida di sudore… e provavo un dolore dove non lo avevo mai provato prima.

Ma che decisamente volevo provare di nuovo.

Daniel mi sollevò il viso per guardarmi negli occhi. «Beh?»

Sospirai. «Ancora, per favore?»

Lui scoppiò a ridere. «Cosa? Adesso?»

Finsi di prendere in attenta considerazione la domanda. «Magari no,» dissi infine. Quando ridacchiò, aggiunsi: «Dammi mezz'ora.»

Mi baciò, uno di quei lenti baci semplici che mi lasciavano con il desiderio di averne altri. «C'è qualcosa che vorrei che prendessi in considerazione.»

«Oh?»

«Beh… ogni tre mesi mi faccio gli esami del sangue per le malattie sessualmente trasmissibili, per l'HIV e tutto quanto. E anche se non sto con qualcuno da mesi, lo faccio lo stesso, perché è una buona abitudine.»

«Di che esame stiamo parlando?»

«Una minuscola puntura, tutto qui.»

Abbassai gli occhi sul suo inguine. «Oh, non chiamarlo così, gli farai venire un complesso di inferiorità.» Feci un mezzo sorriso. Quando sospirò, tracciai la linea del suo cazzo morbido con il dito. Il lattice era ancora aderente. «Non chiamerei mai il tuo uccello inferiore, fidati. Non dopo averne sentite le conseguenze.»

«Ci penserai?»

Sapevo dove voleva arrivare, ovviamente. «Quindi faccio gli esami del sangue e lasciamo perdere i preservativi. È questa l'idea?» Non avevo mai fatto sesso senza, mi piaceva stare tranquillo.

Annuì. «E, per la cronaca… ho sempre usato i preservativi, in passato.»

Ma non voleva usarli con me. La portata di ciò che stava suggerendo mi colpì in pieno.

Vuole impegnarsi.

Non mi ha chiesto di sposarlo, giusto?

Ma è come se lo avesse fatto, non vuole una relazione aperta, non vuole fare sesso con nessun altro, solo con me.

«Potremmo andare insieme a fare l'esame.»

Incontrai il suo sguardo. «Come una coppia.» Lui annuì.

Okay, le cose si erano appena fatte serie.

«Ci penserò,» dissi con voce ferma.

Capii dalla sua espressione che aveva sperato in una risposta più inequivocabile ed entusiasta, ma la sua richiesta mi aveva colto di sorpresa e avevo bisogno di pensare. Se lo avessi fatto, sarebbe stato per i giusti motivi.

E quali sono i giusti motivi?

Lo sapevo, ma mi aveva chiesto di pensarci, giusto? Quindi avrei fatto esattamente così. Non aveva bisogno di sapere che non mi piacevano così tanto gli aghi.

Poi pensai che se potevo superare quella paura per qualcuno, sarebbe stato per lui.

Gli baciai la bocca, lasciando le mie labbra lì a indugiare. Quando ci dividemmo, abbassai lo sguardo sui nostri corpi. «Penso che una doccia sia necessaria, che ne dici?»

«Dipende.» Sorrise. «Vieni con me?»

«Ovviamente. Salute e sicurezza, ricordi?» Scoppiò a ridere. «Poi che si fa?»

«Stavo pensando a fare colazione, poi…» I suoi occhi brillavano. «Che ne dici se finiamo di guardare il resto della trilogia de *Il signore degli Anelli*?»

«Solo se la guardiamo qui.»
Daniel scoppiò a ridere. «Perché penso che sarà un'altra giornata da passare nudi?»
Gli baciai la punta del naso. «Perché sono le migliori.» Attesi che uscisse dalla stanza per andare in bagno, prima di gettarmi sui cuscini.
Era una novità.
Era anche un po' spaventoso.
Potevo vedermi andare verso la più vicina clinica per fare gli esami del sangue?
Avevo la sensazione di sapere già la risposta.

Capitolo 19

Mercoledì 27 giugno 2018

Camminai verso la stazione con il telefono premuto contro l'orecchio. «Mi sei mancato.» Mi piaceva viaggiare verso casa con Daniel, e sarei stato felice al termine del Pride e quando tutte le sue prove fossero terminate.

«Mi vedrai sabato, sono solo grato che Mac limiti le prove del fine settimana solo alla domenica.»

«Allora sei ancora deciso a venire?» Non avevo ancora pensato a cosa avrei detto ai ragazzi, perché di certo non avrei permesso che Daniel si presentasse sulla soglia di casa per farlo entrare e basta. Anche se… lo sguardo sul viso di Justin sarebbe stato divertente.

«Ovviamente,» si bloccò. «Sei nervoso perché glielo devi dire?»

«Un po'. Beh, a essere sinceri devo solo dirlo a Justin e Moz.» Volevo che Daniel piacesse loro, perché se le cose fossero andate come speravo, avrebbe passato molti fine settimana a casa.

Il rumore in sottofondo aumentò. «Dove sei?»

«Al McDonald's, mangio qualcosa prima delle prove. Sono appena entrati un mucchio di adolescenti.» Sospirò. «Farò meglio ad andare, ti chiamo stasera come al solito?»

«Ti aspetto,» lo rassicurai.

«Stamattina mi sono svegliato pensando a te,» disse abbassando la voce.

«Bei pensieri, spero.»

Ridacchiò. «Sexy, a dire la verità.»

«Ooh, il tipo che preferisco. Tieniteli in mente per quando ti chiamerò stasera.»

«Riesco a immaginare come andrà la telefonata,» scoppiò a ridere. «Si dorme meglio dopo un orgasmo.»

«Allora preparati a regalarmi una notte di ottimo sonno,» dissi prima di chiudere. Il mio cuore era leggero e, malgrado fosse la fine di una lunga giornata, avevo ancora dell'entusiasmo in me. Non vedevo l'ora che mi chiamasse e non aveva niente a che fare con la prospettiva di venire insieme a lui.

Riguardava di più il sentire la sua voce.

Una volta raggiunta la porta d'ingresso, il mio telefono vibrò di nuovo. Era Rachel.

Mi balzò il cuore in gola. «Stai bene? Il bambino sta bene?»

Lei ridacchiò. «Calmati, sto bene. Ti chiamavo solo per vedere come te la passi.»

«Come me la passo con Daniel, intendi.» Aprii la porta ed entrai. La casa era silenziosa come al solito.

«Ovviamente, lo stai ancora vedendo?»

Venni attraversato da un caldo bagliore. «Oh, sì.» Entrai in cucina, lasciai cadere la borsa sul bancone da lavoro e riempii la teiera con il telefono infilato tra la spalla e l'orecchio. «Anzi, sabato facciamo un

barbecue qui e viene anche lui.»
«Wow, fai coming out coi tuoi amici?»
«Non è un affare di stato,» protestai. «La metà lo sa già.» Eppure il mio battito accelerò al pensiero, perché *era* un affare di stato.
«Penso ancora che sia una cosa grandiosa.»
Sapevo che c'era qualcos'altro che dovevo dirle. «A proposito, vado al Pride,» dissi mentre versavo una bustina di tè nella tazza.
«Oh, ne sono felice,» commentò con calore. «Buon per te. Ti cercherò nelle notizie della sera quando faranno vedere i filmati della parata, quindi fai in modo di risaltare tra la folla.»
Sbuffai. «Oh, non credo proprio.» Quando si zittì, sapevo che c'era qualcosa in ballo. «Rach?»
«Da quanto tempo state insieme?»
Feci un veloce calcolo mentale. «Tre settimane.» Tre meravigliose settimane che mi avevano cambiato la vita in meglio.
«E ci sono segni sul fatto che durerà?»
Come diavolo avrei potuto risponderle? Come si faceva a capire quanto sarebbe durata una relazione? Non c'erano elementi fissi, giusto? «Penso di sì, *spero* di sì.»
Sì, la mia testa poteva non esserne sicura, ma il mio cuore lo era.
«Allora forse è il momento di dire a mamma e papà che hai un fidanzato.» Oh Dio. Dirlo a Moz e Justin era una cosa, dirlo ai miei era del tutto diverso. «Se mi vuoi per sostegno morale, devi solo chiedermelo. Lo sai, vero?»

Sospirai. Ovviamente aveva ragione. «Ho bisogno di parlarne con Daniel.»

«Ma certo. E, Lee? Non vedo l'ora di conoscerlo.»

Quello mi fece sorridere. «Lo amerai.»

«Penso che sia più importante che lo faccia tu,» rispose a mezza voce prima di salutarmi e chiudere la conversazione.

Fissai il bollitore, senza vederlo sul serio. Con una domanda borbottata con calma aveva fermato di colpo il mio mondo.

Lo amo?

Mi appoggiai al bancone con la testa che mi girava. *Come faccio a sapere se ciò che provo è amore?* Non avevo niente a cui paragonarlo, nessuna precedente relazione durante la quale avevo perso la testa. *Sono capace di perdere la testa per qualcuno?*

«Ehm, Lee? Il bollitore sta fischiando.»

Sollevai di scatto la testa verso la soglia della porta sulla quale si trovava Mick, con il portatile in mano, a guardarmi con un'espressione divertita.

«Oh, sì, giusto.» Versai l'acqua nella tazza.

Mick entrò in cucina e appoggiò il portatile sul bancone. «Tutto bene?»

«Sì,» risposi, più leggero di come mi sentissi davvero.

Mick mi fissò e sospirò pesantemente. «No, mia sorella mi ha appena detto una frase che mi sta facendo pensare, ma non è qualcosa per cui mi puoi aiutare. Devo arrivarci da solo.» Ma c'era anche qualcosa che volevo condividere con lui. «Ho invitato Daniel al barbecue. Resterà qui questo fine settimana.»

Mick sgranò gli occhi. «Wow, okay.» Sorrise. «Immagino che allora facciate sul serio.»

Per il mio modo di pensare, starsene lì in piedi in cucina a dibattere se fossi innamorato di Daniel contava come una cosa seria. La parte logica del mio cervello era fissata sul fatto che erano passate solo tre settimane, cavolo, che la gente non si innamorava in tre settimane, dopo aver conosciuto qualcuno.

Solo che sapevo che era una stronzata, perché Rachel lo aveva saputo, e anche mia nonna.

Sbirciai Mick. «Tu ami Pete?» chiesi direttamente.

Sbatté le palpebre. «Non sono sicuro che siano affari tuoi, ma sì, lo amo.»

«Quando lo hai capito? Intendo il momento in cui te ne sei reso conto.»

Mick si protese verso una credenza, prese una tazza e riaccese la fiamma sotto al bollitore. «A essere sinceri? Circa due settimane dopo quel fatidico weekend in cui eravamo finiti a letto insieme. Avevamo parlato tutte le sere per quelle due settimane, non potevamo andare a dormire fino a quando non avevamo parlato al telefono.» Sorrise. «Ricordo la prima volta in cui gli ho detto che lo amavo. Eravamo entrambi a letto, su FaceTime. Una di quelle conversazioni assonnate in cui nessuno dei due voleva salutarsi. Dopo avergli detto che era ora di dormire, ho pronunciato quelle due piccole parole.» Ridacchiò. «Si è svegliato di colpo. Mi disse che per tutta la settimana era stato dilaniato dalla voglia di dirlo, ma non aveva osato.» Si passò una mano sulla testa rasata. «Che posso dire? Il resto è

storia.»
«Riuscite a vedervi continuare questa relazione a distanza?»
Si morse un labbro. «Ultimamente ci penso spesso.»
Avevo la sensazione di non essere l'unico a dover prendere delle decisioni.
Mentre si preparava il caffè, mi venne un'idea. «Sai com'è il detto, che i numeri danno sicurezza, giusto?»
Mi guardò incuriosito. «A cosa stai pensando?»
«Beh, se io porto Daniel al barbecue, tu potresti portare Pete.»
Si bloccò. «Sei serio.» Annuii e lui rise di nuovo. «Tipo strapparsi via un cerotto.» Si massaggiò il mento pensierosamente. «Sarebbe più facile, comunque, se entrambi portiamo un ragazzo. Dovrò parlarne con Pete.»
«Fallo, ma fallo in fretta. Quando arriverà?»
«Con il treno delle 6.55 di sabato mattina. Sarà a King's Cross prima di mezzogiorno. Lo andrò a prendere e saremmo andati subito in hotel...»
«Parlagli, decidete cosa volete fare,» sorrisi. «Va bene se non lo vuoi dire agli altri.»
Sospirò. «Già, ma in questa situazione mi sa che i pro superino i contro. Basta nascondersi, mi piace l'idea.» Guardò la tazza, apparentemente perso nei propri pensieri.
Gli diedi una leggera spallata. «Il latte, Mick.»
Aggrottò la fronte. «Eh?»
Indicai il suo caffè. «Il latte, non lo bevi mai nero.» Eravamo entrambi pessimi, tutti e due distratti dai nostri uomini.

Non mi veniva in mente niente di meglio da cui essere distratto.

«Questo è bello.» Daniel era sdraiato sul fianco di fronte alla telecamera del telefono, con il braccio ripiegato sotto al cuscino. La parte superiore del suo corpo era nuda e non vedevo il lenzuolo che copriva il resto del suo corpo. Se mai ci fosse stato un lenzuolo.

Rispecchiai la sua posizione, con il telefono appoggiato contro un cuscino. «Volevo vederti.»

Lui si lasciò sfuggire un sospiro felice. «Non me ne lamento.»

«Come sono andate le prove?»

Fece spallucce. «Okay. Mac pensa che siamo pronti. Dovremmo esserlo, dato quanto ci abbiamo lavorato.» Soffocò una risata. «Anche David ha finalmente capito e perfezionato la sua presa alla *Dirty Dancing*.»

Non vedevo l'ora di vederla.

«C'è la possibilità che non saremo l'unica coppia dello stesso sesso al barbecue.»

Lui sgranò gli occhi. «Davvero? Chi altro viene?»

Non avrei detto altro, non fino a quando Mick avesse

preso una decisione. «Aspetta e vedrai, potrebbe anche non succedere.» Feci una pausa. «Mia sorella non vede l'ora di conoscerti.»
Il suo viso si illuminò. «Ah, ma che carina.»
«Ha suggerito che potrebbe essere un buon momento per dirlo ai miei genitori.»
Lui si paralizzò. «E *tu* che ne pensi?»
«Ehi, ci sei dentro anche tu, ricordi? Perché se e quando glielo dirò, non lo farò da solo. Ti vorrò con me.» Non prendevo neanche in considerazione l'idea di farlo senza di lui.
Mi guardò con espressione calma. «Se vuoi che ci sia, ci sarò. Quando deciderai che sei pronto.»
Il modo in cui mi guardò, la tranquilla sicurezza della sua voce…
«È una cosa seria, vero?» Quando aggrottò la fronte, inspirai a fondo. «Intendo noi,» precisai con il cuore in gola.
Schiuse le labbra e gli sfuggì un sospiro appena percettibile, poi alla fine annuì. «Io penso di sì.»
La sua affermazione così sicura mi alleggerì il petto. «Lo penso anche io,» mi sfuggì una risata tremante.
«Che c'è di così divertente?» Si sollevò su un gomito, appoggiando la testa sulla mano.
«Questo. Tutto questo è così… nuovo. Spaventoso. Eccitante. Tutto insieme.»
Daniel rise sommessamente. «È fantastico, vero?»
Oh Dio, lo era davvero.
Giunsi a una conclusione. «Se ti fermi qui sabato sera, che ne dici se domenica ti porto a conoscerli? Dirò a mia madre che porterò un ospite, perché vorrà

che ci fermeremo a pranzo.»

Si morse un labbro. «Pranzo della domenica con i genitori del fidanzato? Wow, facciamo sul serio.» I suoi occhi brillarono alla luce della lampada. «Come cucina?»

Sospirai. «Penso che Masterchef non la chiamerà tanto presto.»

«Capito.» Mi fissò. «Stai bene sotto quella luce.» Poi notai il leggero movimento del suo avambraccio. «Cosa stai facendo?»

«Ti guardo e ricordo.»

Venni travolto da un'ondata di calore. «Cosa ricordi?» Come se non lo sapessi.

«Sei qui al mio fianco, mentre ti riempio lentamente ancora e ancora.» C'era decisamente del movimento adesso e sapevo con esattezza cosa stava succedendo fuori campo.

Presi la bottiglietta di lubrificante accanto al comodino, mi cosparsi le dita e me le avvolsi sul mio uccello mezzo duro. Non dissi una parola. Nessuno dei due lo fece, ma facemmo un sacco di rumori tra morbidi sospiri, gemiti bassi, degli strani sussulti di piacere. Nella mia testa ero là con lui nel suo letto, domenica mattina, lui dentro di me ed era così bello e sensuale.

Avrebbe dovuto essere strano, con noi due che ci fissavamo attraverso il telefono mentre ci portavamo all'orgasmo, il mio sguardo fisso sulle sue labbra schiuse, il petto in subbuglio, quei meravigliosi occhi puntati su di me…

Non ci volle molto perché i nostri respiri

diventassero più veloci e i nostri gemiti bassi erano quasi sincronizzati quando venni, sporcandomi la mano, pensando a lui, sentendolo, ascoltandolo. Presi un fazzoletto e mi ripulii, mentre lui faceva lo stesso.
Fissai lo schermo. «Dolci sogni, Daniel.»
Il suo sorriso soddisfatto era bellissimo. «Dolci sogni, Lee.»

#lovewins

love is love

Venerdì 28 giugno 2018
«Sono arrivate le pizze!» gridai dalle scale. Nel giro di qualche secondo arrivò lo scalpiccio dei piedi di Justin, Moz e Niall che rimbombava giù per le scale. Mick aveva già appoggiato le scatole sul tavolo e io presi i piatti dalla credenza. Sul bancone c'erano bicchieri pieni di ghiaccio, pronti per la Coca Cola.
Justin aprì uno dei cartoni e annusò. «Niente come questo profumo.»
Moz scoppiò a ridere. «Dici la stessa cosa ogni venerdì.»
«Mangia la stessa pizza ogni venerdì,» commentò Mick. «Pensi mai di cambiare un po', Justin?»
Lui sbuffò. «Questa volta ho chiesto le olive invece delle acciughe, è un cambiamento, no? Cos'altro vuoi?»

«Sai cosa si dice,» intervenne Niall con uno scintillio negli occhi. «La varietà è il sale della vita e via dicendo.»
Guardai Mick, non avrei potuto avere un'occasione migliore di quella.
«Parlando di varietà.» Bevvi un lungo sorso di Coca Cola prima di continuare. «Domani al barbecue porterò qualcuno di speciale.» Stavo facendo del mio meglio per mantenere una facciata calma, ma avevo il cuore in gola.
Justin sorrise. «Lo sapevo. Avevi qualcosa nelle ultime settimane, tutto quello sgusciare via nei fine settimana senza dirci dove andavi.» Fece un sorriso compiaciuto. «Lee ha una ragazza,» canticchiò.
«Ci sei quasi.» Quando mi fissò, ricambiai il suo sorriso. «Lee ha un ragazzo.» Ecco, lo avevo detto. Beh, lo avevo cantato.
Justin spalancò la bocca e sgranò gli occhi, poi lanciò a Moz uno sguardo trionfante. «Mi devi pagare, hai perso.» Moz borbottò e prese il portafoglio dalla tasca posteriore.
«Cosa?» Li guardai sbalordito.
Moz scosse la testa. «Ha detto che il motivo per cui non ci dicevi nulla era perché eri diventato gay.» Sbatté una banconota da dieci sterline sul palmo di Justin.
«Allora, per essere fiscali, Justin ha perso.» Lanciai a entrambi un sorriso dolce. «Non sono gay, sono bisessuale.»
«Ah!» Moz se la riprese e se la rimise nel portafoglio.
Mick e Niall se la ridevano come pazzi, ma io ero

ancora scosso dal fatto che Justin avesse indovinato. Guardò sospettoso gli altri due. «Voi lo sapevate, vero?»

«Già,» si pavoneggiò Niall.

Il battito del mio cuore stava tornando alla normalità. *Non è andata male, vero?*

«Beh, sono contento che tu ce lo abbia detto stasera. Non mi sarebbe piaciuto mettermi in imbarazzo domani, dicendo qualcosa di stupido quando sarebbe arrivato qui.»

«Non me ne preoccuperei,» rimarcai. «Scommetto che te ne uscirai comunque con qualcosa di stupido prima della fine del barbecue.» Jason assottigliò brevemente lo sguardo, ma gli altri stavano tutti ridendo.

«Allora, come si chiama?» chiese Moz.

«Daniel.»

«E il mio si chiama Pete,» intervenne Mick all'improvviso, prima di bere un lungo sorso dal proprio bicchiere.

Tre bocche si spalancarono.

«Il tuo cosa?» chiese infine Justin.

«Il mio ragazzo,» disse Mick con un tono da dato di fatto che mi impressionò. «Infatti, si fermerà qui questo fine settimana.»

Gli diedi una manata sulla spalla. «Non vedo l'ora di conoscerlo,» dissi sinceramente.

Moz sbatté le palpebre, la pizza del tutto dimenticata.

Niall stava sorridendo e scuotendo la testa.

Justin lasciò cadere la fetta di pizza sul piatto. «Cristo, è come con gli autobus, non ce n'è mai uno in giro quando ne hai bisogno, poi ne arrivano due insieme.» Si schiarì la gola. «Da quando va avanti tutto questo?»

«Per me tre settimane,» dissi, tagliandomi un'altra fetta di pizza hawaiana.

«Per me tre anni,» aggiunse Mick.

«Tre an...» Justin spalancò di nuovo la bocca.

Mick mi guardò e sghignazzò. «Penso che lo abbiamo appena mandato in cortocircuito.»

Risi anche io. «Fidati di me, non resterà in cortocircuito per molto.» Mi sentivo brillante.

Andrà davvero tutto bene.

Restavano solo i miei genitori e non riuscivo a immaginarmeli ad accettare la notizia così facilmente come avevano fatto Justin e Moz.

CAPITULO 20

Sabato 30 giugno 2018

«Non hai niente da fare?» mi chiese Daniel con un sorriso. Si sedette a cavalcioni su di me sul mio letto, su cui eravamo fin dal suo arrivo mezz'ora prima. La cucina era un vespaio di attività, ma io avevo già fatto la mia parte. Ero sveglio dalle otto a tagliare pane per hamburger e per hot dog, ad assicurarmi che la casa fosse immacolata e a falciare il prato. Non appena Daniel aveva varcato la soglia di casa, lo avevo spinto su per le scale.

Avrebbe presto conosciuto tutti.

«L'unica cosa importante che devo fare adesso è baciarti,» gli dissi. «Ho una settimana di baci arretrati da recuperare.»

«Mi sta bene,» rispose con un sospiro, prima di abbassarsi per rivendicare le mie labbra in un lungo bacio sensuale. «Mi sei mancato.»

Gli presi la nuca con una mano. «Anche tu.» Poi feci scivolare le mani lungo la sua schiena fino al sedere che strizzai con gentilezza. «Ti ho mai detto quanto mi piacciono questi pantaloncini?»

Daniel sbuffò. «Ti piace il mio culo.»

«E quale sarebbe il tuo punto?» Strizzai di nuovo. «È un bel culo, è da toccare, da mordere, da leccare,» mi

protesi verso di lui, «da scopare.»
Mi premette i palmi contro il petto. «Calmati, ragazzo. Non faremo niente prima di stasera, c'è un barbecue da organizzare, ricordi?»
Gli portai le mani all'inguine. «A me sembra di aver già fatto qualcosa.» Il suo cazzo premeva contro la zip dei pantaloncini di jeans.
Daniel nascose la faccia nel mio collo e io rabbrividii, come sempre. «Tutto ciò che devo fare è guardarti e lui si mette sull'attenti,» mi sussurrò.
«Allora forse farei meglio a tirarlo fuori e a dargli qualche attenzione,» gli suggerii con un sorriso. Mi leccai le labbra e fu il suo turno di rabbrividire.
«Per tutta la settimana ho sognato la tua bocca sul mio uccello,» ammise con occhi lucidi.
Gli slacciai il bottone, presi la linguetta della zip e…
«Dov'è Mick?» gridò Justin dal piano di sotto. «Abbiamo bisogno di lui.»
Mi bloccai. «Non suona bene.»
Daniel si staccò da me in un baleno. «Allora andiamo a vedere qual è il problema.» Mi guardò con sincerità. «Non mi puoi tenere qui tutto il giorno, prima o poi dovrò incontrarli.» Si riallacciò il bottone dei pantaloncini.
Ovviamente aveva ragione. «Vieni, allora.»
Mi seguì fuori dalla stanza e giù per le scale dove trovammo Justin, i capelli corti più a spazzola del solito dato che ci aveva passato attraverso le mani. Sgranò gli occhi quando vide Daniel, ma poi si concentrò su di me.
«Dov'è Mick?»

«A Londra per aspettare il treno di Pete, qual è il problema?»
Justin mi fissò. «Qual è il problema? Oh, non è poi così grave, semplicemente non riesco ad accendere quel cazzo di barbecue, tutto qui. E gli altri arriveranno presto.» Lanciò a Daniel uno sguardo di scuse. «Scusami, ciao, tu sei Daniel e io sono Justin e adesso sono un po' stressato.»
«Ma non mi dire,» borbottai.
Daniel mi diede uno schiaffo sul braccio, poi si concentrò su Justin: «Che barbecue è?»
Lui sbatté le palpebre. «È un barbecue.»
«Sì, ma va a gas o a carbonella?» domandò con pazienza.
«Oh. Oh sì, carbonella, è una specie di barbecue sferico,» spiegò perplesso.
«Ma hai aperto le bocchette?»
Era ancora confuso. «Perché? Ha delle bocchette?»
Daniel ridacchiò. «Portami al barbecue, lo faccio partire subito.»
Justin si lasciò sfuggire un enorme sospiro di sollievo. «Oh, grazie a Dio qualcuno sa cosa sta facendo.» Gli fece attraversare la cucina fino in giardino, con me alle spalle. Il barbecue a sfera era sul patio. «Io accendo la carbonella, ma non resta accesa.»
Daniel fissò dentro al barbecue, aggrottando la fronte. «Ma… hai messo solo qualche pezzo di carbonella, non basta.»
Justin gemette. «Ascolta, non so come accendere un vero barbecue, okay? Questo doveva essere un

compito di Mick, solo che se n'è andato per andare a prendere un fidanzato che fino a ieri non sapevamo nemmeno che esistesse. Ho sempre avuto a che fare con barbecue usa e getta e quelli sono semplici da accendere.»

Daniel gli appoggiò una mano sul braccio. «È tutto okay, e giusto perché tu sappia cosa fare in futuro, qui hai una guida per principianti su come accendere un barbecue.» Trattenne un sorriso.

Justin lo fissò per un momento, poi sghignazzò. «Penso che ti adatterai bene a noi.» Fece un cenno al barbecue. «Fai pure.»

Daniel indicò le bocchette sul coperchio. «Queste controllano il flusso d'aria per la carbonella, non appena questa viene accesa bisogna tenerle aperte, perché così il barbecue prende più in fretta. Puoi chiuderle di nuovo quando la carbonella sarà pronta per la cottura. E non devi coprire tutta la base con la carbonella.»

«Perché no?»

«Perché se la ammucchi nel centro, significa che puoi usare le altre parti della griglia per riscaldare il cibo. Una pila di carbonella più grossa e concentrata fa più fuoco di una sparpagliata e sottile. Non appena sta bruciando e diventa bianca, puoi sparpagliarla un po'.» Daniel sollevò la griglia e impilò la carbonella al centro, poi posizionò gli accendifuoco intorno e usò un fiammifero. «Okay, adesso apriamo le bocchette. Dovresti lasciarlo a bruciare per circa venti, trenta minuti, poi le puoi sparpagliare.» Daniel si raddrizzò.

Justin era raggiante. «Grazie, sembra proprio che alla fine non avremo bisogno di Mick.» Indicò con la testa la porta sul retro. «Moz ha preparato del punch, se ne vuoi un bicchiere.»

Daniel piegò la testa di lato. «È alcolico?»

«Ehm, sì.»

Sorrise. «Grazie a Dio. Allora sì, ne prendo un bicchiere.» Mi guardò. «E anche tu.»

Justin ridacchiò. «Oh sì, penso davvero che ti adatterai bene a noi.» Mi lanciò un'occhiata. «Il tuo tipo è a posto.» Poi entrò in casa per prendere il punch.

Daniel attese fino a quando Justin non fu fuori dalla vista prima di voltarsi verso di me. «Beh, come me la sono cavata?»

«Justin non è l'unico che è rimasto colpito. Come fai a sapere così tanto sui barbecue?»

Il suo viso si indurì. «Cercare di crescere con mio padre e non saper accenderne uno? Mi ha istruito fin da piccolo.»

«Ha fatto un ottimo lavoro, allora,» mormorai a mezza voce prima di chinarmi su di lui e baciarlo sulla bocca.

«Ops, torno dopo?» Justin era lì in piedi con due bicchieri di punch, nei quali galleggiavano pezzi di mele e arancia. Ce li porse. «Allora, dove vi siete conosciuti?» Mi fece un cenno con la testa. «Perché non ci ha detto un cazzo su di te.»

«Più tardi faremo quattro chiacchiere,» gli dissi in fretta. «Controlliamo prima che sia tutto pronto.»

«Okay, non farti prendere fuoco in quelle mutandine

di pizzo,» ribatté lui bonariamente, poi ritornò di corsa in casa, sghignazzando.
Daniel alzò un sopracciglio. «Mutandine di pizzo?»
Alzai le mani. «Ehi, non guardare me, non ho aperto bocca.»
«Capisco, questo allora è uno di quei casi in cui, dato che sono gay, indosso le mutandine di pizzo,» sbuffò.
«Sì, ma stava parlando con me quando lo ha detto e io non le porto.» Mi avvicinai a lui e sussurrai: «E tu?»
I suoi occhi ebbero un lampo. «Ovviamente.»
Avevo la sensazione che il barbecue sarebbe stato più divertente del previsto.

#LoveWins

love is love

Per le due del pomeriggio, il piccolo giardino sul retro era pieno e sul punto di esplodere, c'erano circa venticinque persone tutte stipate lì. Gli ospiti erano seduti sulle sedie del patio, su ogni sedia che avevamo trascinato fuori di casa, o per terra. Niall aveva sistemato il suo iPod con gli altoparlanti e la musica proveniva da casa, gradevole e non intrusiva.
Il cibo era andato bene, e Mick aveva grigliato, quindi per fortuna nulla era stato carbonizzato. Pete era un ragazzo piuttosto gentile e passò la maggior

parte del tempo seduto accanto a Mick, a guardare quello che succedeva e a parlare con Mick o Daniel.

«Qualcuno vuole giocare alla PlayStation?» chiese Moz e diversi ospiti si alzarono ed entrarono in casa per unirsi a lui. Justin aveva fatto un buon lavoro per far mescolare le persone, facendo in modo che tutti avessero abbastanza da bere e mangiare. Per le due avevamo pensato che le persone si sarebbero prese da sole quello che volevano. In quel momento, era tutto preso da Valerie, una ragazza che lavorava nella sua stessa palestra.

Quando iniziò a suonare *Come away with me* di Norah Jones, Daniel mi diede un colpetto sul braccio. «Balli con me?»

Lo fissai per un secondo, non capendo la sua domanda, poi mi accorsi che era serio. «Qui?»

Fece un cenno verso il patio, che era vuoto. «Perché no? Finché abbiamo spazio.»

Al diavolo.

Mi alzai in piedi. «Okay.» Daniel era raggiante, mi prese per mano e mi condusse verso il piccolo patio. Mi appoggiò le mani in vita, io gli cinsi il collo con le braccia e ci muovemmo alla lenta musica dolce. Mi sfuggì un sospiro. «Okay, non me lo aspettavo.»

Premette la guancia contro la mia. «Non c'è niente di male in un piccolo lento. Certo, se dovessimo passare al rap, mi chiamerò fuori.»

Scoppiai a ridere, godendomi la sensazione delle sue mani su di me, poi mi resi conto che non eravamo più soli. Anche Mick e Pete stavano ballando. Li guardai, ma Mick sembrava perso nel proprio mondo, con lo sguardo concentrato sull'uomo che teneva tra le braccia.

«Beh, se ballano loro…» annunciò una voce dall'altro capo del giardino, e vidi Valerie che trascinava Justin oltre l'erba del prato verso il patio. Subito dopo, anche loro si stavano muovendo a ritmo di musica.

«Sembra che abbiamo dato il via a qualcosa,» mormorò Daniel. «Sembrano che si stiano divertendo.»

«Loro? Loro chi?» Lo guardai negli occhi. «Tutto ciò che vedo sei tu.»

Gli brillavano gli occhi. «Ricordami di ringraziarti per tutto questo, quando saremo da soli.» Premette di nuovo la guancia contro la mia e inspirai il suo profumo familiare.

Non vedevo l'ora di restare da solo con lui.

Per le sei, circa metà degli ospiti se n'era andata, ma Moz ebbe l'idea di fare karaoke, così ci ammucchiammo sul più grande dei due divani. Moz mise i testi sullo schermo della televisione e gli ospiti scelsero le loro canzoni.

Dovevo ammetterlo, era davvero divertente, anche se uno o due degli ospiti cantava come se qualcuno stesse strangolando un gatto. Applaudimmo lo stesso gentilmente. Le canzoni eranc più varie di quanto mi aspettassi. C'erano Frank Sinatra, Elton John, i Queen, gli Stones, insieme ad Adele ed Ed Sheeran.

«Tocca a me,» disse Daniel a bassa voce prima di alzarsi dal divano e avvicinarsi a Moz per guardare la lista di canzoni per il karaoke.

Mick mi diede una gomitata e mormorò. «Sa cantare?»

«Non ne ho la minima idea,» risposi trattenendo il fiato, in attesa di quelle prime poche note. Quando le parole comparvero sullo schermo, aggrottai la fronte. «L'hai mai sentita, questa? Penso che sia prima della mia nascita.» Non avevo mai sentito parlare di Roberta Flack.

Mick trattenne il fiato. «Oh, wow.»

Prima che potessi chiedermi il perché della sua reazione, Daniel cantò il primo verso, che parlava di vedere un viso per la prima volta.

Porca puttana, Daniel sapeva cantare davvero bene.

Poi dimenticai la mia meraviglia e ascoltai le parole della canzone. Era di certo una delle più belle e intime canzoni che avessi mai sentito, ed era ovvio fin dalla prima nota che la stesse cantando a me, perché non guardò lo schermo della televisione una sola volta, ma solo me. Rimasi lì, con il cuore in gola, ad ascoltarlo cantare di baciarmi e di sentire la terra muoversi. Cantava di stare sdraiato al mio fianco, con i nostri cuori l'uno contro l'altro e anche se sapevo che le parole non erano le sue, era come se le avesse fatte proprie. Quando cantò di una gioia che sarebbe durata fino alla fine dei tempi, mi venne da piangere, perché in quel momento mi aveva svelato la sua vera anima e aveva detto a tutti in quella stanza cosa provasse per me.

Quando ebbe finito, Daniel puntò gli occhi su di me e mi appoggiai una mano sul petto, come per calmare il mio cuore impazzito. Nella stanza scoppiò un applauso che cessò all'arrivo dell'ospite successivo. Attesi che Daniel si riunisse a me sul divano, col cuore ancora in subbuglio, ma sembrava che avesse altre idee.

«Scusate,» disse, e lasciò la stanza di corsa.

«Beh, cazzo,» mormorò Justin. Lo fissai, combattuto tra restare perché avevamo degli ospiti e seguire Daniel.

«Che c'è?» chiesi.

Justin sospirò. «Mi sa che hai fatto bene a cambiare squadra. Nessuna ragazza mi ha mai guardato come ti ha guardato lui.»

«E come?» Ero ancora scosso dalle parole, da come mi aveva fissato quando le aveva cantate. L'emozione in quegli occhi espressivi…

Justin mi guardò con franchezza. «Come se fossi la cosa migliore. Migliore anche del pane in cassetta. Adesso vai da lui. Qui ce la possiamo cavare da soli.»

Non esitai, lasciai di corsa la stanza ed entrai in cucina. Niente Daniel. Salii le scale verso la mia camera, ma quando entrai, mi bloccai di colpo.

Daniel era seduto sul mio letto, con la testa tra le mani.

Mi avvicinai e mi chinai di fronte a lui. «Cosa c'è?»

Avevo lo stomaco sottosopra.
Mi guardò, prendendomi il viso tra le mani. «Mi dispiace. Io… Mi sono lasciato trasportare.»
«Non osare scusarti.» Gli presi il viso e lo tirai a me per un bacio che speravo gli avrebbe dimostrato quanto mi avesse profondamente commosso. Daniel mi prese tra le braccia e approfondimmo il bacio.
Quando ci staccammo, lo guardai negli occhi: «Quello che hai cantato… è stato bellissimo.»
Non distolse lo sguardo. «Era tutto vero, ogni parola.»
Non potevo negare ancora ciò che mi stava dicendo il mio cuore. «Ti amo. Non mi importa da quanto ci conosciamo…»
Interruppe le mie parole con un bacio e mi sciolsi, cazzo. Gli cinsi la schiena con le braccia e lo tenni stretto mentre mi rimetteva in piedi, restando stretti.
«Ti amo anche io,» sorrise. «E lo farò fino alla fine dei tempi… amore mio.»
Quelle erano state le parole della canzone che mi avevano tolto il fiato.
Gli accarezzai la guancia. «Fai l'amore con me?»
Gli mancò il fiato. «Dio, sì.»
Corsi alla porta, tirai le tende e lo spogliai con lentezza, come se avessimo tutto il tempo del mondo.

CAPITOLO 21

Domenica 1 luglio 2018

La prima cosa che notai quando aprii gli occhi fu che Daniel non c'era.

In realtà, lo avevo saputo anche con gli occhi chiusi. Dormire con lui a letto era come dormire con una borsa dell'acqua calda, e non era una protesta, soprattutto quando parti di lui erano sia calde che dure.

La porta si aprì e lui si infilò in camera, con addosso solo i pantaloncini. Guardai la sveglia, era ancora presto. Daniel salì sul letto e io allargai le braccia per invitarlo. Lui si accoccolò contro di me e ci coprì col lenzuolo.

Quella era la felicità.

Poi mi corressi. Sarebbe stata la felicità senza quei pantaloncini di mezzo.

Per fortuna sembrò rendersene conto nello stesso momento. Abbassò le mani sotto le lenzuola e se li tolse prima di buttarli sul pavimento, poi mi appoggiò la testa sulla spalla e ci baciammo, lenti baci di preludio, come se stessimo scoprendo la sensazione, il sapore e il profumo l'uno dell'altro di nuovo da capo.

Daniel mi massaggiò il petto e la pancia, fino a quando i suoi polpastrelli sfiorarono la cappella del mio cazzo molto interessato. Sorrise.

Scossi la testa. «No, assolutamente no. Ci sentiranno.»

Daniel mi fissò. «E ieri sera? Nessuno di noi è stato propriamente silenzioso.» Trattenne un sorriso.

«Sì, ma c'era il karaoke al piano di sotto. Avrebbe potuto entrare una mandria di elefanti qua dentro e nessuno se ne sarebbe accorto.»

Ridacchiò. «Sembra che Justin non abbia scrupoli a fare rumore.»

Roteai gli occhi. «Ancora il momento della sega, vero? Fidati, lo abbiamo sentito tutti.»

Rotolò su di me, con le braccia ai lati della mia testa. «Sì, ma non è da solo. A meno che non si stia perfezionando come ventriloquo con la voce di una donna.» Rise di nuovo.

Sbattei le palpebre. «Oh.» Poi assottigliando lo sguardo, chiesi: «Esattamente cosa diceva questa voce femminile?»

Imitò un falsetto. «Oh, Justin, sei così grosso.»

Scoppiai a ridere. «Allora sì, potrebbe aver fatto le voci. Non la considererei una cosa che non farebbe.»

Mi guardò divertito, abbassando le mani per prendermi l'uccello. «Quindi...»

«No,» risposi con fermezza. «Questa non è una gara, lo sta facendo perché così possiamo farlo anche noi. Tra le altre cose...» Lo tirai a me e lo baciai dolcemente sulle labbra. «Voglio fare le coccole con te.»

Fu come se qualcuno avesse premuto un interruttore e il Daniel Eccitato si trasformò in Daniel Dolce, che mi baciava come se fossi qualcuno di prezioso e fragile.

«Non me lo sono sognato ieri sera, vero?» chiesi a bassa voce tra un bacio e l'altro.

Mi accarezzò una guancia. «Quale parte? Quella in cui ho dichiarato i miei sentimenti per te con una canzone sorprendentemente intima davanti ai tuoi invitati?»

Sorrisi. «Pensavo piuttosto a quando mi hai detto di amarmi.»

Il suo viso si illuminò. «E poi hai detto che anche tu mi ami e di certo non ti sei sognato quello che è successo dopo.»

Se lo avevo sognato, era uno di quei sogni che non avrei mai dimenticato.

Gli avevo chiesto di fare l'amore con me e lui lo aveva fatto. Ogni tocco di mani, ogni bacio, ogni spinta del suo cazzo dentro di me… E quando ero venuto, era stato al suono di lui che mi diceva ancora di amarmi.

«Ti stavo per chiedere qualcosa ieri sera, ma immagino di essere stato distratto.»

Gli passai le dita tra i capelli, sulla cima dove erano più lunghi. «Allora chiedimelo adesso.»

«Hai trovato il tempo, la scorsa settimana, di farti quella punturina?»

Tossicchiai. «Ti spiace riformulare?» Non che non avessi capito a cosa si stesse riferendo.

Scoppiò a ridere. «Sei andato a fare le analisi? So che

è stato solo un suggerimento, ma…»
Annuii, con il cuore che mi batteva più forte. «Non ho germi, non ho virus…» Non gli dissi quanto tempo ci avevo messo per trovare il coraggio di entrare nella clinica. E il pensiero che avrei dovuto farlo ogni tre mesi?
Meno male che lo amavo, giusto?
Il lento sorriso di Daniel mi sciolse qualcosa nello stomaco, facendomi pervadere dal calore. «Sono così felice di sentirlo.» Si mise a sedere, sollevando con grazia una gamba per salire a cavalcioni su di me, poi si chinò in avanti per prendere la bottiglietta di lubrificante da dove l'avevamo lasciata la sera precedente. Dopo essersene versato un po' sul palmo, avvolse le dita intorno al mio uccello duro, lubrificandolo dalla base alla cappella.
Trattenni il fiato per l'anticipazione. Per la prima volta avrei sentito il suo corpo avvolto intorno al mio uccello nudo.
Daniel annuì, con lo sguardo fisso sul mio prima di spostarsi un po' all'indietro. «Sarò silenzioso.»
Sorrisi: «No, non lo sarai. Quando si parla di sesso, silenzioso non fa parte del tuo vocabolario.» Gli massaggiai la pancia. «Per quanto cazzo me ne frega, possono tutti essere gelosi da morire.» Poi sussultai quando fece scivolare la mia cappella dentro di lui. Si abbassò lentamente, fino a quando fui del tutto dentro.
Quel suo calore…
Sospirò felice. «Mi piace una bella cavalcata come prima cosa la mattina.»

Gli appoggiai le mani sui fianchi, sollevandolo, per poi riportarlo giù su di me. «Capisco cosa vuoi dire. Potrebbe essere così anche per me.»

La porta era chiusa, la casa silenziosa e io stavo facendo l'amore con lui, senza nessuna barriera a dividerci.

Sì, quella era la felicità.

#LoveWins

love is love

«Vado bene?» mi chiese Daniel quando ci avvicinammo alla porta d'ingresso.

Sorrisi. «Sei adorabile.» Aveva deciso di non truccarsi, cosa che non mi aveva sorpreso, perché stava cercando di rendere le cose il più semplice possibile ed entrare in casa dei miei genitori con il suo solito lucidalabbra, l'eyeliner e l'ombretto non avrebbe contribuito alla causa.

«Lasciamoli abituare prima all'idea di me,» aveva detto mentre ci stavamo preparando. «Non voglio essere responsabile di aver causato un infarto a tua madre la prima volta che mi incontra.»

Avevo riso. «Penso abbia già visto dei ragazzi truccati, prima.»

«Certo, ma non un ragazzo che esce con suo figlio.»

Non aveva tutti i torti.

Feci un profondo respiro e suonai il campanello. Un minuto dopo, mia madre aprì la porta, sorridendo quando mi vide. Fece poi un cenno cortese a Daniel, prima di farsi da parte per lasciarci entrare nel corridoio.

«Sarò sincera, sono rimasta sorpresa quando hai detto che venivate a pranzo,» disse. «Voglio dire, sei stato qui solo due settimane fa.» Daniel ricevette uno sguardo curioso.

«Lui è Daniel, mamma.»

Daniel le porse la mano. «È un piacere conoscerla, signora Tennant.»

Mia madre gliela strinse, poi fece un cenno noncurante. «Ti prego, chiamami Molly. Chiamavo mia suocera signora Tennant.» Lo guardò ancora perplessa e potei quasi sentire gli ingranaggi che le ticchettavano e giravano nella testa.

Beh, le spiegazioni dovevano attendere.

«Dov'è papà?» Come se dovessi chiederlo. Il suono di roboanti fan di calcio proveniva dalla televisione in salotto.

«Entrate, preparo un po' di tè.» Fece un mezzo sorriso. «Non vi aspettavo per almeno un'altra ora. Di solito non arrivi così presto.»

«È colpa mia, signora… Molly,» disse Daniel in tono di scuse. «Detesto essere in ritardo.»

Quello gli fece guadagnare uno sguardo d'approvazione. «Beh, se questa è l'influenza che hai su Lee, sei il benvenuto di nuovo al pranzo della domenica.» Ci fece entrare in salotto dove mio padre era spaparanzato sulla poltrona, con addosso le sue usurate pantofole scozzesi preferite che mi ricordavano sempre Wallace dei film di *Wallace e Gromit*.

Alzò lo sguardo quando entrammo nella stanza e si rimise composto in fretta dopo aver spento la televisione con il telecomando. «Oh, non vi aspettavo così presto.» Si alzò in piedi e porse la mano a Daniel. «E tu sei?»

«Daniel Bond, signor Tennant.»

Gli occhi di mio padre brillarono quando si strinsero la mano. «Qualche parentela con James?»

Daniel rise, come se non avesse mai sentito nessuno fare una battuta del genere prima. «Temo di no.»

Mio padre fece un cenno verso il divano. «Beh, sedetevi.» Mi lanciò uno sguardo. «Dov'è tua madre?»

«Sta preparando il tè,» gli risposi e lui rise.

«Naturalmente.» Si rimise a sedere sulla poltrona. «Quindi, Daniel… sei un amico di Lee?»

«Esatto,» rispose con un sorriso cortese.

Beh, lui era un mio amico *e* il mio ragazzo.

Mio padre intrecciò le dita delle mani, appoggiando i gomiti sui braccioli della poltrona. «Beh, sei il primo amico che abbia mai portato qui a pranzo. Suppongo che scopriremo il perché tra qualche minuto.» Mi guardò per avere conferma.

Sì, mio padre non è stupido.

Mia madre entrò con un vassoio sul quale c'era la grossa teiera marrone che era in giro per casa da quando ero piccolo, quattro tazze di porcellana, con una ciotola di zucchero e un bricco di latte. Appoggiò il vassoio sul tavolo accanto alla poltrona di mio padre e iniziò a versare.

«Quindi, Daniel,» esordì mia madre con tono allegro. «Come conosci il nostro Lee?»

Daniel mi guardò senza sapere cosa dire e seppi che era il momento di fare buon viso a cattivo gioco. «In realtà, mamma, papà... Daniel è il mio ragazzo.»

Un cucchiaino cadde nella ciotola dello zucchero e mia madre soffocò un'esclamazione come se avesse appena ingoiato una rana. Mio padre ci guardò, sbatté le palpebre un paio di volte, poi si alzò e si avvicinò al bovindo, dandoci la schiena.

«Beh, è andata bene,» sottolineai con voce vivace.

Mio padre si voltò di scatto e marciò verso di noi. Aprì e chiuse la bocca, lo fece di nuovo, poi finalmente si lasciò ricadere pesantemente sulla poltrona. «Beh, almeno questo spiega perché Ben era così... distaccato con me, l'altra domenica.»

«Oh, Ben non diceva quelle cose per me,» gli spiegai. «Anzi, in quel momento non sapeva nulla di me. Stava parlando di suo fratello minore Gary, che è gay.»

«Il fratello di Ben è gay?» Da come suonava, la rana era ancora in bocca a mia madre.

Annuii con entusiasmo.

«Dannazione.» Mio padre ci fissò. «Stanno uscendo allo scoperto.»

«Ah.» Inspirai a fondo. «Penso che sia il momento che vi dica che io non sono gay.»

Mio padre era perplesso. «Non lo avrei mai detto.» Guardò di scatto Daniel. «Allora lui cos'è? L'ultima ruota del carro?»

«È ancora il mio ragazzo, ma sono bisessuale,» sospirai. «So che sto mettendo molta carne al fuoco, ma volevo che lo sapeste.» Guardai mio padre preoccupato. «Tra noi è tutto a posto?»

Lui aggrottò la fronte. «Certo che è tutto a posto, sono solo confuso, caz…»

«Geoff,» intervenne mia madre con un tono ammonitore nella voce.

Mio padre si schiarì la voce. «Allora… cos'era Cheryl?»

«È stata la mia ragazza.»

Sbuffò. «Prima hai una ragazza, adesso hai un ragazzo. Quindi ora le cose stanno così? Ti sei deciso?»

Trattenni un sorriso. «Non funziona in questo modo, papà.»

«Beh, più avanti cambierai ancora idea?»

«Non funziona nemmeno così.» Guardai Daniel, che sapevo si stava tenendo fuori da quella conversazione fino a quando non avesse avuto qualcosa da dire. Sospirai paziente. «Sono interessato sia a uomini che a donne, ma questo non significa che uscirò con ogni uomo o donna che incontrerò, okay? C'è solo Daniel. Voglio dire, a te piacciono le donne, ma non esci con ogni donna che incontri, giusto?» Guardai mio padre, comprensivo. «So che è stato un po' uno shock, ma…»

«Un po'?» Aveva gli occhi sgranati.

«Okay, un grande shock, allora.»

Daniel mi appoggiò una mano sul braccio, poi

guardai mia madre. «Anche tu puoi farmi delle domande.»
Lei si morse un labbro. «Io… non so cosa dirti. Ho paura di offenderti o di urtare i tuoi sentimenti.»
Daniel le fece un sorriso caldo. «Se fai domande per un genuino desiderio di capire, allora non ci sono cose che non si possano chiedere, okay? Se una domanda non viene fatta per cattiveria, allora va bene.»
Lo guardai, orgoglioso. Ecco perché lo amavo. Aveva un cuore generoso e sapeva sempre cosa dire.
Mia madre scosse la testa. «Non sapevo cosa dire nemmeno a tuo zio Charlie, quando mi ha detto che gli piacevano gli uomini.»
Fu il mio turno di rimanere sbalordito. «Zio Charlie è gay?»
Papà sbuffò. «Vuoi dire che non lo sapevi?»
«Ehm, no?» *Ho uno zio gay? Perché nessuno me lo ha mai detto?*
Okay, magari quello era il momento in cui dovevo aggiungere che non vedevo zio Charlie da quando avevo sette anni, quando era emigrato in Australia.
A mia madre si illuminarono gli occhi. «Ooh, pensi che potrebbe esserti di aiuto se parlassi con lui? Potrebbe riuscire a darti qualche dritta.»
A quel punto stavo facendo del mio meglio per non riderle in faccia.
«Penso che me la caverò, mamma,» risposi, più calmo di quanto mi sentissi. «Tra l'altro, c'è tutta quella faccenda del non essere gay, ma bisessuale, ricordi?»

Lei annuì. «Scusa, continuo a dimenticarlo.» Porse una tazza a Daniel. «Tè?»

Lo prese e potei vedere che anche lui si stava trattenendo dal sorridere.

Okay, non era andata come me lo aspettavo, ma sapete che c'è? Era pur sempre un inizio. Piccoli passi, così aveva detto Daniel quella mattina e aveva avuto ragione, ovviamente. Chi poteva sapere dove saremmo stati di lì a un anno?

Sapevo cosa volevo essere.

Ancora innamorato di Daniel.

Mia madre ci salutò mentre ci chiudevamo alle spalle il cancello all'ingresso, poi chiuse la porta di casa. Esalai un respiro. «Wow.»

«Un buon wow, o uno brutto?»

«Del tipo che non riesco a credere a ciò che è appena successo.» Magari Rachel aveva sempre capito tutto fin da subito, che papà non era omofobo ma solo ignorante su certi argomenti. Il suo viso quando aveva scoperto che Daniel avrebbe ballato al Pride…

«Non penso che sarà là a fare il tifo per te il prossimo fine settimana,» commentai asciutto.

«Finché ci sei tu, non mi importa. Oggi è stato un

buon inizio, non credi?»
Sì. «Ho visto che sei sopravvissuto alla lezione su tutto ciò che c'è da sapere sul calcio.»
Ridacchiò. «Potrebbe avermi aiutato il fatto che gli ho detto che mio cugino gioca nell'Arsenal.»
Mi bloccai di colpo sul marciapiede. «Sei serio?»
Daniel scoppiò a ridere. «Non te l'ho mai detto?»
«No.»
Mi prese la mano nella sua. «È tutto okay, abbiamo tutto il tempo del mondo per scoprire tutto l'uno dell'altro.»
Non mi importava che fossimo nel mio vecchio vicinato, non mi importava nulla delle tende, che probabilmente si stavano muovendo lungo la strada e vecchi vicini stavano esprimendo il loro disappunto ad alta voce. Li zittii e baciai il mio ragazzo sulle labbra.
A Daniel importava, però. «Ti amo.»
«Anche io.» Ci riprendemmo per mano e camminammo verso la stazione. «L'ho detto a mia madre, sai?» aggiunsi.
«Cosa, che mi ami?» Annuii. «E come ha reagito?»
«È rimasta in silenzio, ha detto che non le avevo mai detto che amavo qualcuno in passato, nemmeno Cheryl.»
«Sto ancora brillando dentro perché glielo hai detto,» sospirò. «Non voglio che questo giorno finisca.»
Mi aveva tolto le parole di bocca. «Allora non deve. Perlomeno non ancora.» Non volevo andare a casa, perché quello implicava la fine del mio meraviglioso fine settimana e l'inizio di un'altra settimana senza di

lui. In più, il sabato successivo ci sarebbe stato il Pride e non lo avrei avuto tutto per me fino a domenica. I miei minuti con lui erano preziosi e ne volevo il più possibile.

«Posso venire a casa con te?»

Il suo viso si illuminò. «Certo che sì. E puoi restare fino all'ultimo treno, se vuoi. So che prima o poi dovrai andare a casa, ma…»

Quello mi dava altre sette ore circa con lui e sapevo esattamente come le avremmo trascorse.

CAPITULO 22

Quando tornammo all'appartamento di Daniel, ero ancora esaltato per la visita ai miei genitori. Sapevo che eravamo solo agli inizi, ma sapevo anche che avrebbero amato Daniel non appena lo avrebbero conosciuto meglio.

Ovviamente, non lo avrebbero mai amato quanto lo amavo io.

«Ti va un calice di vino?» gridò dalla cucina.

«Sì, grazie.» Mi avvicinai alla scrivania color crema sotto la finestra, sbirciando alla piccola libreria in legno al di sopra.

Dicono che si può scoprire molto di un uomo guardando i libri che legge. Beh, ciò che vidi fu illuminante: c'era molto nel mio Daniel di ciò che si vedeva con gli occhi.

Il mio Daniel. Solo a pensarci mi fece sentire bene.

«Cosa stai guardando?»

«I tuoi libri,» sorrisi. «I titoli sembrano una lettura interessante.» Lessi i dorsi. «*Facendo la storia omosessuale: mezzo secolo di lotte per i diritti di uguaglianza di lesbiche e gay. When we rise. La parte giusta della storia: Cento anni di attivismo LGBTQ*.» Lo guardai. «Non sei solo un bel faccino, vero?»

Arrossì. «Non sono il tipo che si abbassa e che permette che qualcuno calpesti tutti i diritti per cui la gente ha lottato fino a sputare sangue.»

Gli baciai una guancia. «Ti ho detto di recente che ti amo?»

«Sì, ma puoi dirmelo di nuovo.»

Gli accarezzai una guancia e mi chinai su di lui fino a sfiorargli le labbra. «Ti amo,» sussurrai prima di baciarlo, un lento bacio sensuale che speravo gli dicesse quale percorso volevo che prendesse la nostra serata. Poi lo lasciai andare e tornai a studiare i libri. Fu un'introspettiva affascinante, soprattutto quando notai un piccolo libro alla fine. Lo presi e fissai la copertina. «Oh, davvero?»

«Oh, oh, cosa hai visto?»

Mi voltai a guardarlo, sollevando il libro. «*Sessantanove posizioni per gioioso sesso gay*?»

Daniel mi porse il calice di vino. «In realtà, è buffo che tu abbia scelto proprio quello. Volevo fartelo vedere.»

Appoggiai il bicchiere sulla scrivania e aprii il libro. Okay, forse gli occhi mi uscirono dalle orbite. «Posso capire il perché: ci sono uomini nudi qui. Che fanno…» Voltai di lato il libro e fissai una delle foto. «Di tutto.» Feci un mezzo sorriso. «Questo conta come aiuto visivo?»

Daniel mi guardò pensierosamente. «Ricordi la prima volta che abbiamo fatto l'amore?»

Chiusi il libro e lo guardai. «Come se potessi dimenticarlo.»

«Beh, hai detto qualcosa che non riesco a

dimenticare. Non eri soddisfatto che fossimo riusciti a fare solo una posizione, poi hai detto qualcosa sul fatto di essere sicuro che ci fossero altre posizioni oltre a quella.» Indicò il libro. «Stavo per mostrartelo, per farti vedere che ci sono un sacco di posizioni.»

Aprii di nuovo il libro. «Capisco.» Fissai i due modelli che dimostravano le posizioni: «Accidenti, è... un ragazzone.»

Daniel si morse un labbro. «Uno, è un attore porno che si chiama Kriss Evans, due... mi rendo conto solo ora che il mio ragazzo è la regina delle dimensioni.» Era chiaramente divertito.

Feci un passo verso di lui e abbassai una mano per accarezzargli l'uccello. «E se anche lo fossi? Me ne attribuisco ogni responsabilità, ecco.» Glielo strizzai con gentilezza, poi mi riconcentrai sul libro. «Oh mio Dio, stanno scopando sul tavolo della cucina.» Guardai sbalordito la foto successiva. «Su una sedia? Ma stanno scherzando?» A giudicare dalla posizione precaria in cui si trovava il modello biondo, erano un incidente in attesa che accadesse.

E immaginate dover spiegare quello che era successo ai paramedici...

Daniel sghignazzò. «Ce ne sono alcune in cui usano una sedia in diversi modi. Adesso, se vuoi un'avventura, guarda la numero ventisette.»

Assottigliai lo sguardo: «Quante volte hai letto questo libro?»

«Oh, un paio,» disse con leggerezza.

Scorsi le pagine fino a quando la trovai. «Oh, porca puttana, ma cosa sono? Acrobati?» Kriss era in piedi alle spalle dell'altro modello che aveva tutto il proprio peso sugli avambracci. Il resto del suo corpo era sospeso per aria, con le gambe allargate con Kriss in piedi tra di esse. Guardai la didascalia. «*La carriola?*»

Daniel scoppiò a ridere. «Prima che tu me lo chieda, non l'ho mai provata.» Mi prese con delicatezza il libro dalle mani. «Questa è solo la teoria, metterla in pratica è qualcosa di completamente diverso.» Fece per rimettere il libro sul ripiano, ma glielo presi dalle mani.

«Oh no, non ci provare.» Quando mi fissò, me lo tenni stretto al petto. «Non puoi dire cose del genere e andartene. Adesso dobbiamo provarne un paio.»

Daniel era sorpreso. «Sei serio?»

«Stai parlando con qualcuno che potrebbe essere chiamato Il Missionario. E penso di essermi perso molto.» Picchiettai il libro con l'indice. «Non pensi che alcune di queste potrebbero essere divertenti? Anche se sono sicuro di non poterne fare nemmeno la metà.» Lo guardai male. «Abbiamo già sentito parlare di te e della tua… flessibilità.»

«Oh, non so,» rispose Daniel con un sorriso. «Sei riuscito a portarti le ginocchia alle orecchie quando ti ho fatto il rimming.» Mi tese la mano per prendere il libro e glielo porsi con un po' di riluttanza. Daniel sfogliò le pagine. «Suppongo che potremmo vedere quante ne possiamo fare prima di venire.»

Assottigliai lo sguardo. «Stiamo cercando di entrare nel Guinness dei Primati? Perché mi rifiuto di avere un osservatore che verifichi i nostri risultati.»

Daniel scoppiò a ridere. «Penso che ce ne siano troppe da fare, quindi facciamo una versione abbreviata.» Appoggiò il libro sul ripiano, poi prese il telefono e guardò le fotografie. «Ecco, questi sono obiettivi molto più semplici a cui puntare.» Mi porse il telefono.

Guardai l'immagine, una serie di dieci posizioni disegnate con modelli. Spalancai la bocca alla numero otto. «No, cazzo, non lo facciamo in piedi.» Uno dei modelli aveva le braccia intorno al collo del partner, con le gambe agganciate sopra le braccia dell'altro, senza altri visibili mezzi di supporto. «Assemblea congressuale sospesa, eh? No. Potremmo romperci il collo a farla.» Guardai la dieci. «L'autoscontro? Ma chi si inventa questi nomi?»

La risata di Daniel si rifletté nei suoi occhi. «Dai, questa sembra divertente. Dato che le volevi provare, io sarò quello che prende. Per amore della ricerca, ovviamente,» aggiunse, serio.

«Oh, ma naturalmente,» risposi altrettanto serio.

«Solo per dimostrarti che c'è vita oltre al missionario.»

Avevo la sensazione che sarebbe stato davvero molto divertente.

Daniel era sdraiato a pancia in giù sul tavolino coperto di cuscini con un asciugamano che li ricopriva. Avevo il mio peso tutto sulle mani mentre mi spingevo dentro al suo culo stretto, entrambi senza toccare il pavimento con i piedi.

Daniel gemette mentre lo scopavo, prendendomela con calma. «Ehi, non sentirti troppo comodo in questa posizione. Non abbiamo ancora finito di... divertirci.»

Sorrisi. «Chi lo dice? Magari io mi sono divertito abbastanza.» Uscii quasi del tutto da lui solo per spingermi dentro di colpo. «Vedi?» chiesi quando lui gemette di nuovo. «È divertente.»

«Lo era anche quella del Pirata Generoso,» sussultò.

Mi fermai, facendogli prendere il mio peso, con l'uccello infilato nel suo culo. «Oh sì, ti sei divertito con quella. "Solleva le gambe. No, di più, di più!".»

Gli scappò da ridere. «Scommetto che non ti sei mai reso conto che potevi muovere le gambe così, ma ti sei goduto la posizione del Cowboy e quella del Reverse Cowboy, no?» Un'altra risata. «A giudicare dalle grida in stile mandriano che continuavi a fare.»

Gli baciai una spalla, roteando un po' i fianchi. «E tu dovevi essere lo stallone da monta, giusto? Perché a un certo punto sembrava che stessi cercando di disarcionarmi.»

Voltò leggermente la testa, divertito. «Ma è stato divertente, non tanto quanto l'Arco, però.»

Mi chinai in avanti e gli sfiorai l'orecchio con le labbra. «Che non faremo mai più di nuovo.» Mi ero quasi rotto la schiena, mentre Daniel, Mister

Flessibile ed Elastico 2018, sembrava stesse facendo il ponte, quella posizione della ginnastica che avevamo provato tutti da bambini. «Stavi solo facendo l'esibizionista.»

«Solo un'altra?»

Come se avessi potuto dire di no a quella faccia. «Okay, un'altra.»

«Metti le mani sul pavimento ai lati del tavolino. Girati fino a guardare dall'altra parte, ma tieni l'uccello dentro di me.»

«Fai sul serio?» ansimai.

«Ce la puoi fare!»

Misi una mano sul pavimento, tenendomi stretto al bordo del tavolino con l'altra e cercai con attenzione e lentamente di girarmi in un mezzo cerchio, facendo del mio meglio per non togliere il cazzo dal suo culo. Solo che Daniel stava girando con me.

«Pensavo che tu dovessi restare fermo,» sbottai.

«Ci sto provando, ma continui a trascinarmi con te.»

«E allora tieniti stretto al tavolino.»

Poi iniziai a ridere e quello divenne contagioso, fino a che scoppiammo a ridere entrambi. «Okay,» dissi quando mi ripresi. «Proviamoci di nuovo.» Questa volta ce la feci e misi le mani per terra tra le sue gambe. «Adesso che faccio?»

«Adesso muoviti come prima.» Sollevò i fianchi e spinsi il cazzo dentro di lui, muovendomi avanti e indietro con le mani. «Ecco, amore, ce l'abbiamo fatta! L'autoscontro!»

Ero troppo occupato a godermi la deliziosa frizione del mio uccello nel suo culo.

«Ti manca poco?» mi chiese.

«Sì.» Il suo corpo stretto intorno al mio cazzo era sensazionale. «Abbiamo finito, adesso? Posso venire, sì?»

«Hai fatto la pecorina, il Cowboy, il Reverse Cowboy, il Pirata Generoso, il Cucchiaio, l'Arco e adesso l'Autoscontro. Penso che sette posizioni siano sufficienti per una notte, non credi? Perché io so che il mio culo ne sentirà le conseguenze domani mattina, quindi sì, è ora di venire.»

Grazie a Dio. Eravamo entrambi bagnati di sudore e avevamo riso molto. Adesso, tutto ciò che volevo era venire. «Possiamo fare l'ultima per finire? Perché non credo di avere le energie per scoparti in piedi, in più penso che ti farei cadere.»

«Sei esonerato dal farlo, adesso è il mio turno,» annunciò. «Metti l'asciugamano sul divano e sdraiati di schiena.»

Ero intrigato. Lo liberai e sistemai il divano come mi aveva detto. Daniel prese uno dei cuscini e me lo infilò sotto al culo, sollevandomi un po', poi gemetti quando si inginocchiò accanto al divano e mi infilò dentro un dito lubrificato.

«Ti devo preparare per me,» disse con voce un po' roca. Quando mosse due dita avanti e indietro, ero ben più che pronto. Si lubrificò l'uccello nudo, salì sul divano e mi sollevò le gambe.

Sbattei le palpebre e mi afferrai le gambe. «Lo facciamo alla missionaria?» Non era quello che mi ero immaginato per il gran finale.

Daniel si avvicinò al mio culo e si guidò l'uccello in

posizione. «La cosa fantastica di questa posizione,» disse prima di riempirmi lentamente, «è che con le gambe così il tuo buco è bello stretto.» Cazzo, non stava scherzando. «E posso arrivare fino in fondo,» aggiunse, tutto dentro di me. Rabbrividii. Daniel si chinò in avanti, tutto il suo peso che premeva su di me e, cazzo, mi sentivo pieno. Appoggiò le mani sui cuscini delle sedute e si abbassò per baciarmi. «Ma la cosa migliore...» Roteò i fianchi e dentro di me scoppiarono i fuochi d'artificio. «Riesco a colpirti la prostata ogni volta, se voglio.» Mi guardò negli occhi. «E io lo voglio.»

Ebbi il tempo di riprendere fiato prima che iniziasse, spingendo il cazzo dentro di me con brevi spinte veloci che non mi sembravano come niente che avesse fatto in passato. Gli cinsi la nuca e lo tirai a me per un bacio e tutto ciò che potevo fare era tenermi stretto. Le uniche parole che mi sfuggirono dalle labbra durante quell'attacco erotico furono: «Oh, cazzo,» e «Oh, sì,» e un sacco di gemiti mentre mi colpiva la prostata con precisione impressionante. Gli afferrai le natiche e le cosce e gliele sculacciai per spronarlo.

Daniel mi sollevò le gambe più in alto fino a quando le caviglie mi si appoggiarono sulle spalle e mi scopò forte, facendomi gridare.

«Ti piace,» affermò, roteando i fianchi.

«Lo adoro,» gemetti, tremando in tutto il corpo. Mi aggrappai a lui con le dita che gli scavavano nella schiena, nelle natiche, nelle cosce.

«Ti piace il mio cazzo nel culo?»

«Sì!» Cazzo, stavo perdendo il controllo. Era come se avesse premuto un interruttore che mandava a fuoco il mio corpo, accendendo ogni cellula e fibra. Con un tocco, il mio uccello schizzò sperma sullo stomaco, ma lui non si fermò.

«Questo è uno, ne hai almeno un altro in te.»

«Daniel!»

Rallentò, roteando l'uccello dentro di me e, oh mio Dio, la sensazione fu incredibile. «Prendi fiato,» disse con un sorriso, «perché mi sto riscaldando per il gran finale.»

Che Dio mi aiutasse, non ce l'avrei fatta. «Qualcuno è mai morto per essere stato scopato?» Perché non c'erano altre parole che definivano ciò che stavamo facendo.

«Penso tu sia al sicuro,» disse, muovendosi sinuosamente, scivolando a fondo e lentamente dentro di me. «Pausa finita. Qualche ultima richiesta?»

«Scopami,» lo implorai.

«Con molto piacere.» Poi si spinse forte dentro di me e seppi che non mi mancava molto. Gli allacciai le gambe alla vita e mi tenni a lui, che mi penetrava ripetutamente, con gli stessi gemiti che mi sfuggivano dalle labbra mentre Daniel mi portava al limite. Le mie mani erano ovunque, sulla sua testa, sulla nuca, sulla schiena, sul culo, sulle cosce… Non riuscivo a stare fermo e afferrai l'asciugamano che avevo sotto i fianchi, tenendomi stretto come se avesse potuto impedirmi di superare il limite.

Daniel mi riempì fino in fondo e io cedetti.

Liquido caldo mi coprì la pancia quando venni di nuovo, anche se non tanto come la prima volta e gemetti per l'assoluto piacere che mi pervase. Daniel abbassò la testa e nascose il viso nel mio collo, e gemetti alla sensazione di altro calore, solo che questa volta era dentro di me.

«Ti amo,» sussurrò, il suo peso su di me mentre rabbrividiva attraverso il suo orgasmo. Gli allacciai le braccia al collo e lo baciai, incapace di lasciarlo andare anche per un solo secondo. Ci scambiammo baci senza fiato e dolci mormorii senza senso, ma non mi interessava.

Quando potei respirare normalmente, lo guardai negli occhi. «Non mi lamenterò mai più della missionaria.»

Un secondo dopo, Daniel scoppiò a ridere e mi unii a lui e quella risata fece uscire il suo uccello molle dal mio corpo. «Okay, chiama quelli del Guinness al telefono.» Mi scostò i capelli dalla fronte. «Possiamo darci una ripulita prima che arrivino con le telecamere?»

Arricciai il naso. «Penso che una doccia sia decisamente necessaria.» Gemetti quando raddrizzai le gambe. «Devo rimettermi in forma se la nostra vita sessuale sarà così intensa.»

«Credimi, la pratica rende tutto più semplice,» rispose divertito.

Sospirai felice, prima di baciarlo sulle labbra. «Vedo un sacco di pratica nel mio futuro.»

Ehi, se avessero mai annunciato che il sesso stava per diventare una disciplina olimpica, volevo farmi

trovare pronto, okay?
Perché io e Daniel aspiravamo all'oro.

Pride, 7 luglio 2018
Non appena il mio telefono squillò, seppi che era Daniel. «Ciao, hai fatto?»
«Sì, siamo appena scesi dal palco, ma non ti vedo tra la folla, dove sei?»
«Al *Boathouse Cafe*, a Regent's Park.»
Silenzio per un momento. «Che diavolo stai facendo lì?»
Ridacchiai. «Ti aspetto?»
«Dammi mezz'ora. Di solito camminerei ma sono a pezzi.»
«Ci sarà una bevanda fresca ad aspettarti e forse un gelato.»
«Sei un angelo! Ti amo, ci vediamo presto.» Chiuse la conversazione.
Mi sedetti su una panchina e guardai il lago. Un sacco di ragazzini stavano dando da mangiare alle anatre che starnazzavano e battibeccavano con grande sventolio di ali per accaparrarsi il pane. Attesi circa venticinque minuti prima di entrare nella caffetteria dove comprai due lattine ghiacciate di

Coca Cola, poi ritornai alla mia panchina.

Dopo due minuti, arrivò Daniel. Si era cambiato in un paio di jeans, ma il suo trucco era ancora marcato, come il boa di piume color arcobaleno avvolto al collo. Aveva uno zainetto con i colori dell'arcobaleno su una spalla, sembrava stanco, ma felice.

Mi alzai in piedi per baciarlo e ricevetti in cambio un bacio esuberante, poi si lasciò ricadere sulla panchina al mio fianco, prese la lattina che avevo appoggiato lì e se la premette contro il collo.

«Dio, che sollievo.» Mi sbirciò. «Hai visto la parata?»

«Ti ho visto brevemente. Sei stato fantastico, ma non ne avevo alcun dubbio.» Gli guardai i piedi e feci un mezzo sorriso. «Vedo che hai tolto i tacchi.»

«Scusa? Sai cosa vuol dire fare tutti i gradini della stazione con i tacchi? Mi spezzerei il collo.» Aggrottò la fronte. «Hai detto brevemente. Questo significa che non sei restato. Perché no?»

Come potevo dirglielo senza sembrare un totale pappamolle?

Poi mi resi conto che non volevo che ci fossero dei segreti tra di noi.

«Penso che sia stato un caso di sovraccarico sensoriale. Troppa gente, troppo rumore, troppo caldo…»

Annuì. «Non ha mai fatto così tanto caldo al Pride.»

«E poi c'è stato quel casino all'inizio.»

Daniel sgranò gli occhi. «Hai visto i protestanti?»

«La brigata anti-trans, sdraiata davanti alla parata? Oh sì, li ho visti. Ero stupito che fosse stato concesso loro di camminare, a essere sinceri.»

«Io mi sono meravigliato che nessuno si sia fatto male, non avrebbero dovuto dare loro il permesso di condurre la marcia.» Mi guardò, comprensivo. «Quindi non è stato un buon primo Pride per te.»
«Non avevo idea che ci sarebbero state così tante persone,» confessai. «Se fossi stato con qualcuno sarebbe stato meglio. Per come è andata, sono solo stato inghiottito dalla folla.»
«Non hai visto Mick e Pete? Pensavo che sarebbero venuti anche loro.»
Ridacchiai. «Penso che abbiano visto ancora meno di me della marcia, perché Pete ha trascinato Mick in hotel. Mi ha mandato un messaggio circa un'ora fa. Mi ha detto di non aspettarlo a casa stasera.»
I suoi occhi brillarono. «Beh, sembra che comunque abbiano trascorso un bel Pride.» Aprì la propria lattina. «Farò meglio a bermela, prima che la mia temperatura corporea raggiunga quella di un tè.» Ne bevve un lungo sorso e cercai di non fissargli il pomo d'Adamo che sussultava nel suo lungo collo aggraziato.
«Meglio?»
«Molto.» Si appoggiò allo schienale della panchina. «Non ti preoccupare, c'è sempre il prossimo anno.»
«Farò di meglio il prossimo anno,» lo rassicurai. Ero determinato a esserci e a fare il tifo per lui per l'intera parata.
«Okay, hai mandato un messaggio a Justin o Niall?»
Lo guardai perplesso. «Devo mandare loro un messaggio?»
Mi ricambiò con un sorriso: «Sì, certo. Devono sapere

che anche tu non torni a casa stasera.»
«Oh.» Adesso stavo sorridendo anche io. «E dove sarò?»
Si chinò fino a sfiorarmi con la bocca. «Da me, nel mio letto, nudo, con ogni finestra aperta a mangiare pizza e a guardare DVD.»
«E cosa guarderemo?»
I suoi occhi scintillarono. «Ho un cofanetto di *Dante's Cove*. Pensa a uomini gay e oscure forze mistiche. Una specie di incrocio tra *Buffy l'Ammazzavampiri* e *Queer as Folk*.»
«È bello?»
Diede un colpo di tosse. «No, ma non lo guardiamo per la trama.»
Aggrottai la fronte. «Oh. E allora perché… Oh.» Suonava promettente.
Sorrise. «Quindi è possibile che dovremo farci diverse docce durante la sera.»
Annuii. «Per via del caldo.»
Le sue labbra ebbero un fremito. «Oh sì, anche per quello.»
Lo guardai sospettoso. «Pensavo che fossi distrutto.»
«Cosa posso dire? Riesci a compiere dei miracoli, mi basta guardarti e trovo nuova energia.» Si alzò in piedi e mi tese una mano. «Dai, andiamo. Devo spogliarmi e darmi una ripulita.» Mi guardò allusivo. «Ti lascerò lavarmi la schiena. E ogni altro posto che desideri.»
Beh, come poteva un ragazzo dire di no a un'offerta simile?

EPILOGO

Pride, 6 luglio 2019

Mi affrettai per le strade affollate, consapevole dell'ora. Non intendevo fermarmi così a lungo nel gazebo dell'help line per la comunità LGBTQ a Soho Square, ma quando si era presentato quel giovane con l'aspetto di chi aveva un disperato bisogno di parlare, non avevo potuto tirarmi indietro.

Si era aperto proprio con me e ci eravamo seduti in un angolo del gazebo a bere acqua. Io ascoltavo e lui parlava. Aveva diciassette anni, era timido e confuso da morire perché gli piacevano le ragazze e i ragazzi. Avevamo parlato per quelli che mi erano sembrati secoli e quando alla fine se n'era andato stava sorridendo, con in mano un mucchio di brochure e con il biglietto da visita per chiamare se avesse avuto bisogno di aiuto.

Mi ero sentito pieno di energia. Avevo aiutato qualcuno.

Era stato solo in quel momento che mi ero reso conto che mi stavo perdendo la parata ma, cosa ancora più importante, mi stavo perdendo il mio ragazzo che ballava. Salutai i ragazzi che facevano il loro turno al gazebo e mi affrettai lungo le strade di Soho verso

Piccadilly Circus, cosa che non fu assolutamente semplice. In quel momento il numero di persone che erano uscite a vedere la parata era aumentato e muoversi tra la folla era sempre più difficile, man mano che mi avvicinavo alla parata. Avvicinandomi all'Eros dove avrei incontrato Rachel e Ben, la folla divenne ancora più fitta e nelle ultime centinaia di metri mi stavo facendo strada tra una moltitudine di persone vestite dei colori dell'arcobaleno. L'atmosfera era fantastica. La parata procedeva lungo la strada, affiancata da agenti di polizia, la maggior parte dei quali aveva l'immancabile striscia arcobaleno dipinta sulla guancia e alcuni di loro erano i destinatari di baci da parte del pubblico, senza menzionare alcuni degli artisti. Gli ufficiali sembravano accogliere tutto, sorridendo e mettendosi in posa per i selfie.

Non si poteva non amare le forze di polizia britanniche. Quando dovevano fare la cosa giusta, la facevano davvero bene.

Arrivai all'Eros e osservai con attenzione la moltitudine di persone riunite in cerca di Rachel. Mi sembrava che ci fossero ancora più persone dell'anno precedente, con in mano cartelloni enormi, pronti a sventolare bandiere di tutti i colori.

Tutti i colori dello spettro LGBTQA erano in bella mostra.

«Lee!»

Seguii il suono della voce di mia sorella e li trovai in piedi sul ciglio del marciapiede. Ben indossava un marsupio sul davanti, nel quale si trovava la mia

nipotina di sei mesi, Amber. Rachel mi sorrise radiosa e accarezzò la testa della bambina. «Ehi, Amber, guarda. C'è il bizio Lee.»
Finsi di guardarla male, prima di abbracciarla e salutare Ben. Diedi un bacino sulla testa di mia nipote. «Scusate, sono in ritardo.»
«Iniziavamo a pensare che non saresti venuto,» mi prese in giro Rachel.
«Come se avessi potuto perdermi il primo Pride di Amber,» scherzai.
«Sono piuttosto sicuro che non ricorderà nulla,» commentò Ben con una risata. Guardò la tracolla della borsa che mi attraversava il petto e tamburellò su una delle mie spille. «Bella.»
Era la spilla del mio orgoglio bisessuale, me l'aveva comprata Daniel. Ero raggiante. «Come ha detto una volta una persona molto saggia, sono la B in LGBTQA.»
Rachel scoppiò a ridere. «Chissà chi è stato.»
«Il tuo secondo Pride,» sottolineò Ben. «È molto diverso dal primo?»
Scoppiai a ridere. «Almeno quest'anno vedo qualcosa in più.» Io di certo ero diverso. Era successo molto in quell'ultimo anno e la cosa più importante era che mi ero trasferito da Daniel poco prima della nascita di Amber. Beh, non poteva certo trasferirsi lui nella mia stanza, no? Ero stato triste di dire addio ai ragazzi, ma eravamo rimasti in contatto. Non ero l'unico che si era trasferito. Pete aveva lasciato Edimburgo e lui e Mick avevano comprato una casa nel Surrey. Io e Daniel spesso andavamo a trovarli

durante i fine settimana e noi quattro eravamo diventati grandi amici.

«In risposta alla tua domanda, sì e no,» risposi con un sorriso e mi guardai intorno. «Dov'è Gary? Non viene quest'anno?»

Ben ridacchiò: «Oh, è qui. È col suo nuovo ragazzo, sono andati al *Freedom*.»

«Quindi non lo rivedremo più fino a stasera,» concluse lei.

«Era ora che arrivassi,» annunciò una voce alle mie spalle. Mi girai di scatto per salutare Caroline con un abbraccio. Era splendida nell'abito arcobaleno che le abbracciava il corpo minuto. «Daniel mi ha detto che ti avrei trovato qui.» Fece un cenno di saluto a Rachel e Ben, poi si concentrò su di me. «Troy ti saluta, sta lavorando sul palco centrale, quindi lo vedrai più tardi.»

Guardai la parata. «Hai già visto Daniel?» Non sentivo la musica del loro carro, ma sapevo che si dovevano fermare ed esibire all'altezza della statua.

«Abbastanza da aver sentito tutte e dodici le canzoni almeno due volte,» rispose divertita. «Dovrebbero arrivare da un minuto all'altro. Com'è andata al gazebo?»

«Bene,» ammisi. Era stata un'idea di Caroline che aiutassi e io avevo colto l'occasione al balzo. Daniel stava facendo la sua parte, quindi il minimo che potevo fare era offrirmi per gestire il gazebo e parlare con chiunque avesse bisogno di un consiglio.

«La domanda è se lo faresti di nuovo?»

Entusiasta, risposi: «Senza pensarci due volte.»

«Tu e Daniel venite a pranzo da Molly e Geoff domani?» chiese Ben.

«Come se potessimo perderci il pranzo con la famiglia.» Mia madre aveva detto che avrebbe fatto il tacchino arrosto, tanto per cambiare, e voleva che Daniel preparasse la parmigiana di pastinaca al forno in abbinamento. Daniel stava cercando di migliorare il suo repertorio culinario, aveva preparato i piatti di Natale e mia madre era rimasta sconvolta, mentre mio padre voleva i suoi consigli per quale barbecue comprare adesso che si era deciso di passare a quello a gas.

Un altro cambiamento dallo scorso Pride era che Daniel mi aveva portato a conoscere Ella e Rick, i suoi genitori affidatari. Erano una coppia dolce e bastava guardare la parete piena di foto di ragazzi appartenenti alla comunità LGBT che avevano avuto in affido nel corso degli anni per capire quanto fossero speciali.

«Eccoli!» gridò Rachel e mi tirò per mettermi di fronte a lei, così da avere la miglior vista del carro della compagnia di danza. Tutti gli uomini indossavano canotte viola con un arcobaleno sul petto e stretti short viola che non lasciavano nulla all'immaginazione. Potevo ancora ricordare la mia reazione quando Daniel li aveva indossati per farmeli vedere la prima volta.

Sì, nessuno dei due aveva dormito quella sera.

Lui era uno dei dieci ballerini che camminavano dietro al carro e mi salutò con entusiasmo non appena mi vide.

«Oh mio Dio, ma come fa a camminare su quei tacchi?» chiese Ben sbalordito.

«Con un sacco di pazienza e di pratica,» risposi. Li aveva portati ogni sera, camminando per casa, per la maggior parte di giugno. Non me n'ero lamentato affatto, soprattutto quando una sera quei tacchi erano stati l'unica cosa che aveva indossato.

Cosa posso dire? Continua a trovare cose che non sapevo di avere in me e poi fa in modo di tirarmele fuori. Cosa che mi rende davvero un ragazzo felice.

Il carro si fermò e la musica uscì dagli enormi altoparlanti sul retro. Non potei fare a meno di sorridere, perché era *Marry you* di Bruno Mars.

«Oh, ci risiamo,» commentò Caroline divertita. «Questa è la terza volta che fanno questo numero, quindi dovrebbero avere perfezionato tutti i movimenti.»

«Ti dirò che erano perfetti già molto prima di oggi.» Daniel e il corpo di ballo avevano lavorato per molte ore quest'anno.

I ballerini iniziarono a prendere gli spettatori in strada.

«Che cosa stanno facendo?»

«Oh, prendono uno spettatore a testa perché balli con loro, è molto carino,» mi disse Caroline. «Soprattutto quando si mettono in ginocchio e fanno finta di fare la proposta di matrimonio.»

Quando Daniel si avvicinò a me, con occhi brillanti, agitai un dito. «No, non farlo.»

«Oh, andiamo, amore, balla con me.» Mise il broncio con le labbra che splendevano di lucidalabbra rosa. I suoi luccicanti occhi truccati di viola erano bellissimi.

«Se non ballo con te al Pride...»

Non avrei mai potuto dirgli di no. Era il Pride, dopotutto.

Lo lasciai condurmi in strada e, di colpo, i ballerini sincronizzarono i loro movimenti, mentre gli spettatori erano di fronte a ogni ballerino, ridendo e in imbarazzo con gli uomini che ballavano loro intorno.

Io non ero diverso: non avrei mai provato a ballare, perché quello era compito di Daniel.

L'atmosfera era fantastica con le persone affollate su entrambi i lati della strada a riprendere la coreografia. Rachel mi chiamò perché la guardassi e vidi che anche lei aveva il telefono in mano, come Caroline. Salutai le videocamere con Daniel che mi ballava intorno e davanti e come sempre ammirai come il suo corpo si muovesse a ritmo di musica.

L'esibizione era quasi finita, quando all'improvviso i ballerini si riunirono intorno a Daniel, raggruppandosi intorno a lui in un semicerchio. Non avevo idea che fosse lui a condurre quel numero. Quando la strofa della canzone che chiedeva alla ragazza di dire di sì uscì dagli altoparlanti, Daniel si mise in ginocchio e prese una scatolina di velluto dalla tasca degli short.

Oh, cazzo.

Il battito del mio cuore faceva il paio con il ritmo dei bassi che rimbombavano fuori dagli altoparlanti. Tutti intorno a me capirono cosa stava succedendo e festeggiavano e applaudivano. Comparvero un

mucchio di telefoni che facevano foto e video.
Era ovvio dai ballerini intorno a Daniel che erano tutti d'accordo.
«Dai, chiediglielo!» gridò uno di loro. Il pubblico capì e di colpo tutti stavano gridando in coro: «Chiediglielo, chiediglielo!»
Daniel si guardò intorno e scoppiò a ridere. «Sì, ma datemi modo!» Concentrò gli occhi su di me mentre apriva la scatolina, mostrando una semplice fascia d'oro. E quando sussurrò il testo della canzone, pensai che sarei morto di felicità seduta stante, nel bel mezzo della strada.
La canzone terminò e mi guardò negli occhi. «Quindi? Ti sposerò?»
Annuii. «Sì, mi sposerai,» mormorai.
I ballerini intorno a lui sorrisero. «Non ti sentiamo, Lee!» gridò uno di loro, portandosi una mano all'orecchio, gli altri che scoppiavano a ridere.
«Sì, ti sposo!» gridai con tutta la voce che avevo. Scoppiarono applausi e grida dalla folla, cancellando qualsiasi altro rumore.
Il viso di Daniel si illuminò e lui si alzò in piedi prendendomi tra le braccia in un secondo. Mi baciò come se ne dipendesse la sua vita e gli risposi allo stesso modo. I suoi amici ballerini ci circondarono, dandoci pacche sulle spalle e abbracciandoci entrambi. In tutto quel rumore e in quell'eccitazione, in qualche modo mi mise l'anello al dito.
Ti amo, sussurrò.
Anche io, risposi. Il mio cuore stava ancora danzando da qualche parte nel cielo blu senza nuvole.

Daniel guardò Rachel. «Grazie per averlo portato qui!» gridò sopra l'applauso e le grida che ancora risuonarono.

«Figurati, futuro cognato,» rispose con un sorriso. «Qualsiasi cosa pur di aiutarti.»

La guardai sbalordito. «Tu… tu lo sapevi?»

Avevo la sorella più subdola del mondo, il che rendeva Daniel il futuro marito più subdolo.

Oh mio Dio, ho un fidanzato.

La musica cambiò e Daniel mi lasciò andare. «Dobbiamo andare,» disse con una smorfia. «Ma non voglio.»

«Lo so, neanche io.» Non volevo che quel momento finisse, ma la parata era ancora lunga. «Ci vediamo a Trafalgar Square, okay?» Poi gli presi il viso e lo baciai di nuovo. «Ti amo.»

«Ti amo anche io, amore.» Mi accarezzò una guancia. «Hai detto di sì.» Sembrava che quasi non ci credesse ancora.

«Certo che sì.»

«Daniel, mettilo giù, dobbiamo andare!» Quello era Mac che tamburellava sull'orologio.

Con riluttanza mi lasciò andare, poi guardò oltre la mia spalla verso Rachel, Ben e Caroline: «Prendetevi cura del mio fidanzato finché non avrò finito.»

Non pensavo che mi sarei mai stancato di sentire quella parola. Ce n'era solo una che poteva migliorarla: marito.

«Certo, faremo in modo che non inciampi nel traffico, in questo suo stato confusionale,» rispose Ben con un sorriso.

Ero sul punto di discutere con lui, quando mi resi conto che Ben aveva centrato il segno.

Ero confuso, eccitato e stupidamente innamorato.

Daniel mi lasciò la mano e la parata continuò. Rimasi lì, a guardare l'anello che scintillava sulla mia mano sinistra.

Rachel mi appoggiò un braccio intorno alle spalle. «Andiamo in un posticino più tranquillo e ordiniamo qualcosa da bere. Che ne dici?»

Prima che potessi rispondere, Caroline intervenne. «Un posto dove facciano un Pornostar Martini.»

Sorrisi: «Questo sì che è parlare.» Noi quattro, cinque, inclusa la piccola Amber, ci facemmo strada tra la folla, lontano dal rumore, dalla musica e dal suono delle trombe. Un drink suonava perfetto.

Avrei aspettato Daniel e poi saremmo andati a casa insieme in treno.

Solo noi due.

FINE

#loveWins

love is love

I Libri di K.C. Wells

Love, Unexpected
Il Debito

Prime Volte
Un passo alla volta
BFF Best Friends Forever (Italian Version)

Personal
Una Questione Personale
Cambiamenti Personali
Piú che personale
Segreti Personali
Strettamente personale
Sfide personali

Confetti, Coriandoli e Confessioni

Per Salvare Jason
Una Promessa di Natale

Island Tales
Le Maree di Settembre
In Attesa di un Principe
Piegarsi alle tenebre

Lightning Tales
Il Professore
Fidati di me

A Material World
Pizzo
Satin
Seta
Denim

Maine Men
La fantasia di Finn
Il boss di Ben
L'estate di Seb

Scambio di ruoli
Regale Sottomissione

Writing as Tantalus
Damon & Pete: Giocare col fuoco

L'Autrice

K.C. Wells vive su un'isola a sud della costa inglese, circondata da bellezze naturali. Scrive di uomini che amano altri uomini e non potrebbe immaginare una vita che non includa la scrittura.
Il tatuaggio con la rosa arcobaleno sulla sua schiena con le parole *"Love is love"* e *"Love wins"* è il suo modo di sventolare una bandiera. Ha in programma di scrivere di uomini innamorati, in modo dolce, sensuale o kinky, ancora per molto tempo.

www.ingramcontent.com/pod-product-compliance
Lightning Source LLC
LaVergne TN
LVHW041150150826
845673LV00001B/121

* 9 7 8 1 8 3 8 4 4 4 5 2 5 *